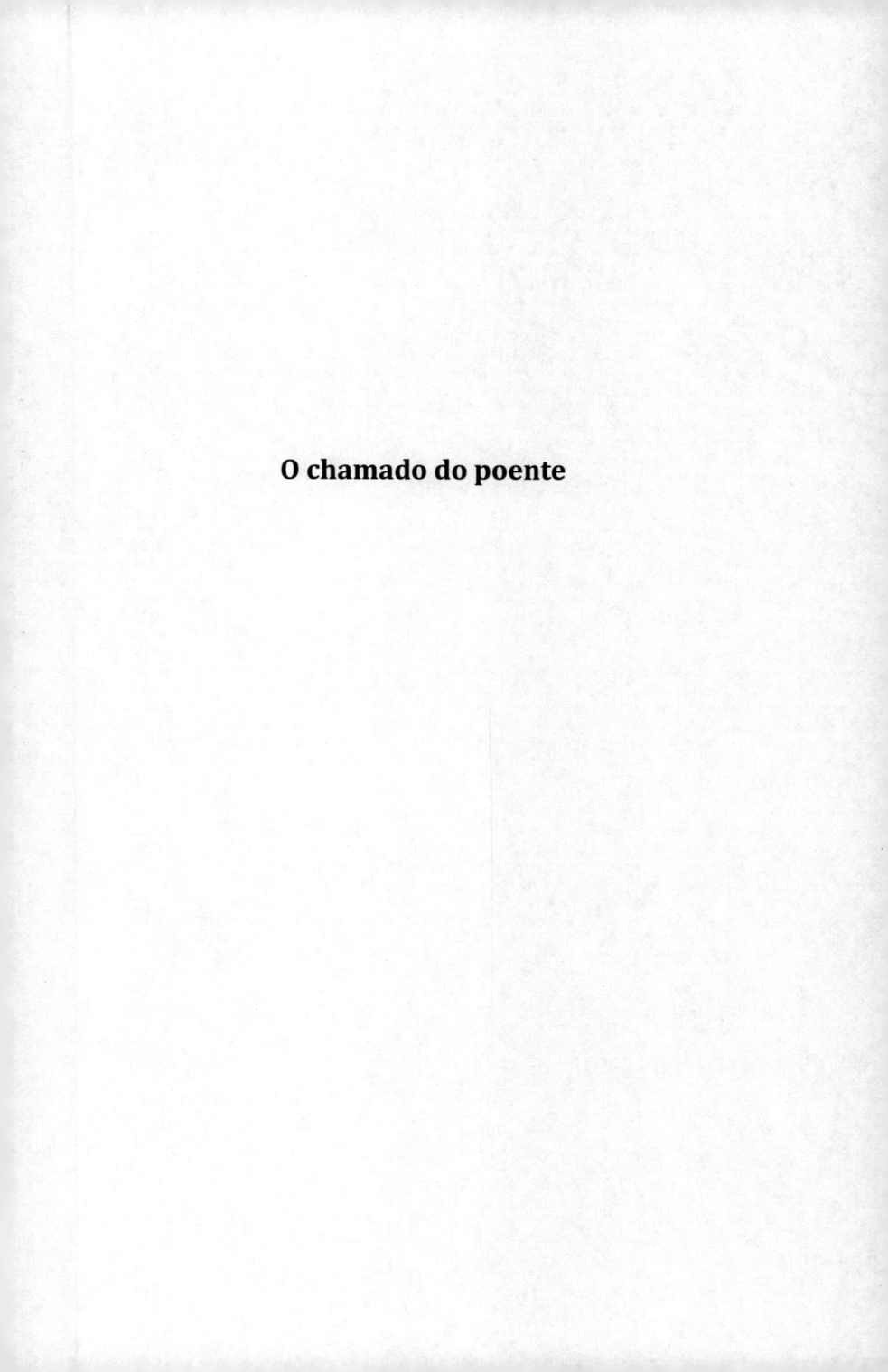

O chamado do poente

GAMAL GHITANY

O chamado do poente

Tradução do árabe e notas
Safa Jubran

Estação Liberdade

Título original: *Hâtif al-Maghîb*
Copyright © Editions du Seuil, 2000
© Editora Estação Liberdade, 2013, para esta tradução

Preparação	Nair Hitomi Kayo
Revisão	Huendel Viana e Vivian Matsui
Assistência editorial	Paula Nogueira
Composição	Fábio Bonillo
Capa	Miguel Simon
Imagem de capa	*La Caravane*/ Decamps Alexandre Gabriel/ © RMN-Grand Palais (musée du Louvre)/ René-Gabriel Ojéda
Editores	Angel Bojadsen e Edilberto F. Verza

CIP-BRASIL. CATALOGAÇÃO-NA-FONTE
SINDICATO NACIONAL DOS EDITORES DE LIVROS, RJ

G347c

Ghitany, Gamal
  O chamado do poente / Gamal Ghitany ; tradução do árabe e notas Safa Jubran.
- São Paulo : Estação Liberdade, 2013.
  368p. : 21 cm

  Tradução de: Hâtif al-Maghîb
  ISBN 978-85-7448-211-8

  1. Romance egípcio. I. Jubran, Safa Abou Chahla, 1962-. II. Título.

12-5276.   CDD: 892.73
                    CDU: 821.411.21'6(620)-3

25.07.12 03.08.12   037650

Todos os direitos reservados à

Editora Estação Liberdade Ltda.
Rua Dona Elisa, 116 | 01155-030 | São Paulo-SP
Tel.: (11) 3661 2881 | Fax: (11) 3825 4239
www.estacaoliberdade.com.br

SUMÁRIO

Alusão ao chamado, 19

Os quatro irmãos, 34

O hadramawti, 49

Amamentar no deserto, 69

Umm-Assaghîr, 78

O rastreador, 91

A menção do acampamento, 104

Descrição do acampamento, 111

Gênese do tempo dela, 120

Relato da intimidade, 126

O fechamento do círculo, 130

A substituição declarada, 137

O desviar do planejado, 151

O reino, 158

O ofício do príncipe, 174

Os pilares firmes do poder, 186

O sorriso eterno, 198

A brutalidade da transição, 214

A importância da aparência, 226

Os ditos do chefe, 232

Uma lágrima suspensa, 241

Consolidação da autoridade, 244

Consolidar a tradição e diversificar os usos, 252

Olhar furtado, 259

Inovações, 263

O camarote das cobiças, 270

Descobrir o encoberto, 279

As indicações mais claras, 289

Abrasamento do desejo, 294

Precaução determinada, 300

A passagem da caravana, 314

Troca de posições, 320

Os bastões, 328

Folhas traçadas pela mão de Ahmad Ibn-Abdallah, 344

As sombras, 348

Senhor, ajuda-me, 364

الغيب

هاتف

Jamâl Ibn-Abdallah, o escriba do país do poente, assim conta:

Com certeza, ele viera do leste. Jamais alguém nos alcançou do oeste, e se tal coisa acontecer um dia, será um evento estranhíssimo. Nosso território está situado nos limites da terra firme, à margem do Magnífico Oceano, o Mar das Trevas, a cuja outra margem ninguém nunca foi e voltou para em seguida nos contar a respeito do que vira, mas isso não impediu que alguns buscassem o desconhecido.

É o que contam as histórias a respeito de sete irmãos que construíram com as próprias mãos uma embarcação firme, lotando-a com muitas provisões, o suficiente para navegar durante um tempo nunca dantes conseguido por alguém. A esse respeito, o povo se divide: uns dizem seis meses, outros contestam dizendo ser de um ano, e outros ainda asseguram que foi um tempo desconhecido! A despedida foi memorável e emocionante, e antes de subirem à embarcação, alguns homens, que ninguém soube de onde apareceram, cercaram os irmãos, cumprimentaram todos e lhes confidenciaram algo que ninguém ouviu. Ficaram parados ali, aguardando o desdobrar das velas, o momento exato da virada da proa e a tomada da embarcação em direção a oeste. Desapareceram.

Aqueles homens foram chamados de "homens do deserto", pois foi de onde vieram e para onde voltaram, embora ninguém pudesse assegurar com toda certeza. Quanto aos sete irmãos, ninguém mais soube de seu paradeiro. Nunca mais foram vistos. A sucessão das gerações bastava para que se presumisse sua morte. Mesmo assim, algumas pessoas espalham rumores de que voltarão um dia, o que mudará tudo logo que surgirem a oeste. É o que cochicham, pois se alguém ousasse declarar isso em alto e bom som, seria castigado e algo ruim lhe aconteceria, pois nosso Senhor considerou tais alegações contrárias à religião!

O desaparecimento passou a ser um ditado. Para falar de algo impossível ou bastante improvável, costumava-se dizer:

"Espere então a volta dos temerários!"

Ou então...

"Quando os sete irmãos voltarem..."

Isso ainda é comum de se ouvir, apesar de ninguém mais conhecer a origem do ditado.

Ibrahim Arrajrâji, o mais antigo capitão do mar da região, conhecedor da natureza das ondas, veterano em longitudes e latitudes, perito na posição das estrelas e em como se orientar por elas, disse que alguns haviam navegado no

Magnífico Oceano e chegado a certo ponto onde era erguida uma estátua de cobre, posicionada sobre uma base, que surgia das águas profundas. Quem a desenhara? Quem a esculpira? Quem a transportara para ali? Ninguém sabia. Por causa da imponência e da estranheza da estátua, o povo acreditava tratar-se de obra de não humanos. Uma estátua de feições humanas, ereta, com a mão levantada e os cinco dedos abertos; nela, uma inscrição em todas as línguas faladas dizia:

"Nenhum passo para além de mim."

Arrajrâji afirmou que em certas noites se podia ouvir uma voz que parecia chegar de todas as partes, centrais e marginais, trazendo um aviso semelhante.

Perguntei a Arrajrâji se ele chegou a ver a estátua com os próprios olhos; respondeu que não.

Indaguei-lhe se, por acaso, escutara diretamente da boca de alguém que a teria visto e observado. Respondeu que a coisa é conhecida e que todos os capitães do mar cuidavam para não chegar perto dela.

Se relatei isso foi na intenção de afirmar que é impossível abordar o nosso território pelo poente, apesar de alguns terem espalhado o boato de que nosso amigo transpusera o Oceano. É evidente que veio do levante, como, aliás, ele mesmo contou. Não podia vir do sul, porque não era homem do deserto, e não veio do norte, pois nada tinha de estrangeiro.

Ninguém da nossa gente o avistou quando entrou na nossa terra, o último ponto da terra habitado, capital do sultão do país do poente, casa do saber, fortaleza dos combatentes da fé, corte dos solicitantes, refúgio dos indagadores, destino dos viandantes e parada derradeira de quem espera o melhor; que Deus proteja seu senhor e guardião. A ela, nosso amigo chegou; apareceu no agitado centro da cidade, na frente da mesquita, seu cansaço era visível e sua fadiga notória, e foi rodeado por crianças e pedintes. Quando um menino pegou uma pedrinha com a intenção de atirá-la nele, uma voz aterrorizante, conhecida e temida por todos, ressoou. No alto dos degraus que levavam à entrada da mesquita, lá estava o xeique morávida Alakbari, que Deus nos valha!

Nosso amigo olhou para ele. No olhar havia uma mescla de lassidão, súplica, esperança e um medo antigo. Avançou carregando seu alforje, que continha como único viático sete livros antigos, de que falaremos em pormenor mais adiante. O silêncio reinou, a multidão emudecida aproximou-se devagar antes de parar na beira de um ponto invisível. Apenas nosso amigo continuou, subiu a escada e parou a dois degraus do xeique, quando toda gente ouviu Alakbari dizer:

"Então... você veio!"

"Sim, vim", respondeu nosso amigo.

"E como deixou os irmãos?"

"Voltam suas almas em vossa direção."

"Então, com Sua permissão, eles alcançarão a enseada que buscam", disse o xeique numa voz calma e confiante.

Fez um gesto com a mão permitindo que se aproximasse e que passasse pela soleira da mesquita. Como nosso amigo se mostrava intimidado, o xeique afagou-lhe a cabeça e passou a mão suavemente pelo turbante; depois se virou para as pessoas, que começaram a se dispersar, cabisbaixas, cheias de reverência!

O xeique Alakbari, que é o senhor dos morávidas, imponente, irredutível, constante, espírito nobre, escutado por todos, jamais se dirige a uma pessoa influente, por mais poderosa que seja; ao contrário, ele a invoca e esta, pronta e humildemente, apresenta-se diante dele. Repreende o grande antes do pequeno. Por causa de tudo isso, as pessoas lhe deram o epíteto de "sultão". Assim, quando se ouve esta palavra, é dele que se está falando, embora esse título seja geralmente reservado ao responsável pelo país, ao incumbido por gerenciar seus assuntos e interesses. No entanto, há um ano, forçosamente e por submissão, abdicou ao título de sultão, adotando o de governador, de modo que Alakbari passou a ser o único "sultão".

O que mais amedronta nele é seu gosto pelas metamorfoses. Às vezes toma a forma de um leão, outras vezes se transforma numa delicada borboleta, ou então se faz uma nuvem suspensa no ar ou uma luz que se movimenta na escuridão, ou, ainda, uma flor que nasce da rocha, balançando num vaivém.

É conhecido por seu gosto pelas estrelas; é instruído no curso dos astros longínquos e suas direções; versado nos mistérios e nos símbolos das letras; conhecedor das notícias dos que se aventuraram e navegaram no Mar das Trevas, rumo ao poente, em viagens sem volta. Contam que ele sabe, decerto, o destino deles, mas nunca revela nem desvenda nada.

Durante sete dias nosso amigo ficou a sós com nosso Senhor, aparecendo apenas na hora das orações. Colocava-se na última fila, com seus alforjes ao alcance da mão, retrucava às saudações dos outros com aceno, nunca abria a boca. No fim dessa semana, apareceu no pátio da mesquita; olhava sempre para a direção do poente, como se aguardasse algo ou esperasse por um sinal.

Chamaram-lhe "O Estrangeiro". Sua presença, sua maneira de se sentar e o perdido olhar, tudo dizia que estava de passagem, em trânsito, e que logo partiria. Mas, para onde? Isso ele nunca disse a quem conversou com ele, nem sequer comigo ele se abriu, mesmo após o início de nossas sessões e o fortalecimento de nossa amizade. Todavia, com o passar do tempo, comecei a entender algumas coisas, não de suas palavras, mas de suas distrações e silêncios. Digo que alguns indícios me chegaram e consegui desvendar alguns de seus mistérios. Mas, neste registro, restringi-me a aludir a eles, por respeito à promessa que fiz a mim mesmo, logo que iniciei o cumprimento da nobre tarefa de registrar o que ele ditava a mim: ater-me àquilo de que ele me falasse de forma explícita, sem nunca usar um termo que pudesse prejudicar o sentido de suas palavras.

Volto, porém, ao que havia iniciado, deixando a digressão a que me obriguei movido pelo desejo de clareza e transparência. Digo que sua história se espalhou especialmente após o término de sua quarentena de retiro voluntário, quando então nosso amigo começou a falar às pessoas, contando-lhes sobre as coisas que vira, as terras que percorrera, os tempos que atravessara, os países em que vivera, a riqueza inesperada que tivera, o poder ilimitado que cessara, as inigualáveis mulheres que conhecera e as cenas incríveis de que ninguém nunca ouvira falar. Sua história se espalhou pela cidade e vazou para o deserto, o que trouxe pessoas de lugares longínquos com a intenção de escutar sua narrativa.

Quer acreditassem ou não, todos o ouviam sempre admirados e maravilhados.

Quando sua situação já estava conhecida e a procura por ele aumentou, nosso Senhor mandou chamá-lo para dele ouvir, sem intermediários, mas nosso amigo não atendeu ao chamado imediatamente, foi ter com o xeique Alakbari, que lhe deu a autorização, com um gesto, de comparecer diante do sultão.

Foi assim que ele se mudou para o palácio, onde puseram à sua disposição um lugar onde foi recebido com todas as regalias devidas aos estrangeiros de elevado nível. Nosso Senhor demonstrou muito interesse e depois de três sessões mandou me chamar. Apresentei-me diante dele e esperei por suas ordens.

Disse que a chegada desse estrangeiro era um acontecimento singular e interessante, mas que podia cair no esquecimento e que sua história corria o risco de ser apagada, feito um vento suave que corre a cidade de ponta a ponta sem deixar vestígio ou marca.

Nosso Senhor interrompeu sua fala para cravar seu olhar em mim, enquanto passava os dedos entre os fios de sua barba espessa.

"Sendo assim, o que fazer?", perguntou.

Após alguns instantes de silêncio, eu lhe disse que um letrado do Oriente, autor de um grande tratado sobre a arte de escrever, introduziu sua obra com a seguinte reflexão:

O que são as ideias e os pensamentos
senão ventos que passam?
O que pode retê-los?
A escrita.

Nosso Senhor gostou disso e me mandou registrar tudo que o estrangeiro relatasse e continuar sem descanso até ele se calar. Quando terminasse o trabalho, eu lhe mostraria tudo que escutei e escrevi, e ele mandaria copiar a fim de que a narrativa não se dispersasse com os ventos, mas que passasse de uma geração para outra até que Deus consumasse um irrevogável decreto.

ALUSÃO AO CHAMADO

O desvalido diante de Deus, rogador de Seu perdão, buscador de Seu afeto, Ahmad Ibn-Abdallah Ibn-Ali Ibn-Awad Ibn-Salâma, Aljuhani, Assaîdi, nascido no Cairo em terras do Egito, disse que sua saída de sua pátria se deu na quarta-feira, no nono dia do mês de maio, há quarenta e cinco ou talvez cinquenta e cinco, ou quem sabe há setenta e cinco anos. Aconteceu há tanto tempo que a coisa fica confusa, precisá-lo é difícil, determiná-lo e compreendê-lo é complicado!

Quando diz "no nono dia", ele está assegurando o dia, mas o tempo total decorrido é incerto. É tão distante que às vezes lhe parece tratar-se de um dia, e outras vezes, de acúmulo de anos pesados.

Tudo que ele sabe agora, após ter chegado ao país do poente, é que sua saída foi ao alvorecer. Ele faz uma pequena pausa, o olhar perdido e o rosto misterioso, e se pergunta:

— Por que a morte chega ao alvorecer, da mesma forma que é, na maioria das vezes, com o nascimento?

O pai fechara os olhos para sempre quando já se podia distinguir em sua cabeça um fio branco de um fio preto. O mesmo aconteceu com sua mãe, seu tio materno, sua tia paterna e com muitos de seus companheiros próximos. E de todos aqueles de cuja vinda ao mundo tivera notícia, a chegada deles ocorreu ao alvorecer após deixarem o útero materno.

Por que os exércitos se preparam sempre para o confronto, organizando as fileiras que marcham rumo à morte, ainda antes do primeiro raio de luz? Por que os estrategistas preferem esta hora do dia?

Ele fazia a pergunta, mas sem dar-lhe uma resposta. Emitia hipóteses, porém nada resoluto nem concludente. Isso acontecia durante as minhas sessões com ele, quando eu o escutava, registrando o que ditava a mim. Entre as coisas que disse a este respeito, era que o alvorecer significava a aproximação da hora em que o fim e o começo se encontram: há sempre a noite que finda e o dia que se inicia.

Eu, Jamâl Ibn-Abdallah, digo que os antigos preferiam viajar ao alvorecer. Sair cedo era desejável, pois a manhã rende muito mais, o passo é mais ligeiro. Os motivos podem ser muitos: partir em busca do conhecimento, partir para decifrar os sinais do mundo, sua beleza e singularidade; para ver montanhas, mares e animais de todas as espécies, vegetações extraordinárias, instantes imbricados, momentos únicos que não raro escapam ao fluxo do tempo, permanecendo com seu dono e morrendo apenas junto com ele. Partir com o propósito de adoração e visitar os ancestrais, os vivos e os mortos — entretanto, sabe-se que é preferível visitar

os vivos aos mortos; contudo, é estimável parar diante dos túmulos dos homens justos e das moradas dos idos, seja à procura de uma exortação, ou pelo rememorar de um ensinamento, por ser guiado por uma vida exemplar ou então pela saudade de um ente querido que se foi. Dizia-se antigamente que observar os rostos dos sábios, dos homens justos e dos artistas faz parte da devoção, do desejo de tê-los como exemplo e de imitar sua conduta. Partir para fugir de conflito...

As viagens que Ahmad Ibn-Abdallah, Aljuhani, o egípcio, me relatou são indescritíveis ou indefiníveis. Não escondo minha confusão, eu que fiquei nesta terra sem nunca tê-la deixado, não por preguiça, pois não me faltava vontade, mas por não ter recursos, e a necessidade é coerciva.

Meu desejo e minha curiosidade de escutá-lo foram crescendo até que me dei conta de que meu envolvimento era tanto que o tempo despendido para escutar sua narrativa acabou me distraindo das minhas funções, interrompendo meu trabalho corrente. Volto então para completar o que iniciei e é sabido que tudo tem um preâmbulo e, na verdade, o início da busca de nosso amigo é uma das coisas mais espantosas que tive a oportunidade de ouvir.

Ahmad Ibn-Abdallah afirma não se lembrar de nada importante que tivesse precedido o surgimento do chamado, que bruscamente se fez ouvir. Quantas vezes vasculhou a memória, mas foi em vão. Por mais que se esforçasse, insucesso era o que encontrava; vazios, espaços ofuscantes de um emaranhado de coisas, de que materiais eram feitas? Ele não sabia. Ligados entre si e ao mesmo tempo separados uns dos outros, fios muito tênues insuficientes para compreender, para desvendar o mistério. Como se tudo que antecedera o chamado não existisse, apesar de tê-lo atravessado com sua carne e sopro ardente. Dava os primeiros passos em direção à idade viril quando recebera a ordem desse ser invisível do qual não se pode apreender a verdadeira natureza, nem penetrar o segredo, nem conhecer sua origem. Naquela noite, o repouso abandonou-o sem saber dizer por quê. Deslizou entre o momento em que a vigília se esquiva e a consciência naufraga no sono, quando de repente os objetos se dissolvem e as horas se enredam e imagens obscuras se sucedem; quando a nostalgia se mistura com a expectativa, com a esperança pelo amanhã, com as resoluções, com os projetos, com o remorso nascente de alguma culpa desconhecida por uma falta que tivesse acometido um dia.

Então...

Num desses instantes que separam e que atam dois mundos, o chamado ecoou, luziu. Por mais que tivesse se repetido mais tarde, ele não conseguiria se esquecer dessa primeira vez. Assim sucede com os princípios, nunca se apagam da memória, nem também os fins, mas o intervalo entre ambos é relativo!

Onde se originou?

Ele não saberia precisar. Parecia nascer no seu interior como outra voz escondida dentro dele desde sempre e, ao mesmo tempo, parecia vir de fora dele, não de um lado preciso, mas de toda parte simultaneamente. Uma voz escapada de si mesmo. É possível uma pessoa ouvir a própria voz no momento em que fala? Não, não se assemelhava a nada conhecido, fugia a toda comparação com uma referência conhecida, pois é imensurável, irreconhecível, indeterminável. Vindo de parte alguma, assim de nenhum lugar, assim... irrompeu!

— Parta!

Uma imposição de ordem cósmica, superior, inferior, a qual só podia atender e seguir. Quanto a ele, não conseguia se libertar totalmente da sonolência já iminente, nem se apegar às margens do despertar ainda incerto.

— Parta!

Já não havia mais dúvida alguma! Levantou-se apavorado, sozinho, desamparado, de olhos esbugalhados. Na sua garganta se formava um aperto, e nos olhos, um projeto de lágrimas. Essa aparência iria acompanhá-lo sempre. Quantas vezes iria ouvir, ao longo de suas viagens, quando lhe olhavam atentamente: "Dá a impressão que vai chorar e no entanto não chora..." Mesmo quando se desenhou aquele sorriso eterno, não conseguiu apagar o vestígio daquela lágrima pronta, que não descia.

— Parta!

De pé, olhou ao redor, como se a voz tivesse adendos, complementos, portadores de significados que se aglomeravam no seu espírito, indagou:

— Para onde?

— Para o lugar onde o sol se põe.

Para o lugar onde o sol se põe? Mas, como? Que itinerários, que caminhos tomar?

— Siga-o.

Ahmad Ibn-Abdallah diz que quando seu despertar se completou, olhou a sua volta — a cama, o lugar onde pousava sua cabeça, o lugar aconchegante — e teve a certeza de que a vida pacata terminara ali. Nada do que fora voltaria a ser, tudo que era contínuo, uniforme, estava agora rompido, destroçado. Tudo que formava outrora algo harmonioso parecia prestes a se desfazer e cair na ausência. A casa segura onde morava não lhe pertencia mais, e tinha de abandoná-la. Percebeu que a ideia do partir fluíra dentro dele antes que esboçasse qualquer movimento. Temia tanto as surpresas e os acasos do destino, o que não se revela, o que não se declara, o que não indica nem explica. Como poderia imaginar ou esperar o aparecimento do chamado que abalou seu sossego e minou referências arraigadas desde longa data no fundo de si?

Estava certo de que o curso normal estava suspenso por todo o sempre.

Deitar-se, aquietar-se no leito era impensável. Inicialmente teve pena de si, especialmente quando compreendeu o que estava acontecendo, a impossibilidade de permanecer, mas não havia o que fazer além de atender ao chamado e começar seu périplo. Assim, após fazer a abluação e recitar as orações, saiu para a rua, levando como única bagagem uma pequena sacola de linho na mão direita, convencido de que os ecos que prolongaram o chamado lhe ordenavam que o seguisse.

Seguiu vacilante, de passos curtos, com o olhar despedindo-se das paredes, das esquinas, dos lugares familiares. Muitas vezes aquelas esquinas despertaram nele tristeza.

Em geral, parar nesses lugares significava o fim do percurso e a aproximação da encruzilhada, o desfecho de um estágio e o início de um novo rumo. O coração batia dentro do peito e uma torrente de imagens desaguava sobre ele, de momentos passados, ora obscuros, indistintos, ora claros, desvelados!

Como a emoção o sufoca ao lembrar-se daquelas portas fechadas, entreabertas ou já prestes a abrir. Passou por todas elas enquanto se despedia de sua cidade, o Cairo que se afastava enquanto ele se distanciava. Quantas vezes ele recordara as suas fachadas, seus edifícios, os minaretes, as sombras das abóbadas, as variações da luz, o aroma dos cafés, os armazéns, os vendedores de grãos, azeites, velas de todos os tamanhos, e as praças imensas... Quanto esforço da memória, quanta insônia na tentativa de recordar a entrada de um bairro, ou os detalhes de uma passarela! Esquecê-los significava apagar os seus pontos de referência.

Na primeira luz da manhã, contemplou os minaretes emergindo da noite escura, rodeadas por neblina; presenças femininas, silhuetas humanas na imensidade, caminhando para o alto.

As lojas ainda estavam fechadas, mas o movimento já formigava e durante muito tempo ele iria rever aquele homem de idade que se deslocava penosamente em direção a uma meta desconhecida, aquele garoto que dormia profundamente diante da porta da *qaysariyya*, a galeria de lojas e armazéns, e aquela carroça puxada por dois burros tristes e resignados, dos quais recordaria mais tarde ao entrar no zoológico de um país distante, surpreendendo-se com um burro exposto como se fosse criatura fabulosa! Durante muito tempo iria rever a fachada ornamentada daquela fonte. Quantas vezes passara na frente dessa fonte sem reparar na delicadeza de seus relevos e na riqueza da sua proteção de ferro! Quantos detalhes o impressionaram pela primeira vez na hora em que deixava a cidade! Como se esta vida que se acabava lhe anunciasse um novo começo. Teria tanto para dizer sobre isso...

Deixou para trás o túmulo de nosso Amo e Senhor, o Hussain, mas não sem recitar a *Fâtiha*[1] por sua alma. Implorou-

---

1. A Abertura, o primeiro capítulo do Alcorão. Seus sete versículos são recitados a cada oração.

-lhe o socorro, suplicou, confessou-lhe sua tormenta e aflição. Seguiu na direção do pequeno canal que ligava o Nilo ao Mar Vermelho; o majestoso Alazhar, a mesquita de Algury e sua cúpula, as casas prostradas e a lembrança das ruelas dormentes mexiam-se dentro dele. Deu as costas ao levante, atravessou a ponte de madeira.

Filas de camelos, agachados sobre os joelhos, carregados de pesados fardos. Fez uma pequena pausa. As caravanas não partem daqui, o local não é conhecido como parada de marcadores. Tudo indica que a caravana estava se preparando para iniciar a marcha, mas para onde? Imóvel, ele olha, hesitante, indeciso. Fica ali, tímido, como são todos ao dar o primeiro passo, indeciso como todos se sentem diante de uma escolha. Parece que alguém reparou nele ou sua aparência despertou a curiosidade. Afasta-se do grupo um homem alto, em cuja presença há autoridade e comando. Um homem alto e esbelto, com ar de nobreza e poderio, separa-se do grupo e dele se aproxima:

— Viajando?

Maneia a cabeça.

— Em que direção?

Quase que menciona a expressão que parecia ter ouvido após o chamado, mas reconsidera. Limita-se a dizer, evasivo:

— Viajo com o sol...

Ao ouvir isto, o homem cuja metade do rosto estava coberta por um véu azul ilumina-se:

— Seja bem-vindo, ó nobre, filho de nobre — diz, estendendo a mão em sua direção.

— Conhece-me? — indaga, estupefato.

Num tom misterioso, o homem responde:

— Não, mas esperava por você.

O homem, que parecia maravilhado, disse que seguiriam por algum tempo a rota do oeste e que quando mudassem o rumo seria avisado, cabendo a ele a escolha de continuar com eles ou desviar.

— Mas... parece conhecer-me.

— Cada coisa a seu tempo — diz o homem, apontando para o leste. — Devemos partir agora, antes dos primeiros raios do dia.

Não demorou muito e o sol despontou no horizonte; a caravana moveu-se. Dispersa e unida ao mesmo tempo, afastou-se devagar, deixando o Cairo atrás de si. Uma hora antes, ele não conhecia nenhum desses homens, mas, de agora em diante, compartilharia com eles o alimento, o caminho, o destino, servindo-lhes no que pudesse, tratando daqueles animais que nunca tinha visto, senão passando longe deles. Cuidava para não ser um encargo para essa gente que — segundo ele pensava — não contava com sua vinda. Por isso, preferiu ficar distante. Quando ouvia duas pessoas conversando, afastava-se, e se por acaso ficava próximo de alguém, apressava o passo para ultrapassá-lo, como se estivesse para recuperar a solidão!

Os homens se revezavam na montaria. Eram duas vezes mais numerosos do que os animais, de rostos secos de tanto esforço repetido. Com o tempo, o seu olhar parecia se perder no infinito e para sempre. Ao vê-los caminhar, dir-se-ia que nunca paravam em lugar nenhum. Quando um deles o convidou para montar, recusou, dizendo que ainda não estava cansado. O homem, um beduíno de Hadramawt, no Iêmen, sorriu e lhe disse que não se tratava de amabilidade nem de favor particular para com ele, mas de uma regra que todos deviam observar: andar e montar alternadamente. Se pudesse sumir diante de seus olhos, tê-lo-ia feito. Queria evitar incomodá-los. O homem de Hadramawt disse-lhe que sabia como se sentia, pois era sempre assim no início, especialmente quando alguém precisava viajar e se via obrigado a conviver com quem desconhecia.

— E como sabe que estou obrigado a viajar?

O iemenita sorriu, piedoso, meigo:

— Não lhe perguntarei sobre o motivo que o impele, nem de sua intenção, mas um homem em sua condição é facilmente reconhecido.

Acrescentou que a prudência aconselhava não perdê-los de vista, pois muitos eram os perigos durante a viagem; bastava desviar-se do caminho para correr o risco de ser atacado por feras ou homens, nada era mais fácil do que capturar um viajante desgarrado. Sim, os perigos eram muitos durante o percurso, o que deixava no coração do viajante mais desgosto do que contentamento; contudo, o maior perigo estava dentro da própria pessoa, quando tinha a propensão para se isolar, absorver as ideias, na busca de algo inacessível, invisível ou inalcançável. Inúmeros eram os acasos do caminho, alguns eram conhecidos, muitos não. Na verdade, só Deus conhece o que não se vê!

Pararam apenas quando o sol começou a descer para o encontro com o horizonte. Passados os vilarejos, depois as casas espalhadas aqui e acolá pelos campos, tinham agora transposto as regiões habitadas. Aos poucos, as palmeiras foram rareando, daí em diante mal se via uns arbustos afastados, fronteira que separava as terras verdes das áridas. Ao entardecer, iniciaram a descida para o sul, ladeando o deserto, como se fosse uma prova preparatória antes do início da longa marcha. Era preciso alcançar o elevado, de onde podiam, num único relance, ver todas as antigas pirâmides, e em tempo aberto, quando o horizonte estava límpido, podia-se ver as águas do Nilo passando pelo vale. A partir daquele ponto, as caravanas que buscavam o oeste embrenhavam-se nos caminhos do deserto. Todos sabiam que seguir por outra senda era morte certa.

Nunca deixavam de recitar encantamentos, pendurar amuletos nos pescoços dos camelos e repetir preces a Deus. Convinha também observar certas regras, como levar os animais ao ponto de água, última nascente na margem do vale, e deixá-los beber o suficiente para aguentar três dias. Para além disso, as reservas começavam a esgotar e isso não era desejável. Assim desde tempos antigos, as trilhas eram traçadas seguindo certas paradas, exigidas pela resistência dos camelos e dos homens.

Por muito tempo relembrar-se-ia da imagem daqueles pescoços esticados, do barulho da água tragada em grandes goles e do instante em que, saciados, os animais se afastavam. Nesse momento então, ele se sentia dividido entre suas reflexões sobre o futuro e suas meditações sobre o passado. Era como numa fronteira: podia desistir, podia voltar para trás, alcançar sua casa nessa mesma noite se quisesse. Mas o temor e a reverência que tinha pelo chamado o compeliam a prosseguir na sua jornada sem contestação.

Recordou a agitação da rua ao pôr do sol, atingindo o auge mesmo antes do anoitecer e do súbito vazio. Não temia os companheiros da viagem, pois não tinha nada que pudesse recear sua perda. No início ele não se importava muito com eles, a ponto de não procurar encontrar o chefe da caravana outra vez; mas agora ele era um membro do grupo e se fosse necessário eles mandariam chamá-lo. Mas, por que parecia que o homem aguardava sua chegada? Alegrou-se ao vê-lo, porém sem espanto, parecia até que estava informado de sua história. Embuçado, de alta estatura e magro, montava um camelo magro, de patas delgadas, cuja cor era diferente da dos outros. Vinha logo atrás do homem de Hadramawt e estava envolvido num pano de lã rubro mesclado com finos fios amarelos e verdes.

Quanto a si, mantinha-se absorvido nos próprios pensamentos. Onde estaria quando nascesse o próximo sol? Em que lugar? Em que companhia? Não sabia, mas estava completamente ciente de que ele era mandado, obrigado a seguir para o poente, inexoravelmente, até o lugar onde o sol desaparece. Na companhia de quem chegaria ao seu destino? Olhava para aqueles homens, até quando? Ainda durante quanto tempo comeria com eles na mesma vasilha? Quem eram? De onde vinham? Para onde iam?

Ele notou que depois que se asseguraram de que os camelos não precisavam de mais nada, aproximaram-se uns dos outros e se fecharam em roda. Uma linguagem que ele desconhecia, conversas misteriosas. Mesmo tendo ficado à parte no decurso das últimas horas, evitando incomodá-los, naquele momento foi surpreendido por uma imensa solidão, sua garganta apertou com uma amargura que não sabia existir em si. Ali, à beira do vale, compreendeu de repente que os laços que o ligavam a sua terra, a sua rua, a sua gente, aos túmulos dos santos, a tudo que conhecia e com que estava familiarizado começavam a desmanchar pouco a pouco. Estava certo de que a ruptura se dera no momento em que atravessou a ponte e se juntou à caravana. Agora, porém, estava no coração de um mundo diferente. Com o deserto, começava um oceano de outra ordem. Vendo os homens acocorados, ombro contra ombro, e sentindo-se sozinho, isolado contra sua vontade, pôs-se a pensar nos companheiros, na ternura e no afeto dos seus, tão distantes dele e cada dia se afastando mais. Teve pena de si, cedeu à dor, desatou a chorar. Viu-se na mesma situação em que algumas pessoas ficam quando abandonam os lugares habitados e vão ao encontro dos confins desolados, e que são conhecidos como "descaminhados", isto é, desviados dos caminhos comuns. Quase sempre são banidos ou fugidos das responsabilidades. Mas ele não era proscrito nem castigado, por que partira então?

Foi surpreendido pelo chefe da caravana na sua frente, estendendo-lhe a mão e passando-a nos seus cabelos. Levantou-se lentamente. O homem embuçado parecia doce e compassivo, falou-lhe de obstinação, de paciência e da dificuldade de passar de uma situação à outra.

— Não quero que ninguém o veja chorando.

Deram-lhe lugar entre eles e, quando viu seus rostos virados para ele, sentiu-se mais tranquilo.

Jamâl Ibn-Abdallah, que registrou esta história, disse que:

Amargo é o exílio. O estrangeiro, por mais forte que seja, é vulnerável. Pelo menos foi isso que ouvi meus pais dizerem. Todo viajante acaba no final voltando. Quanto a mim, por diversos motivos — a doença que me impediu, as minhas obrigações junto à corte do sultão,

entre outras coisas —, nunca deixei as terras do poente. No entanto, conheci o efeito da viagem, nos olhos dos que chegavam e dos que partiam, quando concentrado, recolhido dentro de mim mesmo, eu viajava na minha memória, quando à cidade vinham forasteiros. Prestava atenção na cautela de seus gestos, na maneira encolhida de se sentarem, percebia sua hesitação em estender a mão para a comida, seu zelo em mastigar discretamente, sem incomodar ninguém, o cuidado para não virar enquanto dormiam ou não roncar enquanto cochilavam, em tudo semelhantes aos órfãos!

Teria gostado tanto de acompanhar as caravanas dos peregrinos, de partir para o Oriente para passar pela mesquita de Azzaituna, de Alazhar, antes de alcançar Meca, onde pararia humilde no túmulo do Senhor de toda gente, em Medina, a Cidade Iluminada, purificada pelo seu repouso eterno. Andar por onde ele andou, passar meu olhar para onde ele dirigiu seu rosto, dar meu amor à montanha de Uhud, que me retribuiria. Não foi isso que ele disse: "Eis uma montanha que nos ama e que nós amamos?"

Mas, quiseram as circunstâncias que eu nunca tivesse contato com aquele lado senão pelos livros, pelas descrições orais, pelos perfumes que buscava e pelas notícias de seus antepassados que procurava. Também não tomei a direção sul onde fica o Deserto imenso, única rota para se chegar às minas de ouro e de prata, ao marfim e à madeira de ébano, e a outras maravilhas do país dos Negros. Quanto a embarcar para o Oeste, era uma viagem sem esperança de regresso.

Nunca parti e, no entanto, me vi por duas vezes arrancado do meu mundo: quando dois entes do meu sangue partiram, os filhos do meu irmão, que Deus o tenha, que morreu cedo, quando seus filhos ainda eram bebês; acolhi-os e os adotei em vez de ter meus próprios filhos. Fui um pai para eles. O primeiro partiu para peregrinar quando não tinha vinte anos, e já há vinte e três anos aguardo seu retorno. O segundo embarcou na companhia dos homens do mar. Voltava uma vez a cada dois ou três anos, passava um tempo, falava-me da Índia, do reino da China e dos enormes elefantes. Quando eu não conseguia entender algo bem, esclarecia para mim por meio de desenhos. Depois, de súbito, voltava a partir. Faz sete invernos que não sei de seu paradeiro, mas continuo aqui à sua espera, quem sabe, quem dera! Apesar dos anos e das vicissitudes da vida, ainda aspiro por seu reencontro com o coração cheio de nostalgia. Imagino-os ainda pequeninos, na idade que aprendiam a falar ou que empregavam grande esforço para decifrar as letras ou para desvendar os segredos dos números.

Quando voltarei a encontrá-los e onde?

Será que nos veremos novamente?

Essas perguntas ressurgem sem cessar dentro de mim. Quanto ao nosso amigo, elas insistiam sobre ele enquanto se preparava para adentrar o deserto. Neste momento, olhei fixamente para ele, parecia-me comovido. Dava a impressão de viver momentos vindos do nada. E, para não me prolongar correndo o risco de me desviar ou errar, volto à minha narrativa anotada enquanto ele a recapitulava.

OS QUATRO IRMÃOS

Ahmad Ibn-Abdallah, que conhece o deserto e já o percorrera, diz que voltava naquele momento pelos pensamentos aos primeiros tempos de sua vida, aos tenros anos de juventude, quando olhava para o futuro sem se virar, esperava, mas não recordava, os anos vividos eram ainda menos do que os que viriam, aliás, nunca se preocupava com isso; todavia, mais tarde compreendeu que tudo que é vindouro está sempre próximo e tudo que passou, longínquo, muito longínquo!

Antes da caravana adentrar o deserto ocidental, conquistara a afeição do chefe, que atenuava sua tristeza. Chamou-o para se sentar a seu lado, começou mencionando a importância da companhia para o bom entendimento durante a viagem. Disse que era o mais significante pilar do viajar e que eleger o companheiro era mais importante do que escolher a rota. Assim rezava o conselho dos mais experientes.

Em seguida, propôs contar uma parte de sua história, alguns fragmentos de sua vida.

Fora em Tinnîs, uma cidade situada numa ilha, que se conhecera por gente e que passeara seus primeiros olhares pelo mundo. A ilha se localizava perto do ponto de encontro do Nilo com o mar. Assim, no auge da inundação, a água doce prevalecia sobre a água salgada, os habitantes armazenavam-na em grandes tanques, suficientes para suprirem suas necessidades durante um ano. Tinham um conjunto de regras precisas para a repartição da água, que ninguém tentava infringir ou delas se desviar. Na época da água doce, a cor da água do mar mudava de azul-escuro para verde-escuro e via-se afluirem peixes de espécies de todo tipo, em particular as sardinhas, que eles apanhavam facilmente e em grandes quantidades. Para preservá-las, eles as secavam e depois enviavam para todo o resto do Egito. Nessa época do ano, desabrochavam as flores de balsameiro, já inexistente em outras regiões do mundo. Subsistiram umas doze árvores, cuja essência era extraída durante as noites de lua cheia por cinco virgens intocadas e nunca expostas a nenhum macho, pois, de outro modo, o arbusto acabaria por murchar e atrofiar-se. Tratava-se de um costume bem conhecido e seguido desde os tempos antigos e tinha a eficácia comprovada. O óleo extraído podia encher seis ou sete frascos do tamanho de um polegar, cujo vidro opaco protegia o elixir precioso de alterações eventualmente ocasionadas pela penetração da luz. Uma gota dele custava cem dinares do puro ouro veneziano! Toda a essência era enviada para o palácio do sultão, onde era guardada em cofres que não deviam ser abertos sem o seu consentimento. Com uma parte ele presenteava os reis da terra, ganhando assim sua amizade. Esse óleo tinha muitas virtudes. Diziam que uma gota renovava a vida da pessoa, como se nascesse de novo. O balsameiro era conhecido como uma das maravilhas do Egito, depois de ter desaparecido do restante das terras habitadas do mundo. Os arbustos de Tinnîs passaram a ser considerados um dos tesouros do reino. Eram famosos até nos confins da China e no país dos eslavos, onde o dia e a noite reinavam alternadamente seis meses cada um. Na Índia, há um provérbio que diz assim: "Mais raro que o balsameiro de Tinnîs do Egito."

Contou-lhe que vira essas arvorezinhas plantadas distantes umas das outras, rodeadas cada qual por uma cerca firme. Cuidava-se para que não passassem perto delas bichos ou carroças; mantinha-se qualquer barulho longe delas. Os ruídos podiam fazer mal às suas folhas tão frágeis e delicadas. O povo da ilha sabia disso e respeitava essas precauções, e do mesmo jeito que ensinavam seus filhos a respeitar os pais, a serem generosos com o próximo, a orar e dar esmolas, eles lhes ensinavam como deviam cuidar das árvores para que fossem preservadas. Temiam que se cumprisse uma velha profecia, segundo a qual no dia em que uma flor do balsameiro viesse a desaparecer de Tinnîs, a ilha seria submersa pelas ondas.

A ilha também era famosa por sua seda inigualável na finura, na suavidade e no valor, a tal ponto que, se alguém usasse uma vestimenta feita dessa seda, era indício de prestígio ou sinal de ascensão social. Se o sultão oferecesse a algum de seus favoritos ou aos dignitários do Estado um traje, uma túnica ou um lenço para cabeça feito da seda de Tinnîs, isso era tido como um acontecimento merecedor de ser mencionado nos anais dos historiadores. Ele mesmo, quando criança, fora envolvido em fraldas feitas da mesma seda, não porque a sua família fosse rica, mas por causa da posição de seu pai.

Nunca comera peixe, frito ou assado, a não ser logo depois de pescado. Quanto ao gosto e ao aroma do arroz de Tinnîs, ele não o encontrou em nenhum outro lugar. O céu que cobria Tinnîs era mais vasto, mais próximo e mais azul. Ali, o ar era puro e carinhoso como uma carícia. O cheiro de suas esquinas era incomparável. No entanto, após a morte do pai, Tinnîs ficou para eles. Eram quatro irmãos, sendo ele o terceiro. Foram envolvidos por uma imensa tristeza, por isso sentiram vontade de ir embora e assim decidiram partir para outro lugar.

Contou que era apegado ao pai, um homem digno que impunha respeito, conhecedor das histórias dos antigos. Distinguira-se, sobretudo, por seu conhecimento de uma ciência rara, passada de geração a geração. Era referência e autoridade máxima na matéria. Diziam que não havia igual nas terras do islã. Haveria uma única pessoa capaz de competir com ele, e mesmo assim esta não teria senão uma parte do conhecimento que ele tinha, além de morar no estrangeiro, na ilha de Chipre. A verdade é que o nobre pai era versado nas aves migratórias que começavam a chegar aos campos do Egito no início do outono. O solo da ilha era a primeira terra tocada por essas aves após uma longa viagem sobre estepes e mares. Ele podia predizer o segundo exato em que pousaria a primeira ave, a batedora que precedia o bando. Nunca se enganara, sabia a data certa da chegada de cada espécie: a codorna, o codorniz, o estorninho, o *nastafîr*,

o falcão, o rouxinol, a rola dos bosques, o pelicano, a rola-da-índia, a rola triste, o gaio, a gralha, a poupa, o pisco-do-peito-azul, a alvéola, o pipistrelo, o verdalhão, a andorinha, o pastorinho, o azulão, o tordo, o íbis, o bico-amarelo, o maçarico, o pintarroxo, o pardal, a cotovia negra, o rolieiro, o pica-pau verde, o pica-pau cinzento...
Mais de duzentas espécies cujos pios lhe eram familiares. Sabia imitá-las tão bem que parecia conversar com elas. Quantas vezes ele vira o pai à janela, imóvel, diante de uma poupa ou um *nastafir*? Preparava para cada uma delas a comida de que mais gostavam, seja grãos de trigo, de milho ou frutas. E, como quem quisesse se assegurar de que não lhes faltava nada, imitava seus sons, examinava-as; seguras e dóceis, as aves abriam as asas que ele untava em alguns pontos com unguentos, resultado de várias horas de preparo, ou, então, dava-lhes de beber de frascos variados guardados em seu quarto de dormir. Nunca pegava em nenhuma ave à força, pelo contrário, ficava atento ao menor de seus movimentos e cuidava para não elevar a voz com receio de assustá-las. Desde que eram crianças, o pai os alertava para não serem bruscos com as aves. Eles atendiam a sua recomendação, mas nenhum deles herdou sua arte.

Sabia de que regiões vinha cada uma das espécies, imensas terras geladas que o homem só podia atravessar coberto com peles, sobre trenós puxados por cães de caça. Conhecia as datas em que cada uma se reunia e levantava voo em direção ao sul. Em dias determinados, permanecia sentado no telhado da casa, de olhos fixos no horizonte e dizia:

"As rolas do bosque estão se preparando agora..."
"Os falcões já estão iniciando voo..."

"Os gaios, os rouxinóis e os *nastafïr* preparam-se para partir..."

Sem descanso, as aves voavam durante semanas. Uma parte do bando dormia, conduzida pela outra, numa ordenação surpreendente e de maravilhosa organização. Quanto a saber como podiam seguir sempre a mesma rota através de espaços desprovidos de qualquer sinal, ele nunca se pronunciava sobre isso, embora tudo levasse a crer que conhecia o procedimento das aves, mas entrar nesses detalhes seria muito demorado!

Com o olhar, ele procurava determinadas aves que distinguia das outras, sem precisar amarrar linhas de seda em suas patas, nem prendê-las com delicadas argolas metálicas, pois cada uma delas tinha seu lugar reservado em sua memória. Reconhecia-as quando chegavam e sentia a falta de algumas, mesmo com a semelhança dos traços e das cores das penugens dentro da mesma espécie. Sua casa era a primeira parada para essas aves que nunca se enganavam, nunca se perdiam.

Com a chegada das aves, invadia-o uma vitalidade transbordante, que o levava a estudá-las uma a uma: seus cantos, a altura de seu trinado, seu modo de se deslocar, de levantar voo. Anotava todas as observações e transmitia algumas à administração do sultanato. Certo ano, um enviado especial do rei dos búlgaros chegou após ter obtido licença das autoridades do Cairo. O homem embarcava para Tinnîs transportando uma gaiola em forma de abóbada, onde estava preso um pássaro estranho, até então desconhecido no Egito, minúsculo, de pés delgados como dois raminhos de manjericão e uma plumagem azul-escura, que de repente aparecera no país dos búlgaros, sem que ninguém soubesse de onde viera, nem por quê, nem a espécie a que pertencia, e nem qual era seu destino.

O rei dos búlgaros queria descobrir que pássaro era aquele, porque sua filha, fascinada pela plumagem e por seu assobio, suave e triste, havia se apaixonado por ele. Todavia, sempre que conseguia apanhar um ou dois, nunca sobreviviam aprisionados mais do que duas horas, fosse numa gaiola ou em qualquer outro lugar fechado. Como preservar o pássaro cativo e vivo ao mesmo tempo?

Com extrema ternura, o nobre pai observou a ave embalsamada que jazia dentro da gaiola. Após a oração do alvorecer, impôs a si mesmo um retiro solitário de meio dia, para depois reaparecer com indicações numa longa carta escrita num papiro, em que dava informações sobre a ave: a espécie rara a que pertencia, em via de extinção, era originária das altas montanhas que separam a Índia da China. Vivera em bandos numa região recuada e inviolada por humanos, até que um dia o chefe dos monges ordenou que construíssem uma ponte de madeira sobre um antigo desfiladeiro que ficava no meio da rota para a Grande Muralha. Foi então necessário cortar árvores antigas, aplanar grandes áreas de terra e mover rochedos enormes, inabaláveis até por terremotos. A interferência do homem na natureza daquele lugar perturbou a vida desses pássaros, que acabaram fugindo para o país dos búlgaros, onde se estabeleceram por razões obscuras. Tratava-se de uma ave única, sem igual no mundo, capaz de sobreviver fora das regiões mencionadas pelos livros com uma única condição: de não ser tocada nem acercada pelo homem, pois era uma característica dela perder a vida imediatamente se não conseguisse voar numa linha reta. Se, porventura, algum obstáculo aparecia na sua frente, fraquejava imediatamente. Um fenômeno raro, ninguém nunca havia observado algo semelhante em nenhuma cidade ou território. O mensageiro do rei dos búlgaros informou que lhe pediam que fizesse um artifício que permitisse à filha preciosa do rei conservar junto a si um daqueles pássaros, um só apenas, e que ele podia pedir o que quisesse em troca.

O Mestre das Aves — que Deus o tenha — disse que não era capaz de mentir a ninguém, poderoso ou humilde. É verdade que estava a seu alcance efetuar tal artifício, mas prometera a seu Senhor que nunca faria nada que pudesse limitar a liberdade de nenhuma criatura, principalmente das aves das quais desvendara segredos, após terem lhe revelado os pormenores.

Era uma promessa firme. Rompê-la equivaleria a trair toda a população aviária, e isso ele nunca poderia fazer, nunca!

Todos os esforços para convencê-lo falharam e as relações entre Egito e o país dos búlgaros se deterioraram. O Egito não mais recebia o afamado couro búlgaro com o qual se faziam as selas dos cavalos, os cintos dos emires e as botas de inverno do sultão. O Egito, em troca, deixou de enviar a pura lã egípcia, os panos para as tendas e as espadas de aço temperado feitas no Cairo, o que causou prejuízo aos mercadores e provocou sua insatisfação.

Mas isso não impediu o grande juiz de elogiar a conduta do pai, e, no final da oração de sexta-feira, em Tânta, o xeique Alahmadi, que goza de grande reputação entre os sufis, evocou a bênção divina para ele e exortou o povo a seguir o exemplo daquele homem que se recusou a trair sua promessa feita às aves. O filho mais velho, no entanto, não escondeu seu descontentamento. Se ao menos o pai tivesse aceitado a oferta dos búlgaros! Deixaria aos filhos e depois deles aos netos o suficiente para viverem sem necessidade até o fim de seus dias. Foi o início de uma frieza entre o primogênito e o pai. Este, porém, não deixou, apesar disso, de zelar por seus protegidos, preparando remédios e confeccionando curativos. Naquela época, falava-se muito de seus laços com as aves. Dizia-se que graças às informações fornecidas por cada espécie, ele estaria a par do que acontecia nos reinos e nos países distantes. Sabia até predizer a próxima cheia do Nilo, se seria fraca ou abundante, por intermédio de uma ave vinda do Norte e que seguia sua viagem ao país dos abissínios, e de lá voltava no final do inverno, início da primavera, podendo então, ao atravessar as camadas superiores da atmosfera, observar as nuvens carregadas com as chuvas da enxurrada.

    No entanto, o mais surpreendente das histórias era a respeito de suas uniões com as aves. Alguns afirmavam que ele enviava gotas de seu próprio sêmen para o outro lado do mundo, onde viviam aves com feições humanas que jamais abandonavam seus refúgios, sobretudo fêmeas de extrema beleza, delicadeza e graça. Assim, no intuito de fecundar essas aves estranhas, aninhadas nos confins da terra, teria mandado até elas, atadas nas patas do *nastafîr*, minúsculos frascos do ferro de Tinnîs. A acreditar em várias testemunhas, podia ter-se como ponto certo que tivesse gerado toda uma prole de criaturas meio homens e meio aves.

Histórias estranhas, que o pai não contestou nem afirmou, histórias que deram tantas voltas que acabaram por chegar aos ouvidos de quem detinha o mando e o comando no Cairo. Correu então a notícia de que um príncipe de alto posto — um dos poucos autorizados a usar peles de urso cinzento das regiões polares — queria enviar um destacamento militar para buscá-lo à força, com o objetivo de saber dele a verdade, mas deparou com a oposição do Grande Mestre dos sufis, que avisou que uma terrível desgraça aconteceria se alguém ousasse fazer mal àquele homem, obrigando-o a deixar a ilha de onde nunca saíra.

Apesar de tudo, uma tristeza, cujo motivo não revelou, acometeu o pai. Talvez tenha percebido que seu imenso saber cairia no esquecimento, já que nenhum de seus filhos se dignara a interessar-se pela ciência das aves, além da hostilidade que o primogênito tinha para com ele por ter recusado a oferta dos búlgaros. Quando desapareceu subitamente por cima do telhado da casa, contou-se em toda a ilha que morrera de tristeza pela perda de uma fêmea, habitante do inabitado hemisfério norte, por quem nutrira grande paixão. Foi após a hesitação dos *nastafîr*, a desolação do estorninho e a tristeza dos pássaros castelhanos, que a poupa tomou coragem e lhe contou a notícia cruel.

O chefe da caravana prosseguiu contando que, após o desaparecimento do pai, as aves deixaram de pousar na ilha, que não foi mais tocada por nenhuma espécie, fato que foi considerado pelos moradores um mau presságio. Nas épocas costumeiras, os bandos atravessavam o céu, parecendo nuvens flutuando ao longe, e desses espaços celestes chegava uma voz coletiva, assustadora:

"Que a paz e a misericórdia de Deus estejam sobre ti."

Disse que a vida na ilha, outrora tão agradável, em pouco tempo foi se tornando desagradável. Os quatro irmãos concordaram que a vida na ilha passou a ser penosa e assim decidiram percorrer o mundo, cada um indo para um canto, e acertaram que se encontrariam em Tinnîs após sete anos. Cada um tinha que cuidar para anotar tudo que observava e encontrava durante a jornada. E assim foi: resolveram coisas pendentes, organizaram suas coisas e procederam com os últimos preparativos. Marcaram a data da partida para o dia em que Júpiter atingiria o lugar atribuído a ele no zodíaco, manifestando sua natureza majestosa. No porto, com os olhos marejados, abraçaram-se e separaram-se.

Numa voz suave e comovida, o chefe da caravana disse-lhe que havia então se despedido de um segmento inteiro de sua existência para receber outra etapa de outro tipo. O irmão primogênito, que desde cedo tinha gosto pelas mulheres, embarcou em direção norte, almejando viajar de país em país, exercendo todo tipo de ofício, com o intuito de descobrir a beleza dos rostos, a singularidade das silhuetas e a diversidade dos corpos, ávido por conhecer o maior número deles, pois há muito tempo nutria o desejo de possuir todas as mulheres do mundo!

O segundo, entendido na arte da construção, deixava na ilha obras memoráveis, entre elas: a cúpula do mausoléu do santo, a casa do fiscal e a hospedaria. Dizia que iria erguer em cada país que visitasse uma construção que sobrevivesse aos tempos.

O terceiro, o caçula, queria visitar todos os mausoléus dos homens santos, os túmulos dos homens piedosos, as localidades dos homens que ainda estavam vivos. Recolheria seus ditos, seus conselhos, bem como os preceitos e as sentenças proferidas pelos homens de Deus antes de partirem para a eternidade.

Quanto a ele, desejava conhecer o mundo, e para tanto dedicou-se ao comércio. Levava mercadorias do Norte até as terras do Sul e produtos do Extremo Oriente até os confins do Ocidente.

Disse que a separação não foi fácil e que por pouco não desistiram de tudo. Se não fosse a determinação do irmão mais velho, teriam passado juntos o resto de seus dias. Nunca antes haviam tomado uma refeição separados, nunca lhes acontecera chegar atrasados a casa em horas marcadas, nunca ninguém passara uma noite fora do lar, mas, desde o desaparecimento do pai, amado pelos habitantes da ilha que lhe deram o epíteto de Mestre das Aves, a casa tornou-se pequena para eles, e assim cada um se fechou na própria solidão.

Disse que, para cumprir seu projeto, montara inicialmente um pequeno negócio. Empreendera uma primeira viagem e a verdade é que ele já não parava fazia quatro anos. Se fosse contar tudo, nunca terminaria! Em suma, era agora um viajante experimentado, conhecedor dos contingentes da longa rota de seda que conduz da China aos reinos dos Francos. Introduziu a seda chinesa nos mais remotos pontos do Ocidente onde era ainda desconhecida, e trouxe do país dos Negros inúmeros tesouros, que já haviam alcançado tanto sucesso nos mercados das cidades do Oriente, que a chegada de sua caravana era um acontecimento que ninguém queria perder. Mal entrava na capital chinesa, era instalado no palácio para hóspedes do imperador. Penduravam-se imediatamente três lâmpadas vermelhas, sinal da elevada posição do hóspede. No dia seguinte era convidado para a mesa do *Baghbûgh* — conforme os chineses denominavam seu soberano — para tomar o desjejum. Assim também era recebido na Índia, na Pérsia, e entre os turcos... Quanto às terras da Síria e aos países do Ocidente, era como se estivesse em sua própria pátria.

Depois de lhe contar o início de sua história e o destino de seus irmãos, o chefe da caravana disse com um sorriso:

— Eu estava à sua espera.

Ao ouvir tais palavras, olhou-o calado, e depois disse, nada surpreso:

— Percebi isso...

— Na verdade — disse o chefe da caravana —, você é um dos marcos colocados no meu caminho ao longo desta viagem...

E contou-lhe que uma vez, ao chegar à cidade de Balkh, hospedara-se na casa do juiz da cidade durante dez dias. Era de seu costume, quando demorasse em algum lugar, informar-se sobre os bons homens, os sábios, os artistas e os mestres artesãos do local. Antes de tudo, visitava os túmulos de quem tivesse deixado uma boa lembrança ou um bom trabalho, recitando a *Fâtiha* e deleitando-se com sua presença eterna e muda. Em seguida, procurava quem ainda não conhecia ou não encontrara em suas viagens anteriores.

Em Balkh falaram-lhe sobre um xeique chegado havia quatro meses, o qual fixou domicílio debaixo de uma árvore para nunca mais sair de lá: uma árvore antiga, rara, ramosa e de tronco muito grosso. Eram necessários quarenta homens, de braços bem esticados, de dedos ligados uns nos outros, para circundar o tronco. Era carregada de todos os tipos de frutos, e cada ramo dava uma variedade diferente: uns semelhantes ao gergelim, outros à melancia. Dava também grãos pequenos como os das vagens, sobre os quais se dizia que se toda manhã fossem ingeridos em jejum, durante dois anos, nunca mais se adoecia. Se uma mulher estéril se ajoelhasse diante da árvore e lhe lambesse a casca, conceberia um filho macho. Quanto ao viajante, se pronunciasse uma saudação ao passar por ela, podia ter certeza de que voltaria um dia ao mesmo local. Por isso, ele tratou de ir cumprimentá-la e a seus galhos, e seus frutos pendentes e raízes invisíveis. Lá mesmo, debaixo da árvore, encontrou com o xeique. Um homenzinho franzino, de ar plácido, extremamente transparente, a quem ele interrogou com o olhar sobre diferentes coisas; o outro lhe respondeu tudo o que sabia: como poderia esconder fosse o que fosse a um olhar tão penetrante? Quando chegou o momento de partir, o xeique lhe profetizou que cruzaria com três homens no seu caminho para o oeste e depois para o sul. O primeiro estaria no Khalîj, no Cairo; o segundo, um ancião cuja idade ninguém podia predizer, num pequeno oásis longínquo que conservava imutavelmente o mesmo número de habitantes ao longo dos séculos; o terceiro, na encosta de uma montanha coberta de neve, na terra dos Negros. O primeiro pediria para acompanhá-lo e ele deveria ajudá-lo sem hesitar um só instante, sobretudo se o visse aparecer antes do sol surgir no horizonte. O segundo lhe daria conselhos, e convinha segui-los à risca. Quanto ao terceiro, iria incumbi-lo de uma mensagem, e ele deveria transmiti-la. Em seguida, o xeique revelou-lhe um sinal.

Fez-lhe ainda outras recomendações e desvendou-lhe todo tipo de segredo.

— Você... é o primeiro dos três — disse o chefe da caravana.

No fundo, essa conversa o tranquilizou. A partir de então, mostrou-se menos arisco, menos tímido e tornou-se ainda mais comunicativo, especialmente quando a caravana adentrou o deserto.

O HADRAMAWTI

Ahmad Ibn-Abdallah conta que era de noite seu caminhar sob as estrelas. Nunca vira tantas! Marchavam em comboio contínuo, liderados pelo guia. Este era o hadramawti, jamais o esqueceria. Um viajante incansável que percorrera a terra, versado na ciência dos astros e na medição do tempo. Fora ele quem o ensinara. Nunca vira alguém igual àquele homem em nenhuma das etapas de sua viagem em direção ao poente. O hadramawti era capaz de precisar a direção pelo instinto. Olhando para qualquer ponto no céu, móvel ou fixo, conseguia determinar a sua posição, até mesmo quando densas nuvens enchiam o céu. Hábil em decifrar o movimento das sombras, tanto nas regiões habitadas como nas desérticas, e, em seguida, determinar o tempo com precisão, indicar as horas das orações e a direção correta de Meca.

Era o homem mais importante da caravana. Sua posição na hierarquia era superior aos guardas recrutados para repelir os perigos inesperados e fazer frente aos bandos de salteadores. Não se podia dispensar o hadramawti, o conhecedor das horas, em nenhuma etapa da viagem. Sem ele, poderiam se desviar da rota ou se perder no deserto, o que seria morte na certa. Ele sabia disso por ter visto com os próprios olhos. Quantas vezes deparara com carcaças de homens e de animais, mortos de sede, quando a água estava a um passo. Algumas vezes chegara a ver esqueletos gigantescos, vestígios de animais extintos, cujos crânios passavam de uma dimensão de mais de vinte côvados.

O hadramawti era muito magro, fino qual uma palmeira, tinha os ossos dos punhos e das pernas salientes. Desde moço, viajava no mar em todo tipo de barco, grande ou pequeno, navegando entre as costas do Iêmen, da Abissínia, de Moçambique e da Índia. Conhecia bem as referências imutáveis, os ventos marítimos — sazonais, persistentes ou imprevisíveis —, as localidades perigosas, os recifes e as zonas onde se refletia a luz das estrelas. Em seguida, aventurara-se nos desertos da Arábia, da África e da Ásia. Estranhamente, morara durante um tempo indefinido na Núbia. Não mencionou tampouco qual foi o motivo disso nem em que circunstâncias vivera lá. Parecia, contudo, apegado àquela terra, de modo tal que chegara a mencioná-la muito mais do que o Hadramawt e o Iêmen. Vira as embarcações do Nilo transportando as colheitas, as cerâmicas de Qena, os tecidos de Naqâda, as tâmaras de Oásis e os tecidos de Akhmîm. Alcançara a Núbia no barco do correio do sultão, que, uma vez a cada seis meses, zarpava de Assuã, levando cartas oficiais, além de mercadorias variadas, de cativos e de animais acorrentados. Assistira aos turbilhões do rio, até o ponto mais alto da cheia, e à inundação de ilhas povoadas. Quantas casas habitadas essa corrente fechara, tão esperada pelas terras sequiosas e ávidas, quando um barco pequeno carregando uma família inteira se virava. O rio nunca devolvia o que levava. Lá na Núbia, havia muito tempo, pousara na sua frente um pequeno pássaro de pernas finas e penas azuis, que o chamara pelo nome e lhe falara pela linguagem dos homens. Disse que era mensageiro de um dos seus semelhantes e que ele vinha simplesmente para lhe ordenar que acompanhasse um jovem originário da ilha de Tinnîs, que o guiasse ao longo de suas viagens e dele não se separasse até que a morte o fizesse. Que cuidasse então dele e que fosse solícito para com ele, pois se tratava de um rapaz íntegro que tinha amor e piedade para com o pai.

O pássaro depois desaparecera sem deixar vestígio. A partir daquele dia, inquietou-se e desassossegou. Que fazer? Sair à procura do tinnîsi? Ou esperá-lo? Num característico dia abrasador do sul, abatido por um silêncio tão esmagador que se podia conversar sussurrando de uma margem para outra do amplo rio, vindo do norte, atracou um barco de mercadorias com destino ao Sudão. Após se informar e ter certeza de que o dono era originário daquela ilha de que nunca ouvira falar antes da passagem do passarinho, foi falar com ele, pondo assim termo a sua estada misteriosa na Núbia. Desde então, nunca mais o deixara, fiel à ordem que recebera, pois não se pode desobedecer ordem vinda de uma ave.

O hadramawti tinha um jeito brusco e particular de parar. Imóvel, com uma perna na frente da outra e uma mão no quadril. Isso raramente acontecia, mas quando ele se demorava nessa posição, olhando fixamente para um ponto distante, com os olhos cerrados e o queixo caído, todos os olhares e corações se dirigiam para ele, e a um sinal dele a caravana retomava o caminho, mudando de direção, salva de uma morte certa. Caso contrário, todos se afastavam. Quando, eventualmente, o velho guia se atrapalhava um pouco, receava-se por sérios apuros.

Foi do hadramawti que ele adotara aquela posição de antecipação, cautela e investigação, e com os mares indianos, aprendera a medir o tempo, e com os desertos árabes, as direções. Completara o seu conhecimento com as estrelas na Núbia. Tudo fazia crer que havia sido com este propósito que fora para lá, mas nada permitia afirmá-lo. Tornara-se conhecedor das configurações das constelações, dos fenômenos cósmicos e sabia de cor o mapa das estrelas — as visíveis cintilantes e as ocultas. Sabia até a hora de passagem e a trajetória dos cometas. De dia ele calculava a hora pela mudança da sombra e pelos brilhos da luz. Nas noites escuras, escutava os ventos e conseguia se orientar de acordo com a direção deles. Infelizmente, não registrara por escrito nenhum de seus conhecimentos. Tudo que conseguiu perder-se-ia com ele para sempre.

Gostava da vida errante. Disse que nunca ficara num lugar mais que o tempo necessário à caravana para comerciar, abastecer-se e deixar os animais descansarem. Tinha conhecidos em todo lugar; homens que falavam línguas diversas e dialetos variados vinham indagá-lo sobre todo tipo de enigma que eles não compreendiam. O hadramawti sempre respondia a quem ele confiava ou a quem sentisse que tinha desejo sincero de aprender e de se instruir.

Ahmad Ibn-Abdallah contou que o hadramawti sempre sorria para ele, demonstrando ternura e compaixão, embora fosse um tanto taciturno. Certa noite, chegou até a lhe confiar o quanto gostaria de acompanhá-lo, se não fosse atado à promessa de nunca deixar a caravana do tinnîsi, mas em compensação decidiu por lhe transmitir um saber que só cessaria com a morte dele; transmitir-lhe-ia tudo que lhe pudesse ser útil.

Seu conhecimento era raro, profícuo. Não havia ninguém que se comparasse a ele entre os guias, quer do deserto quer do mar, dos batedores das estradas e das trilhas. Se lhe perguntasse sobre uma cidade, logo indicava onde se situava, enumerava suas peculiaridades e citava os nomes de suas personagens santas. E se a questão era a definição do trajeto, aconselhava sempre que se tomasse como orientação a distância entre duas estrelas.

Ensinou-o a reconhecer as terras áridas das férteis, instruiu-o sobre como examinar a água da terra e predizer se um poço seria generoso ou avaro; ensinou-lhe sobre os frutos dos quatro cantos do mundo: o tempo de semear, de o primeiro brotar, do desabrochar das flores e da maturação, e ainda as variedades existentes em cada região. Havia no Iêmen e nas regiões além-rio certas montanhas em cujas encostas plantavam-se as frutas do verão, ao mesmo tempo que nos seus cumes formavam-se os frutos do inverno.

Mostrou-lhe como distinguir entre as nuvens carregadas e as falsas, que não cumprem sua promessa, e como reconhecer os relâmpagos precursores enganadores. No deserto, os nômades costumavam observar o céu: se ele fulgurasse setenta vezes, a chuva ia cair com certeza. Explicara-lhe os ventos: suas direções, suas rotas ao longo dos dias; os graus do meio-dia, das duas auroras e dos dois crepúsculos, o abrasamento do céu antes e depois do nascer e do pôr do sol. Ensinou-o a determinar a orientação de Meca, enquanto estivesse num lugar habitado e movimentado, ou num lugar ermo, desértico, desprovido de qualquer referência...

Eu, Jamâl Ibn-Abdallah, o escriba, digo:
Eu o escutei ditando a mim vários pormenores relacionados com essa ciência, mas, por receio de me alongar por demasia, resolvi mencionar apenas alguns. Entretanto, prometera a mim mesmo, depois de concluído o relato, pedir-lhe que me ensinasse, pois a astronomia não é praticada nas terras do poente. Só os habitantes das costas, dos portos e os marinheiros a dominam, e, mesmo assim, são raros e seu conhecimento dos graus do sol nascente é limitado. Em contrapartida, no que diz respeito ao poente, ninguém os superava: conhecem, grau por grau, o declínio e as metamorfoses do disco solar até ele acabar de se afogar no Magnífico Oceano. Ouvi dizer que na Andaluzia, principalmente em Granada, se encontram os relógios de água, que, apesar da passagem dos anos e do fim da soberania muçulmana, ainda funcionam; viajantes regressados de Fez também falaram desse raro relógio solar da mesquita Qarawiyyîn. Na nossa cidade há muitas réplicas dele, mas eu nunca vi o original, por conta da minha doença que me impede de me deslocar.

Ahmad Ibn-Abdallah contou que sua relação com o hadramawti fora ficando mais sólida ao longo das etapas; apesar do rosto impassível e da fisionomia fechada, sentia-se mais sereno e menos preocupado quando o outro vinha se sentar com ele, mostrava-se amável e afetuoso, e a fim de distraí-lo das mágoas contava-lhe todo tipo de histórias estranhas e singulares que vira por onde andara. Na verdade, ele exibia um sorriso sereno só quando se encontravam a sós. Era um sorriso doce, bom, impregnado de ternura paternal. Dizia-lhe: "Eu vi e você verá. Eu parti e você partirá. Eu observei e você testemunhará." Dizia: "Eu estou no declínio e você está ascendendo." Ele lhe respondia: "Que Deus lhe prolongue a vida!"

Em seus momentos de quietude, o hadramawti começava a falar com entusiasmo sobre ilhas em que atracara, onde cresciam frutos de feições humanas, lugares estranhos onde passara tantas das suas noites, montanhas e praias desoladas, templos abandonados, palmeirais e cabanas de bambu, construções revestidas de mármore ou corredores entranhados em montanhas. Não citaria todos os povos que conhecera por serem muitos. Mas o caminho para a China era o mais espinhoso de todos.

Escutava-o e se perguntava: que pontes atravessaria? A que países chegaria? Em que mesquitas viraria o rosto em direção de Meca? Teria um dia, ele mesmo, a oportunidade de se sentar e conversar sobre suas viagens e paragens e narrar suas aventuras extraordinárias? Atentara para a diferença entre eles dois. O hadramawti viajava por iniciativa própria e podia se retirar do mundo quando sentisse a necessidade de fazê-lo. Mas ele? Viajava obrigado, ordenado por aquilo cuja existência era incapaz de revelar, assim como era incapaz de definir a sua exata natureza. Voz? Explosão? Eco? Acidente ou substância? Impossível decidir com segurança.

Seguia obediente em direção ao poente, sem saber quando chegaria. Os primeiros tempos de seu périplo desbotavam. Agora, chegava a duvidar se passara por aquilo mesmo. Ou se tratava de uma história que ouvira contar? Era de fato ele, esse jovem que saíra na flor da idade, no instante do romper o dia para atravessar a ponte, que encontrara o tinnîsi e depois o hadramawti?

O hadramawti...

Teria o velho guia o iniciado mesmo ou teria lido apenas os seus escritos? Acaso não dera o homem provas de uma ternura transbordante para consigo, apesar de sua aparente aspereza? Não é verdade que reparara na tristeza de seus olhos? Escutara-o e se apegara a ele... Como gostava de sua presença, como gostava dos gestos de sua mão! Nunca esqueceria aquele queixo caído, quando se imobilizava num momento de indecisão. Não chorara, num adiantado ponto de sua viagem, quando soube de sua morte? Naquele momento algo aconteceu, mas que será revelado no tempo certo. Teria tudo isso acontecido ou fora apenas um sonho? Viveu realmente a seu lado ou apenas cruzou com ele, à semelhança de tantos outros?

Eu, Jamâl Ibn-Abdallah, digo que não me apressava quando registrava essas passagens. Amortecia o movimento do cálamo e o observava. Via em suas feições o que superava palavras e em seus olhos, o que escapava a qualquer descrição. Uma emoção que parecia transbordar do interior da alma, no seu rosto desenhava-se uma infinita nostalgia, uma amargura estranha, jamais vislumbrada nos olhares que, de perto ou de longe, tinham pousado em mim. E aquela lágrima suspensa, invisível, que despertava em mim uma melancolia inexplicável. Seu silêncio, um tumulto estarrecedor.

Assim também era o silêncio do hadramawti, que, quando se calava de repente, não atendia a nenhum apelo, só abria a boca se assim ele o entendia. Não que pretendesse com seu silêncio ignorar os outros ou fechar-se em si mesmo. Não, ele apenas escutava o sopro do vento, espreitava os sinais precursores de uma tempestade cuja ameaça ainda não se concretizara, ou as nuvens promissoras, embora ainda invisíveis. Ou talvez escutasse o estremecer das entranhas da terra. Às vezes, ajoelhava de repente, como que para orar, colava o ouvido ao solo, e antes de endireitar concluía sem hesitação: "Aqui, a terra retumba..."
Instantes, minutos ou talvez uma hora depois, um sismo acontecia. A terra tremia, sacudida por convulsões, ou explodia fogos incubados desde o início dos tempos, ou cuspia lavas e bombas vulcânicas. Se ele parava, toda a caravana parava. Seu silêncio repentino significava que algo de anormal iria acontecer ou que um perigo estava iminente, que só ele, calejado nos mistérios do deserto, podia pressentir.
Sorria quando lhe perguntavam o nome: na realidade, tivera vários, e quanto a alcunhas, mais ainda. Em cada região ou cidade pela qual passava era conhecido por um nome diferente. Mas sempre que se afeiçoava a alguém e criava laços de amizade, pedia que o chamassem de "o hadramawti", o homem de Hadramawt, sua terra natal, campo dos jogos de sua infância, receptáculo de sua nostalgia e saudade. Conseguia sentir ainda seu ar e o cheiro da terra, apesar da sucessão das luas e dos sóis e do acaso da vida.

Trazia no dedo mínimo um anel com uma pedra preciosa amarela, mesclada de vermelho — provavelmente uma ágata ou um topázio imperial —, com a figura de um pequeno escorpião. Enquanto a conservasse no dedo, nenhum escorpião podia se aproximar dele num raio de sete milhas. Isso significava proteção para toda a caravana e até para quem a seguia. Não há nada mais temível nos desertos, onde só o ar circula, do que as serpentes vadias ou os insetos vagantes. Ele tinha, segundo suas palavras, outros anéis como esse: um capaz de fazer recuar as feras, acalmar tigres e leões e desviar a atenção das hienas; outro que tinha o poder de proteger dos afogamentos; e um terceiro para destruir as aves de rapina. Nenhum desses anéis funcionava a não ser acercando-se de seu dedo e tocando sua pele.

O tinnîsi, o chefe da caravana, dizia que o hadramawti era a pessoa mais importante da caravana e que todos o invejavam por ele ter se tornado seu companheiro. Havia muitos guias que conheciam o deserto e outros experientes que conheciam o mar, mas ele dominava bem tanto as areias como as águas e alcançou um conhecimento de coisas incalculáveis e incríveis. Sem ele, corriam o risco de se perder, de não encontrar o caminho na Via Láctea.

Numa tarde em que haviam parado para descansar, o tinnîsi lhe confessou que seu maior receio era o desaparecimento ou a partida súbita do hadramawti. Ele percebia entre ambos o crescente afeto, jamais anteriormente sentido por outra pessoa. Sabia da sua determinação para lhe transmitir seus conhecimentos. Se tudo corresse bem e conseguisse aprender com ele, poderia então acompanhá-lo pelo resto da vida. E como as viagens dele eram seguidas, poderia ir com ele para todos os lados: à China, à Índia, ao Ceilão, à terra dos Negros, à ilha das mulheres. Enganava-se quem achasse que o mundo era uno! O mundo, na realidade, era múltiplo. É idiotice passar a vida parado! Por isso decidira por viajar sem parar. O pretexto era de comerciar ou de aprender, mas na verdade o que ele de fato queria era conhecer os homens ali e acolá.

Ahmad Ibn-Abdallah disse que, ao ouvir o tinnîsi, sentiu um desejo de descobrir o mundo, a leste, a sul, a norte... Perguntar da China, do limite do mundo ou, mais exatamente, do começo da Terra, lá para os lados do Leste, onde o sol brilhava primeiro. Quando chegava a meia-noite no Cairo, o sol estaria raiando por lá. O tinnîsi calou-se por um instante, e nos seus olhos via-se uma expressão marota, misteriosa.

— Quanto às mulheres, é uma longa história.

Baixou a cabeça por timidez, pois até o momento dessa insinuação, e mesmo bem mais tarde, não havia tido nenhuma mulher, apenas as conhecido por ouvir contar. É claro que tivera encontros furtivos, olhares trocados e carícias ofegantes, mas nunca fora a nenhuma dessas casas do pecado frequentadas por rapazes de sua idade. Nunca tivera a oportunidade de estar a sós com uma mulher, embora tivesse ficado íntimo de algumas... mas nem tanto! Perguntou a respeito das mulheres do Oriente. Eram elas diferentes das do Ocidente?

O tinnîsi respondeu que cada mulher era um universo por si só. O que dizer então de uma mulher do outro lado da Terra?

Escutava-o intrigado. O que o tinnîsi contava sobre as mulheres do distante Oriente era excitante, revelador e apontava para um outro mundo e para prazeres desejados por jovens de sua idade. Quem sabe o que poderia experimentar se fosse livre?

Jamâl Ibn-Abdallah acrescentou que era preciso frisar o seguinte:

Durante sua fala, Ahmad Ibn-Abdallah intercalava sua narrativa com curtos silêncios. Parecia pasmado, como nunca vira senão nele. Eu o adivinhava, mas não saberia qualificá-lo ou compará-lo a nenhum outro, talvez pelo que havia nele de melancolia, desconsolo, remorso obscuro por questões das quais não sabia nada. E às vezes pairava no seu rosto o vestígio de um sorriso distante que ele parecia tentar apreender.

Ahmad Ibn-Abdallah disse que caminhava atrás do seu companheiro, o hadramawti. Nos períodos de descanso, sentava-se com ele e o escutava, e quando alcançaram os oásis já eram inseparáveis. Ao longo do caminho, viu as areias das dunas sendo impelidas de um lado para o outro. Contudo, o que de mais maravilhoso seus olhos testemunharam foram duas nascentes, vizinhas uma da outra, no Oásis Interior — conforme é referido pelos habitantes do Egito. Uma nascente fria cuja água era fresca e doce, uma água como nunca provara antes, nascida das profundezas da terra, que jorrava num canal coberto, escavado pela gente do oásis, com a finalidade de abastecer cada qual conforme regras antigas, irrigar palmeiras, figueiras, oliveiras, amoreiras e jujubeiras, e dar de beber a essas estranhas aves migratórias que o tinnîsi seguia com o olhar, demonstrando interesse e nostalgia. Nunca se aproximava delas, apenas acocorava, apoiando o rosto entre as palmas, e se entregava aos pensamentos. Próximo dessa nascente, a exatos quatro passos dela, havia uma outra de águas quentes. Ambas corriam paralelamente até se apartarem a uns cem côvados mais adiante: as águas da primeira eram conduzidas às terras cultivadas; as águas da segunda desaguavam num tanque de granito, de onde escoavam por uma rede de canais que se ramificavam em outros menores até chegarem ao interior das casas.

Uma vez, o hadramawti contou-lhe que chegou um homem fugido do vale. Perseguido por vingança, pediu proteção para a gente do oásis. Aceitaram-no, porém com duas condições: sendo solteiro devia se manter afastado das habitações e não se banhar na nascente quente cuja água entrava nas casas e era usada pelas jovens virgens para se banharem. A fim de evitar qualquer tipo de problema, o homem viveu fora do perímetro habitado: as palmas eram seu teto; sua cama, o chão, e seu ganha-pão, o servir. Nas festas carregava as bandejas da comida, aspergia o chão na frente das casas, areava as baixelas da hospedaria e, nos dias de enterros, passava oferecendo o café aos presentes. Nas noites dos rituais de *dhikr*[2], era o primeiro a chegar e o último a sair. Decorreram-se assim três anos, passava por despercebido, como se não existisse. Num certo dia, porém, de manhã bem cedo, acordou sentindo uma vontade antiga de tomar um banho quente, pois raramente tivera chance de fazê-lo durante sua vida! Olhou ao redor, não havia

---

2. Menção, pronunciamento ou invocação dos nomes de Deus durante as cerimônias sufis.

ninguém, tirou a roupa, enfiou-se no tanque de granito, e pouco a pouco começou a se acostumar à temperatura alta que se infiltrava pelos poros, insinuava-se pelas veias, até o menor dos capilares, refugiando-se nos esconderijos de seu cansaço. Seu corpo aos poucos se estendeu, os braços se abriram, seu espírito aqueceu-se, tentou manter os olhos abertos, mas suas pálpebras irresistivelmente se cerraram. Imagens novas, cores até então por ele desconhecidas, ecos vindos do outro horizonte... sonolência... devagar começou a deitar no calor confortável da água que lhe cobria a cabeça, penetrando pelos sete orifícios do seu rosto. Entregou-se totalmente, desmanchou-se e foi arrastado lentamente pela corrente do canal até o banho de uma casa habitada. Desde então, receosas de ficarem grávidas, as virgens pararam de se banhar com a água da nascente. Mas as mulheres experientes ficavam cheias de prazer ao sentir aquela água saltando entre seus dedos e suas coxas, principalmente ao se lembrarem de que um homem forte e estrangeiro nadara naquela água até morrer. O hadramawti contou que um banho com a água da nascente quente antes do nascer do sol garantia às mulheres estéreis que concebessem unindo-se a seus maridos, contanto que seus corpos permanecessem molhados com aquela água. Ninguém mais se lembrava do estrangeiro.

A caravana não demorou muito no oásis, o último ponto habitado antes de adentrar o deserto imenso. Dalí saíam duas rotas: uma, abatida pelos pés dos viajantes desde tempos remotos, conduzia ao sul ao país dos Negros, e a outra ia para o oeste, em seguida virava a norte, antes de tomar de novo o rumo do sol poente. Contam que foi aberta por

Alexandre, o Grande, após sua chegada ao oásis de Amon, conhecido entre a gente daqui pelo nome de Siwa. As duas rotas se juntavam em várias localidades por meio de pistas secundárias. Ficado o oásis para trás, todos os olhos se voltaram para o hadramawti. Qualquer erro, por menor que fosse, seria fatal.

Quarenta dias de caminhada eles tinham pela frente, sem passar por nenhum lugar habitado. Vinte dias devem ser cumpridos durante o dia e os outros vinte durante a noite, e isso era ligado ao movimento do vento e ao deslocar das dunas que modificavam as referências. O hadramawti encabeçava a caravana. De maxilares fechados, ele interrogava o horizonte de modo que, quando antevia alguma tempestade, dava o sinal com a mão e a longa fila imobilizava-se. Ele mandava que fizessem ajoelhar todos os camelos. Passando por cada um deles, afagava-lhes o pescoço de acordo com um ritmo particular, assim todos abaixavam a cabeça enquanto os homens se protegiam com os corpos dos animais. Momentos mais tarde começava a tempestade de areia.

Ahmad Ibn-Abdallah afirma ter se sentido exilado durante esta etapa como nunca ocorrera desde a partida. Ao lembrar-se desses quarenta dias ainda tremia, pois lhe apavorava a simples ideia de vê-los ressurgir na sua imaginação. Nenhum ponto de referência visível... Num dado momento, tanto no tempo como no espaço, os homens deviam a todo custo entoar um canto monótono combinado com o passo dos camelos. Era importante, segundo o hadramawti, fazer os camelos ouvirem a voz dos homens. Mais importante era, contudo, que cada viajante percebesse a voz de seus companheiros. As intermináveis extensões, o silêncio cósmico, os mistérios das estrelas e a probabilidade de surpresas malignas eram todos agentes de pavor. Por isso era fácil desviar do caminho e se perder. Isso fazia parte das contingências da viagem de longo curso. Sem o sol, oriente e ocidente se confundiam, e o mundo era um enorme labirinto.

    Sob o olhar do tinnîsi, que parecia satisfeito, aproximava-se dia mais dia do hadramawti, apegava-se a ele, seguia-o qual sombra. Ele ficava emocionado quando aquele rosto imóvel, impassível feito uma rocha, voltava-se para ele de repente iluminado por um sorriso tenro. Muitos anos depois, nos dias difíceis e nas situações duras, lembraria, saudoso, do afeto do hadramawti. Gostaria tanto de tê-lo servido! Infelizmente, nunca lhe foi dada a oportunidade, pois o outro era o último a se deitar e o primeiro a despertar, e nunca o vira a não ser caminhando ou montado no dorso do camelo, observando as estrelas ou interrogando o horizonte, ou de olhos fixos no chão, mexendo a areia com a ponta dos dedos ou com sua varinha comprida, entoando melodias misteriosas. Ele prometera a si mesmo perguntar-lhe o sentido delas. Gradualmente, começava a ter o sentimento de ter feito parte da caravana desde sempre. Tornou-se um deles. Ficava cada vez mais ansioso por conhecer o mundo. Percorrer a rota da seda, chegar à China e conhecer suas maravilhas. O tinnîsi havia lhe contado coisas singulares que lhe despertaram os desejos e provocaram a curiosidade.

    Ahmad Ibn-Abdallah diz que após terem terminado todas essas etapas, principalmente os difíceis quarenta dias, fizeram uma pausa. As areias eram ásperas, mas não importava, deitaram-se! Convinha também poupar os animais, já bastante emagrecidos. O hadramawti começou a observar o céu e disse que naquele ponto dava para distinguir constelações indistintas noutras regiões. Disse que o que se via fulgurar aqui era apagado para quem observava doutro lugar. O guia ficou assim longos minutos a espreitar o aparecimento de uma estrela da qual falara vagamente. Perseguia a estrela desde que começara a estudar a ciência dos astros; seu mestre lhe havia falado dela. O hadramawti então contou-lhe algo estranho... Esse homem nascera e vivera na cidade de Akhmîm, a leste do Nilo, e foi iniciado por uma tradição passada de geração a geração; seu próprio pai lhe havia dito para vigiar essa exata estrela, situada a oeste, recomendando-lhe vigiá-la logo que despontasse. O hadramawti disse que o mestre contou a ele o segredo da recomendação recebida dos antepassados, e, desde o dia em que dele se despedira na ponte de Akhmîm, aquela estrela tornou-se uma de suas principais preocupações: vigiá-la, definir-lhe a posição e as datas de aparecimento; determinar-lhe a declinação, o brilho... Os antigos diziam que aquela estrela sofreria uma alteração, presságio de importantes mudanças no universo.

O hadramawti guardou o segredo, nunca revelara a ninguém a não ser para ele. Numa hora de esgotamento inabitual, comunicara-lhe seu receio de morrer antes de ter legado as chaves de seus conhecimentos a alguém que fosse digno de sua confiança, já que ele era semelhante à árvore sem frutos, não tivera filhos. Fez um gesto em direção aos homens ali junto aos camelos: todos eles tinham em algum lugar uma companheira e filhos que os aguardavam. Havia até alguns que estavam casados em vários países, entre eles o chefe da caravana, grande mulherengo. No entanto, não lembraria a companheira de tempos felizes, perdidos para sempre, que o acaso infeliz tinha lhe afastado. Via nele um filho nascido da própria carne.

Ao ouvir tais palavras, calou-se profundamente e entregou-se ao sono, acometido por uma nostalgia inexplicável de uma esquina da rua principal no centro do Cairo, uma cúpula cobrindo o túmulo de um ilustre personagem santo, defronte as entradas de três grandes mesquitas, cada uma diferente da outra. Quase que conseguia ver os detalhes das gravações e dos arabescos, os minaretes altos, de silhueta delgada. Nostalgia misturada com desejo de rever aquele belo rosto feminino que ele fitava, fascinado, com seus olhos de criança. Quem era? Não sabia a quem pertencia aquele rosto. Devia ter uns cinco anos quando se apegara a ele. A imagem gravara-se na sua memória, tornou-se o modelo e a referência original e a que sempre voltara espontaneamente.

Entre a vigília e o sono, viu-a. Estava sentado na frente dela, mirando-a. A luz mudou, os traços do hadramawti se definiram. Levantava para lhe comunicar a sua vontade em seguir-lhe os passos, assim o guia lhe ensinaria de sua arte o que ainda restava. Dir-lhe-ia o que ainda não disse. Não se separaria dele.

A essa altura, chegou a instantes indistintos, as ideias se transformam em imagens sem nexo, que inicialmente parecem coerentes, mas depois se desmancham e desmaiam aos poucos, dando lugar a uma sucessão de espaços densos entrecortados por visões que se dissipam ao despertar. Quando estava prestes a aventurar-se para além desses curtos instantes, ouviu subitamente retumbar aquela voz de natureza e origem indecifráveis:

— Vá...
Entre o sobressalto, o abrir dos olhos e sua espera pelo esclarecimento do mistério, ouviu seu coração bater no peito como se fosse outro coração, de uma outra pessoa.

Jamâl Ibn-Abdallah disse:

Naquele mesmo instante, eu não podia deixar de olhar para meu interlocutor cuja voz se alterara, e ao fazê-lo fiquei impressionado ao ver a tristeza que envolvia seu rosto, como se o simples fato de recordar aquele momento distante bastasse para ressuscitar sua perturbação, apesar da distância. Estava tão trêmulo que pediu para evocar o nome de Deus e tomar um copo d'água. Olhou-me quando estendi a mão com a água perfumada e disse que o hadramawti fez a mesma coisa quando o viu tremer de pavor.

Ahmad Ibn-Abdallah disse que àquela altura tivera dúvida. Era a voz que ouvira pela primeira vez e que iniciara seu périplo?

O hadramawti mirava-o cheio de ternura, com os olhos úmidos, nos quais se percebia quietude e um quê de censura, em que também pairava uma melancolia mal contida.

— Que seja acompanhado pela segurança ao longo deste seu viajar...

Ele o sabia? Conheceria o motivo de sua partida, e o que o levou a viajar? Não revelara a ninguém o segredo do chamado, por que então o hadramawti dava a impressão de estar informado da sua história? Não perguntou, não demonstrou a mínima curiosidade, não disse palavra a respeito do chefe da caravana. Dava para dizer até que ele o incitava a partir. O chamado o cercava de todos os lados, brotava do fundo de seu interior. Já o hadramawti parecia distante, de olhar fixo e com a mão indicando o caminho do sol. Só lhe restava se afastar para tentar apaziguar o terremoto descomedido dentro dele.

O hadramawti então lhe entregou um livro encadernado com pergaminho de gazela, recomendou-lhe que guardasse com zelo, independente das vicissitudes da vida. Enfiou-o no alforje, incapaz de conter uma lágrima rebelde que rolou na noite escura do deserto a que foi projetado, sozinho, absolutamente sozinho.

AMAMENTAR NO DESERTO

Ahmad Ibn-Abdallah, o desvalido diante de Deus, o viajante ao encontro do poente, conta que cada etapa era mais árdua se comparada com a anterior. Entretanto, todas as dificuldades ficam fáceis se forem enfrentadas em conjunto e se agigantam se suportadas sozinho. Os governantes de coração de pedra bem o sabem, pois, quando querem derrubar mais facilmente um prisioneiro, submetem-no ao isolamento num cárcere privado, proibindo-o até de falar consigo mesmo.

O que dizer então quando uma pessoa se acha sozinha, amputada do resto do mundo, a enfrentar um universo vazio? Mesmo hoje, apesar da distância, das etapas, apesar de tantas peregrinações e situações enfrentadas, a tristeza o assombrava sempre que se lembrava desses momentos que surgiram ao abandono da caravana do tinnîsi e do afastamento do hadramawti. O mais cruel e penoso foi abandonar a companhia e enfrentar a solidão após ter vivido com sua amizade, e em particular com o filho de Hadramawt.

Quando lhe perguntou com o olhar se voltariam a se ver, o hadramawti lhe respondeu: "Não alimente a esperança de um encontro este ano ou no próximo, pois demoraremos a nos ver novamente, só Deus sabe quando."

Depois do livro, deu-lhe uma caneca pequena, feita de um material estranho parecido com casca de coco. Disse que a guardara por um longo tempo e que o salvara de muitas situações críticas, mas que agora a dava a quem realmente precisava dela.

Essa vasilha prestara-lhe uma ajuda preciosa ao longo da travessia solitária. Quando tinha sede, levava-a aos lábios e logo sentia a água de gotas invisíveis, o que umedecia sua garganta e acalmava sua sede. Quando tinha fome, sentia correr como um leite espesso, delicadamente perfumado... mas não havia nenhum líquido para ser visto ou tocado. Nunca antes falara da vasilha a ninguém, nem mesmo aos seus companheiros dos dias felizes.

Não que o hadramawti tivesse lhe pedido para ocultar o assunto, mas ele julgou que era uma daquelas coisas especiais que não devia revelar a não ser após a manifestação de um sinal. Mas após sua chegada ao país do poente, sua descoberta das margens do Magnífico Oceano e o encontro com o xeique Alakbari, a quem obedecera em tudo e entregara seus livros, e após o início do registro, não via nenhum mal em desvendar os motivos, já que, a sós com o grande xeique, ele recebera o sinal esperado.

Quando contou que atravessara o deserto sozinho, o povo do oásis lançou-lhe olhares incrédulos e desconfiados, julgando tratar-se de um espião de acampamento. Os outros que não pensaram mal dele o tinham visto como um ser alheio à espécie dos homens, de quem teria tomado apenas a aparência. Sem a hospitalidade e a amizade do varejador das pegadas, ninguém teria acreditado nele. Diante do imenso vazio eterno, e da vastidão sem limites, perguntava-se: qual era a distância a percorrer? O que é que o esperava? Depois de que etapa descansaria? Tudo que havia diante dele era uma amplidão espacial, um horizonte que recuava e a cada vez parecia se aproximar, mas a imagem do hadramawti estava sempre diante de seus olhos, revia-o sondando o céu, falando das estrelas, das sombras, dos ventos... Ao olhar para longe, adotava a mesma postura; ao falar, surpreendia-se fazendo o mesmo gesto com a mão, e ao interromper a fala, o mesmo abano de cabeça.

Recordou tudo que dele aprendera, por isso pôde manter o rumo ao oeste, especialmente à noite. Obcecava-lhe a ideia de se desviar dele. O chamado não o guiava, ordenava apenas.

Se, no tempo de sua juventude cairota, alguém lhe profetizasse esta etapa no deserto, considerá-lo-ia louco ou trapaceiro. A simples perspectiva era inconcebível. Que força o conduzia agora então pelo deserto? Até o momento, sua vida se passava na cidade, em suas ruas e ruelas, em suas praças e cafés. Abrigava-se nela! Como poderia pensar que se embrenharia certo dia naquele deserto e naquelas lonjuras?

Ahmad Ibn-Abdallah diz que, ao analisar bem os percursos e em particular os encerramentos, não se encontra nenhum laço com os inícios, embora começo e fim constituam ambos as duas extremidades de um círculo que se fecha no momento em que elas se juntam e se consome quando elas se tocam.

O escriba Jamâl Ibn-Abdallah acrescenta:

Meu interlocutor parecia querer encurtar a narrativa relacionada com esses dias solitários. Mais de uma vez repetiu que não queria se alongar, pois se contasse tudo com detalhes nunca chegaria ao fim... E o tempo urgia!
Perguntei-lhe a respeito de que tempo se referia.
Olhou-me, admirado, sem pronunciar uma palavra. Só mais tarde entendi o que queria dizer. Um sinal teria sido bom, no entanto. Uns anos antes, eu fiz amizade com um guerreiro bravo. Um gládio do islã, famoso por sua coragem e audácia. O sultão do país, protetor de nossas terras, que Deus lhe conceda longa vida, encarregara-me de registrar seus relatos durante a doença final. Ele era obrigado a ficar no quarto e eu era imobilizado pela enfermidade, mas ele falou e eu registrei. Repetia muito as palavras de Khâlid Ibn-Alwalid: "Não há uma parte de meu corpo que não esteja crivada por golpes de espadas e feridas de lanças e agora vou morrer como morrem os camelos. Deus queira que os covardes não tenham descanso." Dizia-me frequentemente que de fato morrera havia muito tempo. Afirmava ter sucumbido no dia em que entrou em guerra com os corsários, mas que se salvou de uma flecha graças a um companheiro que inclinou o corpo um pouco para frente. E no dia de um grande combate que causou estilhaços incandescentes, um deles penetrou no coração de um oficial que estava parado no mesmo local que ele ocupara segundos antes. Era longa a lista de episódios desse tipo. Disse que, a princípio, temia a morte, mas desde que a vira bem de

frente, o medo atenuou-se e ele já não se preocupava com o tempo que lhe restava para viver. De modo que encarava todo o período posterior a esses acontecimentos como um tempo a mais, como uma segunda vida...

Eu, Jamâl Ibn-Abdallah, digo que ouvi esta mesma frase de Ahmad Ibn-Abdallah citando o hadramawti. Todos os perigos se tornam pequenos para quem enfrentou a morte certa.

Ahmad disse que desconhecia totalmente as referências do itinerário e a topografia do lugar: o que ocultava essa elevação ou aquela... ou o que surgiria no horizonte? Tudo que sabia era se manter fixo na direção do oeste. De dia era tão fácil, mas de noite! Tinha que observar o céu, averiguar as estrelas e se orientar por suas posições, recorrendo a todo o conhecimento herdado do hadramawti. Se não tivesse aprendido com ele como medir o tempo, teria sido impossível viajar de noite. E não só isso, mas muitas outras coisas... coisas que não faziam parte de nenhuma ciência e que era difícil de se lhes atribuir um nome. Ele nunca esquecera e jamais esquecerá o que o hadramawti dizia sobre a ilimitável capacidade humana, e que o essencial era saber fazê-la emergir e desdobrar; os recursos revelam-se na mesma medida em que o objetivo a alcançar, tal como o viático que se prepara na medida da viagem. Enorme é o poder da intenção sobre os atos, diziam os sábios. Um homem pode caminhar uma hora e é possível que a fadiga o alcance antes de completá-la; em contrapartida, se decidir atravessar uma distância de dez horas, talvez só comece a se sentir cansado ao cabo de sete ou oito horas. O corpo se adapta às intenções, aos desejos do seu dono, dizia o hadramawti. Por ouvi-lo de pessoas confiáveis e por experiência própria, ele podia garantir que não havia limites para a adaptação do homem!

Eu, Jamâl Ibn-Abdallah, digo ter ouvido quando adolescente uma narrativa que o confirma. Contam que um homem, sua mulher e o bebê deles, membros de uma das tribos da Grande Montanha, dirigiam-se ao sul através do deserto quando, por uma razão que ninguém esclarecera, se desviaram do caminho. A distância começava a lhes pesar e a jornada tornava-se cada vez mais árdua. A mulher não resistiu, morreu; três dias a fio, o homem levou a criança no colo, mas esta não parava de chorar. Acalmava-se por instantes, quando ficava na posição de mamar; logo, porém, ao descobrir a ausência do desejado seio e não sentindo o cheiro do peito materno, os seus soluços voltavam ainda mais cortantes. Ninar, embalar, nada adiantava. Ao terceiro dia, quando o sol estava no meio do céu, seu choro diminuiu, ficou interrupto, fraco, com a alma esvaindo aos olhos e ouvidos do pai, que, esquecendo sua própria fome e sede, só pensava no filho. Tinha como único provimento um odre ainda com um pouco de água, que ele se esforçava para guardar como reserva: umas gotas para a criança, umas gotas para ele. De vez em quando olhava para nenhum lugar. Contam que a voz da mãe lhe implorava para que fizesse alguma coisa, que salvasse seu rebento; mas o quê? As forças indo, a comida esgotando e as horas passando, e não tinha nenhuma ideia de como sair daquele labirinto. Estava ali sentando sobre os calcanhares segurando

a cabeça entre as mãos e olhando com compaixão para o filho que agonizava, quando de repente sentiu uma tremura, até então desconhecida, lhe percorrer as veias do torso, semelhante a uma coluna de formiguinhas, como se um cotejamento quisesse manar-lhe do peito, e assim esguichou dos mamilos um tênue fio de leite puro. Ao sentir o cheiro do leite, a criança irrompeu no choro. Então o homem inclinou-se, tentando imitar a mulher, quando ela dava o seio ao pequenino.

É uma história transmitida desde muitas gerações e é muito conhecida. A criança tem hoje descendentes na tribo de Atlas.

Quanto tempo se passou?

Ahmad Ibn-Abdallah diz ter caminhado sozinho durante oito semanas e que, se contasse tudo pelo que passou no caminho, revelaria coisas extraordinárias! No entanto, estava resolvido a continuar andando, convencido de que uma hora aquela solidão universal chegaria ao fim. Não parava mesmo tomado de exaustão. Parar era a morte certa. O hadramawti já dissera: parar, renunciar, eis o pior perigo que ameaça o viajante, tanto em terra como no mar. Contara-lhe que um dia, era ainda um novato, embarcou de Omã, num grande navio, com destino à Índia. Durante a viagem, ele enfrentou sua primeira tempestade. Viu ondas altas como as montanhas, sem exagero. No momento em que a proa do navio subiu para em seguida voltar a cair bruscamente, ele se agachou tremendo, tentando desesperadamente se agarrar à murada. Um marinheiro, um pobre indiano, gritou-lhe: "Não tenha medo enquanto o barco prosseguir o caminho..."

Mais tarde lhe explicou que o que se temia era que o barco parasse de avançar. Essas palavras fixaram-se na sua mente, e também a ideia de que toda tempestade um dia acaba e para cada dificuldade há um momento final.

Guardaria para toda vida o momento em que avistara as palmeiras, lá de longe, sobre a colina. Ficou parado no meio do espaço, em cujo redor espalhavam-se areias tão finas quanto farinha. Inicialmente, não acreditou no que seus olhos viam. Quantos lagos de água doce lhe parecera virem cintilar no auge do dia! Quantas pistas se desenharam no horizonte... Quantas caravanas marchando, quantos bandos de aves, de rebanhos de gazelas, de silhuetas de gente a caminho de fins desconhecidos por ele.

Parou...

Não se precipitou, não correu, ficou ali sem se mexer. Assim se passou um dia inteiro com todas as mudanças de sombra e luz. A travessia do deserto ensinara-lhe, entre outras coisas, que há o tempo certo para cada coisa. Isso, ele descobriu por si mesmo, não foi o hadramawti quem lhe ensinara, mas... se não tivesse apreendido com ele a arte de ler o movimento das sombras, com certeza já teria perdido a vida.

Não se apressou, foi envolvido pela calma. Permaneceu daquele jeito a fim de interpretar o que lhe aparecera. Ramos, folhas, troncos de palmeiras, arbustos, ali uma vereda traçada.

Não havia dúvida, estava diante de um oásis.

Uma hora antes do pôr do sol, retomou o caminho, vagarosamente, tranquilo como se regressasse a um lugar familiar. Parou por uns segundos antes de subir a encosta, retirou do alforje a vasilha, levantou-a aos lábios... não havia nem uma única gota de água ou leite, apesar de ter dela bebido o suficiente para ficar vivo ao longo da árdua viagem. Compreendeu que faltara um pouco...

UMM-ASSAGHÎR

Subiu com o passo lento, de coração confiante, embora não soubesse o que o aguardava ou o que a sorte lhe reservara, sobretudo quando viu aquela gente esperando por ele, homens, mulheres, crianças, todos de pé, imóveis: os habitantes do oásis estavam todos ali, exceto dois que tinham ficado de sentinela no posto principal para vigiar a atividade do acampamento. Isto ele saberia mais tarde, que a população estava toda ali e contava cento e quarenta almas, sem mais nem menos. O oásis, conhecido entre seus habitantes por Umm-Assaghîr, "a mãe do pequeno", permanecia desconhecido dos outros territórios, próximos ou longínquos. Até mesmo os mais experimentados guias do deserto ignoravam sua existência. Quando chegou ao topo da elevação, sentiu o cheiro das palmeiras e o rumorejo de seus ramos e o perfume do figo silvestre. Por muitos anos esse cheiro mexeria com ele. Quanto às palmeiras, essas tiveram um lugar muito especial e caro em seu coração.

Os homens se posicionavam num lado, as mulheres e as crianças no outro. Dois grupos iguais: mesmo número, mesma postura, mesma estatura, mesma cabeça inclinada, mesmo rosto descoberto. Inicialmente, olhou para os homens. Depois deu uma olhadela às mulheres, que o encaravam sem muito acanhamento. Começou então a examiná-las vagarosamente. Eram esbeltas, altivas. Não se deteve em nenhuma delas em particular; no entanto, ficariam na sua memória as feições harmoniosas, onde se destacava a nitidez perfeita. Sentiu então um arrepio que lhe percorreu todo o corpo e nunca mais esqueceria essa sensação, era como se a água da vida jorrasse através dele, sem saber a fonte, fazendo palpitar nele uma energia inesperada, um desejo, um anseio, não por uma só mulher, mas por todas as mulheres! Continuava ali sem se mexer, sem saber o que dizer, que palavras convinha pronunciar. Optou por saudá-los. Inclinaram-se, e numa voz uníssona responderam. Ficou aliviado ao ouvir sua retribuição. Falavam em árabe ligeiro, com emissões de sons entrecortados, o que lhe causou dificuldade no início, mas, com o tempo, conseguiu se acostumar. Foi surpreendido por uma mulher já quarentona, uma tatuagem na testa e outra triangular no queixo, carregando uma jarra de argila. Quando se inclinou diante dele, seu vestido, modelando-lhe o corpo, delineou as curvas de ancas fartas e fortes. O vestido ficou apertado, e não fosse pela gola um pouco alta, teria visto o nascedouro dos seios opulentos, empinados. Uma mulher cheia de traços marcados. Fez-lhe sinal para descalçar os sapatos, feitos de couro de camelo: tirou-os imediatamente para enfiar os pés na água morna e suave. Quando os dedos dela tocaram sua pele, ela quase se desmanchou, voltando a seus elementos primários. Ao mesmo tempo, começou a tomar ciência do tamanho de seu cansaço. Não adiara seu esgotamento?

Um homem aproximou-se dele, apontando para o alforje que continha o livro e a vasilha. Sinalizou com a cabeça: nunca se separaria deles, nunca! O homem, notando seu apego, não insistiu, restringiu-se a fazer três vezes um aceno enigmático.

Ahmad Ibn-Abdallah conta que os habitantes do oásis não recebiam ninguém havia sete gerações, tempo durante o qual não viram chegar do deserto até eles uma viva alma. Isso era conservado na memória de seu historiador ancião, e também preservado pela tradição transmitida de geração a geração e de memória para memória, mesmo se seu isolamento durasse séculos a fio.

Assim, quando apareceu o forasteiro, depois de se assegurarem de que ele não lhes queria mal, iam todos ao seu encontro para tranquilizá-lo. Nunca chegavam senão viajantes perdidos ou mensageiros do rei da China, o único que — por razão que, aliás, mais adiante se esclarecerá — teve conhecimento da existência do oásis. Haviam se passado trezentas primaveras desde o último mensageiro vindo da China. Desde então tinham vivido na mais completa solidão, afastados do resto do mundo, até o dia em que, ao leste, aparecera o acampamento.

O mais importante era que o forasteiro recebesse todo o cuidado, principalmente se vinha sozinho. E, para deixá-lo confortado, a primeira coisa a fazer era confiarem a uma mulher de nobre linhagem o cuidado de lhe lavar os pés, ou, tratando-se de um cavaleiro, de oferecer comida a sua montaria. Ora, a água era o bem mais precioso daqueles lados, onde havia uma única fonte, sem igual no mundo habitado até então conhecido: tinha o poder de curar muitas doenças, e sua temperatura mudava três vezes ao dia. Era morna de manhã, quente de tarde e ardente de noite, mantendo-se assim até a alvorada. Coisa extraordinária! A partilha dessa água seguia os mais rigorosos ritos. Apenas após alguns dias soube valorizar aquela vasilha d'água trazida pela mulher para lhe lavar os pés.

Eu, Jamâl Ibn-Abdallah, o escriba público do país do poente, digo ter vivido uma experiência do mesmo tipo, porém em outras circunstâncias. Era ainda muito jovem quando, vítima de uma desventura, fui lançado nas masmorras do sultão; no primeiro dia do meu cativeiro, deixado à entrada das celas sombrias, avistei um velho, magríssimo, corcunda. Na minha infância, vira aquele homem andando nas ruas da cidade apregoando um tecido de fabricação egípcia. Carregava os rolos sobre o ombro direito. Quantas vezes cruzara com ele quando ia na companhia de meu pai visitar os túmulos dos santos, na esperança de obter a cura ou a melhora da minha condição. Eu considerava aquele homem um dos marcos da minha infância; era conhecido por seu rigor e segurança na escolha dos tecidos raros que eram trazidos de Akhmîm, de Alepo e de Antioquia. Ninguém sabe como, mas se tornara um dos fornecedores de vestimentas para o palácio. Depois e de repente parou de carregar seus compridos rolos, embrulhados com capricho. Aparecia diante das lojas de cabelo desarrumado

e com roupas esfarrapadas. Acabara se fixando no lado oeste da grande mesquita, sumia durante semanas sem que ninguém notasse sua ausência. Mesmo se alguém perguntasse, ninguém saberia dizê-lo, por isso não fiquei surpreso ao encontrá-lo na prisão. Olhou para mim e, para meu espanto, chamou-me pelo nome. Sim, ele, que parecia todo desnorteado, perdido durante os últimos anos! O importante é que se aproximou de mim, olhou ao redor, retirou do bolso um pedaço de pão fresco, um quarto de pão, e arremessou na minha direção. Apanhei-o no ar, virei-o entre os dedos e cheirei-o deliciado. Fiquei atônito quando vi no seu rosto uma expressão de pavor, fez um sinal para que escondesse o pão e se afastou arrastando a argola acorrentada a seu pé. Todos os detentos permaneciam em seus lugares, exceto ele, que ia e vinha no pátio retangular ou perto da entrada. Revendo em pensamento seu pavor, perguntei a mim mesmo incrédulo: "Por causa de um pedacinho de pão?"

Quando nos dias seguintes provei a comida dos prisioneiros, principalmente o pão duro e mofado, entendi o significado de seu gesto, lançando o naco de pão fresco quando entrei: era uma maneira de demonstrar sua compaixão por mim, de me sossegar e me dar amparo, impotente como eu no momento de adentrar no universo da prisão.

Ahmad Ibn-Abdallah disse que ao pôr do sol, à hora de sua refeição principal, os habitantes lhe deram um caldo gordo com carne. Ao cair da tarde elevava-se a fumaça dos fornos, o cheiro do pão quente, da carne grelhada, e como que um sopro quente agitava as folhas das palmeiras. Não lhe perguntaram como se chamava, nem de onde vinha, nem por que motivo aparecera no meio deles. Assim eram as leis tradicionais da hospitalidade em Umm-Assaghîr. Durante três dias, ninguém veio importuná-lo com nenhuma pergunta. Rodearam-no das maiores amabilidades, diversificaram-lhe a comida e ofereceram-lhe bebidas feitas com infusão de ervas com aromas delicados, e só na manhã do terceiro dia foi chamado pelo senhor do oásis, que lhe perguntou: "De onde, aonde?"

No período da hospitalidade, dormia num lugar tendo as palmas como teto, grama verde como chão, e o lado direito era fechado por um véu triangular que continha inscrições e substâncias dotadas do poder de repelir os roedores e os répteis malignos.

Os costumes herdados foram preservados, mas o uso deles se perdera nas últimas sete gerações desde a última parada de um forasteiro no oásis: montado num animal esquisito, meio cavalo, meio camelo, o fato foi considerado uma das curiosidades que chegaram a Umm-Assaghîr. Não se perdera nem se transviara, tratava-se do mensageiro de um rei das terras do poente, que portava uma missiva para um rei das terras do levante. Um homem sereno e triste, mas que brincou com as crianças e lhes deu guloseimas esquisitas para chupar: pequenos pedaços duros embrulhados em finas folhas douradas — mas não de ouro. Ensinou-lhes um jogo, ainda passado de geração a geração desde então: traçou no chão quadrados de tamanho igual e colocou uma pedra colorida dentro de cada um. Foi assim que os habitantes do oásis conheceram o jogo do *sîja*, em que aliás eram excelentes jogadores, passando longas horas em sua prática. Como chegara o mensageiro a Umm-Assaghîr? Seguira uma rota definida? Sabia previamente de sua existência? Nunca o revelou.

De qualquer forma, ele não demonstrou o mínimo de admiração ao chegar. Uns duzentos e trinta anos mais tarde, algumas pessoas questionavam: teria sido um sinal precursor do aparecimento do acampamento? Os sábios refutaram isso, pois o acampamento surgira havia setenta anos; jamais um deles se aproximara do oásis, nunca houve nenhum contato físico ou verbal entre seus soldados e os habitantes. Tudo que conheciam era fruto de vigilância e de observação.

Eu, Jamâl Ibn-Abdallah, consultei todos os anais do país do poente sem ter conseguido descobrir indícios de envio de um mensageiro ao levante durante este período. Fiquei intrigado com o animal descrito e por isso procurei nas obras dos antigos, Aljâhiz, Addamîri... Mas foi em vão, nada encontrei.

Ahmad Ibn-Abdallah disse que na manhã do terceiro dia ele se apresentou diante do senhor do oásis. Não era ancião nem um homem de idade avançada, não tinha cinquenta anos ainda. Rosto liso, sereno; na cabeça um barrete verde, sinal de descendência da família do nobre profeta. Tinha um rolo de pergaminho de gazela em que constavam linhas escritas por ele, traçando sua genealogia. Quando o outro lhe perguntou de onde vinha e qual era seu destino, respondeu simplesmente que queria ficar ali algum tempo, sem poder precisar quanto, talvez partisse dentro de uma hora, dois dias, um ano, não podia afirmar.

Não mencionou o chamado, não declarou nem ao menos insinuou que se dirigia ao oeste. Limitou-se a dizer que viajava pelo deserto, seguia o curso do sol com a finalidade de ver terras e conhecer pessoas...
Escutaram-no imóveis.
Problema!
Era para eles uma situação desconhecida. Havia uma eternidade que a população do oásis não variava. Cento e quarenta almas, nem mais nem menos, e isso desde sempre. Logo que um habitante morria, na mesma semana vinha ao mundo uma criança. Assim toda gravidez era encarada como presságio da perda de um deles. No entanto, não pareciam se inquietar com isso, todos disfarçavam seus sentimentos. A morte ali nunca era de doença ou de velhice, não era raro ver falecer uma pessoa forte, cheia de saúde, enquanto se salvava um enfermo.

Se ele ficasse, o número deles aumentaria em um, mas ele era forasteiro, então... Deviam esperar pelo desaparecimento de um deles? Ou a lei secular não se aplicaria dessa vez? A questão não era simples, pois desde a infância e por herança tinham aprendido a nunca rejeitar um estrangeiro vindo do deserto, principalmente quando se tratava de um desarmado que pedia ajuda sem más intenções.

Depois de consultas e debates em que todos os adultos exprimiram suas opiniões e os jovens acompanharam quietos, ficou finalmente decidido considerá-lo como um hóspede de passagem, afinal ele próprio não confirmara sua partida mais cedo ou mais tarde? Assim, o senhor do oásis perguntou-lhe se estava a par dos preceitos e das leis do islã e se conhecia a direção da Caaba. Respondeu sem hesitação que dominava a arte de medir o tempo e de se orientar tanto nos lugares desertos como nos habitados.

O senhor do oásis demonstrou satisfação, e ele teria uma ocupação durante o dia, na imediação do túmulo localizado perto da única mesquita, acima do nascente. Ensinaria aos grandes e pequenos as regras da oração e lhes recitaria bom número de versículos do Alcorão, mas antes de tudo deveria indicar-lhes a direção de Meca, pois eles tinham uma vaga ideia a tal respeito. Quanto às proibições, trataria de uma por vez.

Contou que os habitantes do oásis tomaram conhecimento do islã não fazia muito tempo, havia catorze gerações apenas. Antes eram adoradores da revolução do sol e da lua, dos seus aparecimentos e desaparecimentos e julgavam que tal movimento era o único responsável por sua morte, aflições e alegrias, além da fuga do tempo que o acompanhava.

A tradição afirmava que um sábio, antepassado deles, começara a elaborar um procedimento destinado a amortecer o curso dos corpos celestes como preparação para seu travamento total num determinado ponto, garantindo assim a imortalidade para todas as criaturas. Preparara amuletos triangulares e quadriculares, enterrara pequenas vasilhas contendo corpos de animais, madeixas de cabelos de meninas intocadas por nenhum macho, recitara feitiços e encantamentos. Tudo isso não passava de simples preparativos para a grande obra que lhe faria chegar a seus objetivos, mas nunca revelava de que se tratava.

Instalara-se na parte sul do oásis... Naquele tempo, a planície era desértica, não havia nenhum sinal de acampamento, nem de qualquer outra coisa. Ele passava longas horas observando os astros, recebendo sinais que ninguém mais sabia decifrar, balbuciando expressões em diferentes línguas. O povo afirma que estava quase concluindo seus trabalhos quando algo misterioso aconteceu a ele, levando-o a permanecer para sempre em silêncio, com o olhar fixo no vago, o que o obrigou a interromper o que iniciara. Era assim que os habitantes explicavam a irregularidade das estações e os desvios do curso do tempo em Umm-Assaghîr.

Ali o ano se dividia em duas estações — inverno e verão — de uma duração totalmente imprevisível. Às vezes, o inverno chegava enquanto esperavam o calor e a canícula, ou então o verão os surpreendia nos meses do frio.

A noite caía de repente. E era possível a noite, a escuridão, abater-se na hora de plenitude de luz: ao meio-dia luziam estrelas; desconheciam as manhãs tardias, os fins do dia e os crepúsculos. Os limites entre noite e dia eram nítidos e obscuros ao mesmo tempo, pois a escuridão podia cair sobre o oásis logo após a alvorada ou a luz continuar por mais alguns instantes. Por isso não lhes era possível regular as épocas de semear nem de colher por nenhum ciclo cósmico. O próprio tempo da gestação variava de mulher para mulher: nove meses, onze meses, dez meses, mas nunca menos que quatro, o que, aliás, era raro. As estações sucediam-se então duas vezes num mês, e certas noites se prolongavam de tal modo que os habitantes começavam a se desesperar pela volta do dia, e outros dias eram tão curtos que o sol nascia e se punha em menos tempo que o necessário para tomar um copo d'água.

Cada pessoa era designada em função do tempo de duração de sua gestação pela mãe. Assim diziam: "este é filho de sete", ou "filho de cinco" ou, ainda, "filho de vinte". As histórias transmitidas falavam de uma mulher que carregara o filho no ventre durante cinco anos! Quando o filho nasceu, já estava com todos os dentes, e o mais extraordinário era que logo começou a andar, indo depositar beijos no túmulo do xeique. Nesse mesmo dia morria uma linda menina de sete anos, de cabelos de ouro e olhos verdes, que era sempre silenciosa. Os pais a tinham rodeado de muito carinho e zelo, pois o rastreador lhe predissera, infelizmente, uma vida breve. Alcunhara-a de "filha da morte". Mas ninguém pensava que ela iria em troca desse recém-nascido, tão esperado. Tinham-na encontrado estendida, imóvel, com as pálpebras fechadas, parecia dormir, não fosse uma leve palidez que a envolvia. Seu corpo não apresentava nenhuma picada de inseto, ou mordida de bicho. O curioso foi que o "filho de cinco anos" chorou-a por longo tempo e muitas vezes se privou de tomar o leite da camela como sinal de tristeza, como se soubesse da coisa. Isso acabou lhe conferindo um medo que não o largou tão cedo.

 O mensageiro do rei da terra do poente ao rei da terra do levante, conta Ahmad Ibn-Abdallah, não continuou sua viagem e acabou ficando no oásis. Gostara do lugar? Recebera alguma visão num sono? Ou teria ficado por causa de uma mulher? É sabido que nada altera o destino de um homem e modifica suas intenções como o aparecimento de uma mulher no horizonte.

 O importante é que ele os conduzira ao islã: ensinara-lhes as orações, recitara-lhes passagens do Alcorão e fora assim que o povo se encaminhara. E até sua morte nunca deixara o oásis. Enterraram-no nas cercanias da nascente, num lugar aberto, elevado, de modo que qualquer um que ficasse em qualquer canto na beirada da nascente podia ver o túmulo, que era encimado por uma edificação em forma de cone, pois ninguém conseguira reproduzir essas cúpulas que ele lhes descrevera.

Era o único mausoléu do lugar e todos o visitavam. Quando uma mulher se casava, devia ir beber água da nascente, acompanhada das duas amigas mais íntimas, e depois banhar-se em frente ao mausoléu, vestida dos pés à cabeça, testemunhando que não havia divindade a não ser Deus e que Maomé é Seu mensageiro, a única coisa que eles tinham guardado, pois, se alguns sabiam a *Fâtiha*, cada um dispunha de sua versão! Ele ouvira algo estranho: que as virgens já moças se dirigiam ao mausoléu, onde ficavam por algum tempo, esperando serem defloradas pelo xeique em pessoa e merecerem assim a bênção divina. Os habitantes eram categóricos: em certos casos precisos, em circunstâncias particulares, ele respondia a quem invocasse ou esticava a mão fora do túmulo, o qual se elevava a cerca de um metro acima do solo, para cumprimentar quem viesse implorar ou pedir alguma ajuda.

Ahmad Ibn-Abdallah confirma ter avistado um dia uma nuvem sobre o mausoléu, de onde pendia algo parecido com fios de seda lançando sua sombra sobre o jazigo. Viu então um personagem misterioso que se prendia àqueles fios e escalava até a nuvem, e ao chegar lá a nuvem se elevou, seguiu para longe, e isso foi o que ele viu com seus próprios olhos.

Um dia após ter passado o tempo da hospitalidade, o senhor do oásis, responsável pela comunidade, veio procurá-lo para lhe mostrar o lugar onde moraria. Viver sozinho não combinava com os hábitos deles, não por questões morais, pois homens e mulheres mantinham relações admiráveis, mas por considerarem doente quem se isolava ou vivia à parte, e que assim devia ser tratado por todos os meios.

O senhor do oásis o conduziu ao lado sul, a um lugar que dava para a planície e de onde podia ver o acampamento. Parou diante de três palmeiras: sob a do meio havia um amontoado. Um ligeiro frêmito, uma voz como nunca ouvira antes... só então percebeu que se tratava de um ser humano.

O RASTREADOR

Nunca se viu e não se verá um ancião como aquele. Um rosto cultivado ao longo dos anos. Olhos que presenciavam terras longínquas. Sobrancelhas grossas, dentes finos triangulares, apertados uns contra os outros, semelhantes aos da serpente, como os que nasciam para os centenários. Mas, segundo o que os habitantes diziam, os dele eram realmente estranhos, nunca tinham visto outros parecidos, mesmo nas pessoas muito idosas.

Falava murmurando, só uma mulher anciã, descendente dele, neta de seus netos, era capaz de decifrar suas palavras.

Quando a viu, já lhe dera mais de cem anos. Sendo assim, que idade tinha o ancião? Isso foi o que ele não sabia responder. Diziam e repetiam que combatera ao lado do Companheiro do Profeta, Abu-Labâba Alansâri, quando avançava em direção ao oeste e que teria vivido no tempo do nobre Profeta, a quem ouvira falar de viva voz.

No decurso dos séculos seguintes, teria recebido a visita de Albukhâri, de Muslim, de Ibn-Hanbal, de Addâraqutni, de Abu-Zuraa, de Abu-Ishâq Aljurjâni, de Annisâ'i, de Ibn-Khuzaima, de Aljâmi, de Al'Attâr, entre outros... Abu-Huraira[3] em pessoa teria vindo consultá-lo. Albukhâri viajara de Samarcanda a Murcia, na Andaluzia, onde ninguém sabe quanto tempo ficou. Viera dos confins do levante até o poente a fim de se assegurar da autenticidade de dois *hadith* atribuídos ao Profeta, pela simples razão de que os transmissores não estavam de acordo sobre o lugar de duas palavras, visto que alguns estudiosos as posicionavam no início do texto, e outros, no final.

Teria lutado na Transoxiana, contra os tártaros, encabeçando uma tropa de sufis que avançaram repetindo incansavelmente o nome de Deus. Entre estes homens figurava o xeique Najm-Addîn Alkubra, grande celebridade que, morto nesta batalha, foi enterrado no deserto da Ásia. Seu mausoléu ainda hoje é visitado e venerado.

Segundo outras pessoas, teria sido o último a deixar Granada antes da cidade ser entregue ao rei de Castela. Por pouco não morrera em Marj Dâbiq[4], ao norte de Alepo, mas não sabiam dizer se estava no campo de Salîm Al'uthmâni ou no do Qunsuwah Alghûri.

Até uma época recente, ainda recordava de coisas vistas, de acontecimentos vividos através dos séculos, de personagens com quem conviveu, conversou e assistiu a suas audiências, entre califas, juristas, poderosos e dervixes errantes,

---
3. Trata-se de tradicionalistas, compiladores e poetas dos *hadith*.
4. Batalha travada em 1516 na Síria entre otomanos e mamelucos, tendo se encerrado com a vitória dos primeiros.

construtores e ornamentistas de mesquitas e outros edifícios, pois viajara durante muito tempo antes de se estabelecer no oásis.

Como chegara até lá?

Como se estabelecera por lá?

Ninguém desvendara este segredo, ninguém falara no assunto. De qualquer modo, ele viera de um tempo remoto; o mais idoso entre os habitantes ouvira falar de seu avô materno, que quando menino já o vira com a mesma aparência que agora tinha.

Não havia dúvidas de que era estrangeiro, não fazia parte dos habitantes naturais de Umm-Assaghîr, mas por estar ali havia tanto tempo era considerado como um filho daquela terra. Quando se aproximava o tempo de nascer uma criança, sentia-se tão pensativo como os outros. A maioria dos moradores, porém, receava sua morte, pois uma velha crença colocava-o como um dos protetores do oásis; sua presença, segundo a crença, garantiria o jorramento das águas da nascente e repeliria os perigos vindos do deserto: tempestades de areia, salteadores ou então exércitos desconhecidos.

Depois do aparecimento do acampamento, mudara de lugar. Decidira sozinho ou teriam sido os habitantes que lhe pediram? Já ninguém se lembrava, pois isso acontecera havia muito tempo. Fosse como fosse, ele estava ali, tão satisfeito que parecia moldado na argila daquele recanto afastado das casas, situado na vizinhança de duas palmeiras gêmeas, à beira do declive que conduzia à planície, onde ficava o acampamento, sob a mira do "posto de vigia", onde os habitantes revisavam-se na guarda.

Quanto a ele, Ahmad Ibn-Abdallah, instalou-se próximo do ancião e da neta, de modo que podiam se ver uns aos outros. No início não sabia o que conversar com eles, mas não tardou a se aproximar do homem vindo de épocas obscuras, totalmente ignoradas por ele.

O velho não aceitava a ajuda de ninguém quando se arrastava coxeando pelos caminhos. Repelia qualquer mão que se estendia para auxiliá-lo. Podia, contudo, equilibrar-se nas pernas apoiando-se num cajado de madeira de oliveira que guardava escondido entre seus pertences, e retirado apenas em certas ocasiões. Havia quem achasse que era a Vara de Moisés, o cajado transformado subitamente em serpente rastejante, que, misteriosamente, teria vindo parar em suas mãos.

Não se mexia antes de ver acenderem todas as estrelas do céu. Voltava então para seu abrigo, sob as duas palmeiras gêmeas. Alimentava-se exclusivamente de tâmaras. Uma de manhã e outra ao entardecer. E de vez em quando ia sugar a seiva da terceira palmeira que se erguia ao sul, solitária, ereta. Com os braços rodeando o tronco, estendia os lábios já colados contra a escama, e em segundos parecia fazer parte do tronco da árvore.

Ahmad Ibn-Abdallah, testemunha dos eventos mais estranhos, conta ter visto o ancião mamar na palmeira: não fazia nenhum barulho, e quando estava saciado, tinha nos lábios úmidos o que parecia ser leite misturado com água. Era a coisa mais espantosa que vira do velho.

Observava-o frequentemente, durante o período da inércia, em particular à tardinha. Ficava ali estático, de olhar fixo. E depois, de repente, sorria e às vezes gargalhava, a ponto de mudar de cara. Ou então se mantinha à escuta, com o dedo apontado para um limite misterioso invisível.

As manhãs eram reservadas à fiação de lã; segurava as pontas do fuso com as duas mãos, fazendo-o girar com agilidade, ao mesmo tempo que ficava de olho no fio que se formava fino e sólido. Alguns lhe traziam lã de carneiro, outros, tâmaras variadas: amarelas, de forma alongada, doces como mel, pequenas, redondas, de gosto suave, entre muitas outras variedades. Aceitava tudo, mas nada tocava, entregava à neta. Comia unicamente os frutos da palmeira na qual se abraçava para lhe sugar a seiva.

Apesar de contarem que ele combatera ao lado do Profeta, que participara da conquista do Magrebe, não tinha aquela aura que rodeava o já desaparecido mensageiro do rei do poente. Todavia, várias pessoas do oásis acreditavam secretamente que os dois homens eram um só: para eles, este ancião não era outro senão o emissário mandado a um rei levantino pelo rei do país do poente, e que o mausoléu erigido próximo da nascente estava vazio, mero símbolo, e que tudo isso, graças a algum misterioso artifício, ocorreu numa mesma época, e era relacionado com a segurança do oásis e com sua estabilidade.

Ahmad Ibn-Abdallah diz ter procurado em vão falar com um dos adeptos dessa crença. Decerto que convivera com alguns, ou até com a maior parte, visto que os habitantes do oásis não eram assim tão numerosos. Mas tinham o poder de disfarçar suas convicções, se não estivessem de acordo com as das comunidades.

Quase todas as mulheres iam pedir-lhe a bênção, especialmente as estéreis que acalentavam a esperança de dar à luz, ou então as que tinham problemas com seus homens. Era divertido observar a vitalidade que o invadia logo que uma delas vinha procurá-lo: levantava-se, conversava com elas rindo e chegava mais perto delas, esforçando-se para melhorar sua articulação e destacar suas palavras. E, quando ficava diante de uma mocinha perfumada, aproximava-se mais ainda, deixando a mão tocar o corpo dela em vários pontos, sob o olhar silencioso da neta.

Havia certa crença de que ele era ainda capaz de engravidar uma mulher caso se unisse a ela, mas certamente era impedido pela fraqueza e também pelo que sucedera seis gerações antes, a acreditar nas histórias. Apareceram umas nuvens de pequenos insetos, minúsculos, até então desconhecidos no oásis. Um fenômeno sem precedente. Ao notarem os corpos cobertos de picadas, os habitantes tentaram se proteger. Parece, no entanto, que um desses insetos se insinuou embaixo da roupa dele e picou-o na cabeça do pênis. Conta-se que este inchou de tal modo que lhe causou fortes dores ao longo de cinquenta anos. Após esse período, as dores desapareceram, mas o membro não desinchou. Era por isso que o viam sempre de pernas afastadas, mesmo quando estava sentado. E isso o impedia de copular com as mulheres, e era isso também o que atiçava a curiosidade delas, despertando-lhes o desejo.

Era um estrangeiro. O genealogista, herdeiro de uma longa linhagem, era categórico neste ponto. Quando era interrogado sobre a filiação de um habitante do oásis, ele respondia rapidamente, como se lesse de páginas invisíveis aos outros.

Quem gerara quem? Quem se casara com quem? Quando morrera este? Quando adoecera aquele? Tudo isso ele sabia, mas quando lhe perguntavam sobre o ancião, limitava-se a dizer: o rastreador. Depois aludia a rumores que corriam a seu respeito, do tipo que era muito velho, muito mais do que alguém podia imaginar, e que quando lutara na época do Profeta nas batalhas de Badr e de Ohud[5] já não era uma criança nem sequer um rapaz. Era um homem feito, forte. Parece que teria vivido no ano do Elefante[6] e passado duas noites no lendário palácio de Ghomdân.[7] Teria igualmente testemunhado os operários lançarem os alicerces do palácio de Alkhawarnaq.[8]

Era conhecido como "o rastreador".

Fora ele o iniciador desta arte de descobrir os rastros. Fora imitado por todos. Nada foi mudado nem acrescentado às suas práticas e aos seus métodos. Tinha uma competência admirável nessa matéria.

Era capaz de encontrar rastros de passos na rocha, na areia, na terra, tanto seca como úmida, até mesmo após a passagem de três meses de ventos impetuosos que elevavam nuvens de poeira e impeliam as dunas de um lado para outro. Sabia detectar as marcas dos insetos, dos bichos e dos répteis, identificar as diferentes espécies e determinar a direção seguida pelo animal, mas seu interesse pelos humanos era maior. É para quem mobilizava todos os seus sentidos: visão, tato, audição... Adivinhava não só o sexo de quem

---

5. Batalhas ocorridas respectivamente em 624 e 625 entre muçulmanos liderados por Maomé e habitantes de Meca.
6. Corresponde a 570 ou 571 d.C., ano em que teria nascido Maomé.
7. Palácio de Sanaa, no Yémen. A lenda atribui sua fundação a Salomão ou à rainha de Saba. Na realidade, ele foi edificado apenas no século III de nossa era.
8. No Iraque, construído pelo último dos reis lakhmides El-No'man ibn El-Mondhir (morto em 602).

passava por ali, mas também se o caminhante era homem, mulher, escuro, branco, baixinho, cheio, coxo, virgem, se viajara três dias ou quatro, se estava apressado ou ia devagar, se cansado ou descansado. Conseguia ainda dizer se estava de bom humor ou não, contente ou melancólico, a partir do intervalo entre as pegadas, o aspecto dos dedos dos pés e do espaço entre eles.

Era realmente estranho. Todavia, desde que parou de correr o mundo, estabelecendo-se em Umm-Assaghîr, abdicou de sua arte. Além do mais, nada se passava no oásis que requeresse sua ajuda. Mesmo assim, de ouvido, ainda podia anunciar a vinda de uma tempestade, prevenir da chegada de ventos agitados, predizer os dias de forte calor, as noites de frio inesperado. Às vezes, a neta percorria o oásis para ordenar aos habitantes que se calassem, e eles se calavam.

Isso significava que algo no acampamento devia ser escutado. Todos, grandes e pequenos, só voltavam a falar após um sinal da velha neta. Quanto a ele, não os informava nada. É certo que, mais tarde, lançava por vezes uns sinais, mas sem nunca elucidar nada. Todos, no entanto, estavam convencidos de que ele sabia o que se passava por lá, mas não dizia.

Espaços obscuros o conservavam longe dos outros e de tudo que o rodeava. Talvez o receassem por ser tão pouco familiar que, depois de ter atravessado tantas épocas, chegava àquela abarrotado de invisíveis vestígios que o modificaram. Isso tudo o isolava, deixando-o à parte dos outros.

Sua neta tinha uma versão diferente de todas que se espalhavam no oásis. Segundo ela, o homem tornara-se mestre na arte de rastrear quando combatia sob as ordens de Oqba

Ibn-Nafi'.⁹ A um dado momento, perderam-se no deserto três dos melhores soldados jovens do exército. O rastreador saiu então à sua procura e, estranhamente, não só não os trouxe, como nem sequer ele próprio regressou.

Teria sido surpreendido por alguma tempestade repentina?

Vira sinais incontrariáveis?

Não se sabia ao certo. O ancião jamais disse algo que pudesse satisfazer a curiosidade.

Enfim, o importante é que chegara até ali. Não havia absolutamente nada, a não ser a elevação. As areias estendiam-se até os horizontes. Pela sua cor, pelo seu ondular, por indícios que só ele conhecia, teve certeza da presença de água. Começou a cavar após ouvir vozes de trás das nuvens lhe dizendo: "Não tenha medo, estamos com você!"

Em uma hora, conseguiu escavar um buraco de tal profundidade que cem homens reunidos não o conseguiriam no mesmo espaço de tempo. Foi assim que surgiu Adhâra.¹⁰ A primeira palmeira foi semeada com o caroço de uma tâmara do Hijâz, trazida como provisão para o deserto. Devido a cuidados extremos, acabou por dar dois ramos: um fêmea e outro macho. Eram as que agora vizinhavam seu abrigo. Todas as palmeiras do oásis vinham delas.

Como os habitantes vieram parar ali? Quem os trouxera? Ninguém fazia a mínima ideia, nenhuma referência os mencionava. Seu número permanecia inalterado devido ao poder de um talismã enterrado em algum lugar. De acordo

---

9. General árabe tido como herói pela conquista islâmica do norte da África, iniciada em 644 d.C. durante a dinastia Omíada.
10. Virgens, em árabe.

com a neta, ele próprio abrira os canais e formara as ramificações, de tal maneira que a água fria vertia numas e a água quente noutras. Também fixara o período de semear e de colher, levando em conta a inconsistência do clima e as bruscas mudanças de estação.

Os habitantes nutriam por ele uma mescla de respeito e temor inexplicável. Sua afeição por ele não era no mesmo patamar das narrativas que repetiam a seu respeito, mas sua veneração pelo homem do poente era verdadeira. Cada um deles parava diariamente diante de seu túmulo e recitava a *Fâtiha*, a única surata que conheciam do nobre Alcorão, com a finalidade de lhe pedir a misericórdia do Altíssimo. No entanto, segundo os que acreditavam que o ocupante do túmulo e o rastreador eram a mesma pessoa, a recitação da Abertura do Livro destinava-se a ele mesmo e a mais ninguém.

Ahmad Ibn-Abdallah relata que interrogou o velho sobre uma porção de coisas. Ele notou sua alegria e a sua vontade de gracejar. Respondia por intermédio da neta.

— O que me dá se eu lhe responder? — dizia o rastreador.

— Tudo o que quiser! — ele exclamava.

O velho ria, mostrando seus dentes finos e sua pequena língua branca. Seus traços todos exprimiam ironia. Contou-lhe de homens antigos que haviam vivido outrora no oásis. Só as crianças se aproximavam dele. Ele permitia que o fizessem, que brincassem com ele. Demonstrava uma paciência exemplar para com elas. A maioria dos habitantes considerava sua presença como um sinal, uma segurança. Tornou-se provérbio, diziam: "Dê-me a idade do rastreador e me lance ao deserto sem ponto de referência!"

A neta cuidava dele. Compreendia seus olhares, quanto tempo desejava ficar a sós. Satisfazia seus desejos sem que precisasse pedir. Mas quando manifestava rudeza ou impaciência, ela se debruçava sobre o avô dizendo:

— Pela vida de Ishâq, eu lhe peço...

Logo se apaziguava e o olhar enternecia. Atendia.

Quem era Ishâq? Ninguém sabia, mas bastava ele ouvir o nome para amolecer. Estaria Ishâq vivo em algum lugar, ou pertenceria a uma época remota? Teria sido um dos habitantes do oásis ou alguém que pertencia a uma cidade ou lugar retirado? Segundo o pouco que a neta revelara, Ishâq era versado em perfumes e em plantas aromáticas. Teria colhido as espécies mais raras e extraído sua essência. Aparentemente, algumas delas teriam sido úteis ao velho. O agradável rastro que flutuava atrás dele, sentido a uma hora de distância, era o de um perfume estranho que ele pusera uns trezentos anos antes; a fragrância ainda não se dissipara. De vez em quando, levantava a cabeça com esforço e lamentava resmungando por entre os dentes:

— Ishâq! Quem me dera os tempos de Ishâq!

Mas se alguém lhe perguntasse sobre ele, ficava mudo novamente. No entanto, uma simples menção deste Ishâq operava evidente mudança na sua voz e na sua atitude.

Ahmad Ibn-Abdallah conta que acabou por ficar inseparável do rastreador. Passava longas horas sentado a seus pés e curiosamente não se espantava com ele, agia como se tivesse crescido a seu lado desde que nascera. Conhecia perfeitamente seus hábitos, sabia decifrar seus murmúrios e balbucios. Não o deixava nem mesmo à noite. A neta, às vezes, se ausentava, seguindo pelos caminhos e ruelas do oásis: ajudava a fazer o pão, ou a preparar as bolachas do esterco dos animais para o combustível, enchia de água de Adhâra os potes desta ou daquela casa, ou então auxiliava no armazenamento das tâmaras, para o inverno que podia chegar de repente. Depois voltava ao abrigo com seu alforje contendo: pedaços de pão, sapatos velhos de fibra de palmeira, tâmaras secas ou ainda um pedaço de pano de linho, a única planta do oásis que podia servir para confeccionar roupas e que era cultivada ao redor da nascente. Sentava-se então e espalhava diante de si tudo aquilo que juntara antes de arrumá-lo com cuidado. De vez em quando, o velho olhava-a por detrás de suas pálpebras fechadas. Dias se passavam sem que alguém se aproximasse dele. Estava presente fisicamente entre eles, mas como se transportado para fora do tempo. Ninguém tentava então abordá-lo. Era uma presença sustentada por si, incomparável; sua idade não podia ser avaliada em relação a uma época ou a um fenômeno raro, ao nascimento de uma criança ou à morte de um ente querido. A comunidade acreditava que sua presença preservava o oásis de três perigos: em primeiro lugar, evitava o esgotamento e a secura das águas de Adhâra. Em segundo, assegurava o efeito de um talismã secreto que impedia que o oásis fosse varrido pelas areias movediças. Quantas cidades, caravanas e acampamentos foram soterrados por essas dunas instáveis! E em terceiro lugar, afastava os perigos inesperados, dos quais o acampamento era o mais temível entre os que haviam surgido nas últimas décadas. Enquanto o rastreador permanecesse entre eles, os homens do acampamento não deixariam seus postos, não podiam atacá-los nem prejudicá-los. Foi o que predissera o seu adivinho. Embora não existisse qualquer ligação entre o oásis, ali na colina, e o acampamento, lá na planície, durante três gerações de frente um ao outro, de suspeição, de reserva e de vigilância mútua, houve o acúmulo de informações de ambos os lados, mas era impossível determinar-lhes a origem exata ou datar o momento preciso em que certas obscuridades se esclareceram.

Visto que a história do acampamento é realmente estranha, sem igual, ela exige um intervalo de nossa parte.

A MENÇÃO DO ACAMPAMENTO

Jamâl Ibn-Abdallah, que registrou a narrativa de Ahmad Ibn-Abdallah, acrescentou:

O país do poente, último limite do território do islã, marginado pelo Magnífico Oceano, conheceu os *Ribât* e as *Zâwiya*, pois é do mar que surgem os perigos. Combatentes, homens santos, zelosos defensores da fé da comunidade de Maomé resolveram retirar-se sem intenção de regresso para essas ribanceiras expostas às surpresas. Vieram do Oriente longínquo, de Balkh, de Samarcanda, de Merw, de Nusâpur, do Cairo, de Roseta, de Qûs, de Taezi, de Hadramawt, das costas de Omã, de Alepo, do Konya, de Kûfa e de todas as outras regiões para se fecharem nesses *Ribât* providos de mantimentos e de munições. Renunciando aos prazeres vãos e às alegrias efêmeras mundanas, dedicaram sua vida a enfrentar e afastar o perigo. Mantinham-se constantemente à espreita, com o coração a palpitar, mesmo após longos anos de calma.

Passei uma grande parte da minha vida no grande *Ribât*. Defini sua organização e fixei suas regras. Eu era o intermediário entre os homens da fortaleza e o sultão. Quando o nosso amigo começou a me falar do acampamento, pensei numa espécie de *Ribât*, mas percebi que me enganei. Vou reproduzir esta história em detalhes, pois nunca ouvi nada parecido.

Ahmad Ibn-Abdallah diz que todos os habitantes evitavam falar do acampamento, mesmo situado no seu campo de visão. A verdade, porém, é que permanecia presente dentro de cada um deles, mas aproximar-se dele, nem pensar... Os que se aventuraram em sua direção nunca regressaram e nenhum recém-nascido viera substituí-los. A população ainda se recordava de dois jovens afoitos que, duas gerações antes, fechando os ouvidos a todas as exortações e súplicas, tinham se dirigido para lá numa bela manhã. Todas as vezes que perguntavam ao rastreador sobre o paradeiro deles, ele apontava para o acampamento. O senhor do oásis discutia a questão junto a seu conselho, composto de sete sábios. Analisavam minuciosamente todas as informações fornecidas pelos catorze encarregados de observar o que se passava no acampamento a partir de dois postos avançados, camuflados com folhagem de palmeiras. Dali podiam acompanhar com o olhar os movimentos, as fileiras que se formavam para se dispersarem logo em seguida, as tendas que eram sucessivamente armadas e desarmadas outra vez. Decerto que haviam recolhido elementos abundantes ao longo do tempo, mas, infelizmente, ele não tivera a chance de examiná-los, porque em Umm-Assaghîr não se conhecia o registro escrito. O menor dos eventos e o mais antigo deles eram guardados na memória e transmitidos oralmente de geração a geração, assim como sucedia com os apelidos, os nomes próprios, os fenômenos extraordinários celestes ou terrestres. No início, quando ouvia os gritos dos guardas a rasgar a noite e julgava que se tratava de um sinal de ataque, encolhia-se sobre si, receando o acontecimento do indesejável. Vozes como essas, nunca ouvira igual desde sua partida do Cairo: tinha a impressão de que se tratava de uma presença humana, mas eram misturadas a dimensões estranhas que ele desconhecia. O vazio interminável, os ecos acompanhados de sons metálicos, quando, além da coincidência das noites se atarem umas às outras, entrecortadas por um dia de uma escassa dezena de segundos, a duração de um olhar, a coisa ficou insuportável, a expectativa pesou-lhe. Seu desterro pareceu-lhe mais esmagador.

    A princípio julgou que não fossem vozes humanas, vindas de espaços longínquos ou de horizontes distantes, para onde ele se dirigia. De início, próximas, poderosas, retumbantes, agudas, fugidias como que saídas de dentro de si. Mas logo assumiam existência própria, chegando-lhe de lados que ele podia precisar e nisso eram de todo diferentes do chamado. Com muita atenção e longa escuta, acabou por perceber seus tons e gradações. Carregavam em si ameaça e desafio, mas também sugeriam desconfiança, como que partindo de alguém que queria espalhar medo, estando ele próprio apreensivo e apavorado.

    Recomeçavam mais distantes. Na primeira noite, conseguiu contar dezessete gradações diferentes: da voz clara ao sussurro abafado, meras repetições fracas. Na noite seguinte, distinguiu trinta e três; o último era quase inaudível, mas depois de se perder no espaço, voltou a ressurgir.

Quanto mais escutava, mais aprendia, e quanto mais observava, mais descobria: aqui, caminhos traçados em quadras; ali, fileiras de outras tendas. Às vezes, quando a luz vibrava e se quebrava, podia ver no acampamento o que lhe passava pela cabeça. Se pensasse em canais de água, via-as correndo, brilhando diante de seus olhos. Se relembrasse cheio de nostalgia umas árvores vistas outrora, o rumorejo das suas folhas sacudidas pelo vento forte ou embaladas por um leve sopro, elas surgiam imediatamente, plantadas pela força do pensamento, dando suas sombras às tendas triangulares, quadradas e redondas.

Quando a luz da manhã apareceu após duas noites quase totalmente seguidas, procurou esclarecer, averiguar com o coração cheio de tristeza. Aqueles sons enigmáticos, aquela vastidão... Nunca imaginara isso durante sua vida cairota!

A neta do rastreador dizia que eram os vigias do acampamento chamando uns aos outros, ou para se fazerem companhia ou para suscitarem o medo... e também para fazerem a contagem, com o receio de que alguns sumissem, como já acontecera mais de uma vez.

Durante as noites seguintes, passava longas horas à escuta. Os gritos que se repetiam, breves, concentrados, cortantes, desconfiados, eram sinal de que havia vida por perto, próxima e no entanto distante. Havia uma existência qualquer. O deserto não era solidão. Existia algo que incitava os habitantes do oásis a estar de sobreaviso. Desde quando? Ninguém saberia dizer.

Após um tempo, percebeu que os chamados não eram aleatórios, mas seguiam um ritmo preciso. Se as vozes chegavam com tons diferentes do alto para o baixo, era porque os guardas se posicionavam em intervalos regulares, formando linhas que começavam na frente do oásis para se estenderem até onde não sabia. Esses chamados que tanto escutara, tanto temera, passava agora a pressenti-los, esperá-los, desejá-los. Às vezes, eram vozes jovens; outras, pareciam cansadas da velhice, mas na maioria das vezes eram vozes de homens adultos.

Chamados variados: de uma noite para a outra, as vozes mudavam. Descobriu, inclusive, uma diferença entre aquelas que chegavam com o crepúsculo e as que chegavam na alvorada, embora a origem fosse a mesma. Isso significava a troca das pessoas, uma espécie de língua ininteligível, letras que não se evidenciavam; e assim, incapaz de decifrar uma única palavra e não tendo encontrado quem lhe revelasse sua natureza, pôs-se a interpretá-la a seu gosto, a dela escutar o que desejasse, o que compreendesse.

Ouviu, uma vez:

"Atenção!"

"O primeiro... tudo certo."

"O segundo... tudo certo."

A primeira parte era constante, igual; já a segunda, prolongada com modulações distintas. Ao cabo de várias noites, chegou a discernir um som metálico, repetido três ou quatro vezes. Um sino, ou melhor, um martelo sendo batido contra um escudo de cobre. O som vinha invariavelmente da mesma fonte, mas por que tinha ele a certeza de que vinha de algo redondo?

A luz do dia nunca desvelava a origem dos chamados. Havia sempre uma neblina misteriosa que envolvia o acampamento, que às vezes o escondia totalmente. Os habitantes do oásis não eram proibidos de olhar para lá, mas isso não agradava a ninguém, exceto aos habitantes encarregados de montar guarda, cujo número não aumentava nem diminuía: todos tinham relação de parentesco, dotados de um olhar de águia e de um ouvido apurado. Relatavam detalhadamente ao senhor do oásis, ou a um dos sete sábios do conselho, tudo que viam, mas estavam sempre alerta, prontos para gritar em caso de movimento súbito. Segundo a tradição, o acampamento não iria ficar eternamente assim, imóvel. Haveria de chegar um dia em que os estandartes seriam baixados, as tendas desmontadas, e outras bandeiras, agora dobradas, seriam abertas, fileiras incalculáveis se formariam e marchariam sobre Umm-Assaghîr. Em seguida, nada permaneceria como estava.

O rastreador não lhe dissera nada que pudesse satisfazê-lo. Todavia, no dizer dos habitantes, ele era capaz de seguir o eco de uma voz até retornar à fonte, definir a idade e o humor de quem gritara ou simplesmente falara. Tinha mesmo o poder de dizer características do dono do grito, se era do sul ou do norte, nascido no deserto ou na cidade. Além do mais, era capaz de detectar os resquícios das vozes e dos ecos desvanecidos. Havia apenas duas gerações, ainda revelava o que lhe parecia. Agora, guardava silêncio, apesar da certeza de todos de que sua audição, visão e olfato estavam perfeitos.

O acampamento, dizia Ahmad Ibn-Abdallah, tornara-se um motivo de preocupação quase obsessiva. Uma vez, num momento de calma em que noite e dia se fundiam, aproximou-se do ancião e lhe implorou, pela vida de Ishâq, que lhe dissesse o que sabia a respeito do acampamento.

Suas pálpebras tremeram, suas feições arrepiaram-se, mas não disse palavra, nem sequer uma letra, embora tivesse assistido à aparição do acampamento, a seu crescimento e a sua transformação ao longo dos dias. Os habitantes, estes se sentiam abençoados pelo túmulo do homem do poente, convencidos de que existia uma ligação entre eles.

Eles desconfiavam que o homem do poente e este ancião vindo das épocas longínquas eram uma única pessoa; a maioria, porém, não o anunciava, pelo receio de que pertencesse à seita herética.

DESCRIÇÃO DO ACAMPAMENTO

O acampamento estendia-se até os limites que a hígida vista alcançava. De frente para o oásis erguia-se uma espécie de muralha que demarcava a terra, como uma fronteira. Nenhum dos vigias que tinham passado longas horas de sentinela saberia dizer de que material era feita. Apresentava duas aberturas, uma do lado oeste, a outra do lado leste, mas ninguém nunca fora visto através delas. A uns trinta passos de distância, começavam as filas de tendas, primeiramente piramidais e depois quadradas. No centro, uma tenda de base octogonal, que terminava numa espécie de abóbada, rodeada de um grupo de tendas menores, que às vezes parciam ser sete, e outras, oito, e isso estava entre os enigmas do acampamento.

A leste, fileiras e fileiras de homens. A oeste, num terreno igual, apareciam alinhadas outras tropas. Não longe da muralha, encontrava-se uma construção retangular, edificada de material diferente do usado nas tendas, pois não ondulava com a tempestade nem com o violento vento do deserto. Entrava-se lá de olhos vendados, mãos atadas, empurrado por dois guardas. Como essas práticas eram desconhecidas em Umm-Assaghîr, ninguém compreendia a função daquela construção, até o dia em que a neta do rastreador a explicou às mulheres, e assim a notícia se espalhou pelo oásis, o que causou espanto em toda gente.

Sempre havia dois homens vigiando o lugar, e andavam sem parar em sua volta. De vez em quando, aproximavam-se das paredes, de costas arqueadas, como se fizessem algum tipo de experiência. Em determinadas horas, muitos formavam uma fila diante de três homens, seguidos por outros dois. Atrás destes posicionava-se um sujeito, imponente e temido. Todos imitavam os seus gestos: levantar a mão direita e tocar na testa com a ponta dos dedos ou bater os pés várias vezes contra o chão. Alguns habitantes do oásis diziam que aquele não era o chefe deles, que permanecia dentro da tenda central, da qual não saía. Alguém o representava, tinha fisionomia e estatura parecidas, mas vestia um uniforme diferente. Naturalmente, àquela distância, era difícil distinguir tudo isso, que, aliás, não passavam de simples conjecturas e adivinhações, e, por mais que avizinhassem a certeza, eram invadidas pela dúvida.

Uma outra coisa que o intrigava era a total ausência de contato entre o acampamento e o oásis. Soube da existência de uma fronteira no dia em que os habitantes lhe disseram para que não se aproximasse do acampamento, nem fosse em sua direção e que nunca avançasse além dos dois postos de vigia. Que igual a todos os outros, ele era livre para observar como quisesse, mas, se ousasse dar um passo, um só que fosse além da linha autorizada, todo o oásis abriria mão dele.

Nunca ninguém do acampamento chegara até eles e jamais alguém viera de lá. Havia certas alusões obscuras a violações de fronteira, mas sem detalhes. Aparentemente, parecia ser um tema tabu, de triste memória.

Uma situação estranha, dura naquele mundo de desolação, como dois viajantes que, após uma longa viagem solitária, se encontram no meio do deserto e passam um pelo outro sem trocar uma palavra, nem mesmo se cumprimentam. Dá para imaginar?

Os habitantes afirmavam que no lugar do acampamento havia outrora areias muito finas, difíceis de serem transitáveis. Quanto àquelas poucas árvores espalhadas aqui e ali, entre as tendas, foram eles que as trouxeram e plantaram.

Mas como trouxeram, por que meio?

Não havia nenhuma resposta segura, satisfatória.

De que nascente eles tiram a água para seus usos?

Sabia-se que não havia nenhuma nascente de água doce a meses e meses dali; alguns até estavam convencidos de que não havia outra nascente no mundo a não ser Adhâra. Era, pelo menos, uma crença antiga, que foi abandonada após o aparecimento do acampamento. O senhor do oásis afirmava que eles guardavam o que precisavam de água e de alimento e todo o tipo de provisões em tendas especialmente destinadas a este uso, longe da vista do povo do oásis. Regularmente, chegavam-lhes provisões novas da terra de onde tinham vindo e por vários meios, mas de onde? Ninguém sabia.

Apesar da fronteira, da proibição de todos os contatos, haviam ocorrido em várias ocasiões certos acidentes que ninguém pôde fingir ignorar. Após o primeiro choque, o posto de guarda fora inaugurado. Tratava-se de um perigo pelo qual não esperavam nem faziam a menor ideia. Tudo que conheciam de armas eram paus talhados de ramos de palmeiras, para afastar um animal que podia aparecer do lado do deserto ou para matar as pequenas víboras corníferas, que se escondiam enroscadas nas areias e pulavam sobre sua vítima para nela espalhar um veneno mortal por meio de uma rápida mordida. Só se podia escapar amarrando apertadamente o órgão atingido, separando-o do resto do corpo, de modo que, ao atrofiar-se pouco a pouco, acabasse por cair. Outra forma de se salvar era a amputação imediata, mas esta era uma solução difícil, pela simples razão de que não havia instrumentos cortantes no oásis, a não ser as velhas facas de pedra que eles usavam para degolar os camelos, já sem forças, e as cabras que ofertavam em sacrifício ao homem do poente e à nascente da água, as duas ocasiões em que comiam carne. Mas nunca as tinham usado num corpo humano.

    Ainda que dispusessem de armas brancas, o que poderiam fazer com elas, sendo tão poucos diante daquele exército? Todos juntos caberiam em apenas uma dúzia daquelas tendas alinhadas a perder de vista.

    A memória coletiva do oásis não registrara nem um conflito violento. Quaisquer eventuais problemas eram resolvidos sem delongas e sem deixar resquícios. Existiam, contudo, alguns pequenos melindres, que eram rapidamente esquecidos no cotidiano, tais como a distinção entre os habitantes estabelecidos de ambos os lados de Adhâra. As pessoas do oeste afirmavam possuir o sangue mais puro, diziam-se todas descendentes da linhagem do rastreador que combatera sob o estandarte do Profeta. As do leste eram de sangue mesclado. Isso devido ao fato de que no passado remoto, vindo do sul, aparecera um viajante de pele escura, alto e magro, com ossos salientes e lábios grossos. Dissera ser originário de um país que dava para águas infinitas, uma terra coberta de árvores, atravessada por um rio de água doce. Só Deus sabe por que partira sozinho, totalmente sozinho, dizendo que iria efetuar a peregrinação, chegando a Meca quatro anos depois. Ele não sabia como fora parar no oásis. Ninguém lhe dissera sobre sua existência, surgira-lhe de repente no caminho. Por uma série de motivos, não prosseguira na viagem. Apaixonou-se por uma bela jovem de generosas ancas, que ele julgou ser perfeitamente adequada para ele!

Amaram-se e tiveram filhos. Ao nascer do primeiro, morreu subitamente um jovem. A partir desse instante, o estrangeiro foi contado entre a população do oásis. Instalou-se então ao leste de Adhâra, onde sua prole e descendentes aumentariam de número.

Teria sido este o motivo para considerar as pessoas do leste inferiores?

Sim, ao oeste as casas eram mais amplas, as palmeiras mais numerosas, as colheitas mais abundantes e as tâmaras de melhor qualidade, mas as condições de vida eram geralmente equivalentes, a não ser pelos tetos das casas: as do oeste eram feitas de troncos de palmeiras; as do leste, de ramos e folhas. Não se proibiam casamentos entre as duas margens, mas também não eram incentivados; talvez isso se devesse à posição privilegiada e nada comum de que gozavam as mulheres naquela comunidade. Eram elas quem escolhiam e decidiam, assumiam as mesmas tarefas que os homens. Em situações problemáticas e difíceis, suas palavras eram ouvidas e suas opiniões pesavam. Andavam de rosto descoberto. Mulheres de rara beleza como nunca vira no Cairo ou em qualquer outro lugar por onde andara. Eram setenta e duas, nem mais nem menos; também a estranha regra aplicava-se a elas: um terço ainda crianças, um terço na flor da idade, e o resto eram mulheres idosas que faziam os partos, tratavam de doenças e preparavam os remédios, moendo as plantas, misturando-as e administrando suas doses. Além disso, faziam as pazes entre os casais e olhavam os pequeninos. O estranho era que menstruavam até os noventa anos e havia mesmo algumas que ainda concebiam nessa idade. Mas nunca uma mulher dava à luz mais do que dois filhos no decurso de sua vida.

Os homens temiam as mulheres e veneravam-nas, pois de seus úteros saía a vida e dentro delas se formava. Desde o nascimento começava a viagem em direção à morte. Assim, eles lhes beijavam o sexo antes de copularem.

Ahmad Ibn-Abdallah volta a mencionar o acampamento:

Com o tempo, o acampamento se tornara parte integrante de sua vida cotidiana. A mínima mudança incitava neles ora medo, ora desejo, ora surpresa e ora pânico, como acontecera, duas gerações antes, quando viram de repente estandartes amarelos sendo içados sobre as tendas e uma grande bandeira vermelha flutuar acima da tenda central. O rufar dos tambores não parara de ressoar durante um dia inteiro. Interpretaram tudo isso como mau presságio porque nunca haviam conhecido nada igual, mesmo de eventos fixos ou variáveis, desde muito observados ou pressentidos no acampamento. Os tambores finalmente pararam, os estandartes continuaram por um tempo, depois também desapareceram. Houve quem adivinhasse a morte ou o nascimento de alguém, ou então um acontecimento grave ou festivo. Mas ninguém pôde garantir nada.

Por conhecerem as horas das refeições no acampamento, os habitantes regularam todas suas atividades por elas, principalmente o jantar, que começava logo que a Via Láctea surgia no céu. Antes se contentavam com duas refeições, uma ao alvorecer e outra à tardinha, agora se organizavam de modo a fazerem as refeições ao mesmo tempo que os homens do acampamento, pois, ocupados com a comida, não poderiam prejudicar nem lançar o tal ataque de surpresa que toda gente em Umm-Assaghîr estava convencida de que ocorreria fatalmente um dia, mas que não se podia precisar nem se adivinhar quando, da mesma forma que não se podia predizer os objetivos misteriosos que os tinham conduzido a parar ali, em frente ao oásis, sem contudo avançarem em sua direção. Estavam a par das festas e das solenidades do acampamento, capazes de distingui-las, descrevê-las com os mínimos detalhes e ainda delas participarem indiretamente: homens, mulheres, crianças, todos, com exceção do rastreador, iam então se colocar atrás dos dois postos de vigilância. Ficavam às vezes tão absorvidos no espetáculo que pareciam os verdadeiros atores! Pequenos e grandes aguardavam impacientemente essas manifestações, pois elas lhes proporcionavam o olhar para o estranho, romper com o hábito e quebrar a monotonia de sua existência. Como se da incompatibilidade nascesse uma espécie de simbiose, e isso era estranho!

Eu, Jamâl Ibn-Abdallah, digo que não fiquei de modo algum admirado com o que Ahmad Ibn-Abdallah me ditara a esse respeito. Parece que não viveu a longa reclusão das fortificadas torres ou dos inconquistáveis *Ribât*, por isso ignora a verdadeira natureza do confronto entre contrários, em luta. Numa dada época, nosso país conheceu o que era o perigo da guerra, quando fomos atacados pelo senhor dos mares, um rei franco que se apoderara dos confins do norte. Durante oito anos, um na frente do outro, os dois campos observaram-se sem descanso e travaram combate sem tréguas, grandes batalhas em que almas foram ceifadas, além de investidas cujo desfecho se mostrava indeciso. Cada um dos lados procurava descobrir as intenções do adversário e conhecê-lo em todas as suas particularidades: hábitos, temperamento, arte na defesa e no ataque, os momentos de recolhimento ali e os períodos de descanso, a língua do uso direto, os processos correspondentes, as técnicas de comunicação e de transmissão das ordens. Ambos dormiam cismados com os atos do outro, rememoravam o que acontecera e imaginavam o que poderia vir a acontecer. Pouco a pouco e vez após outra, cada campo acabava se influenciando pelo outro, de tal modo que as pessoas de cada lado terminaram por adotar o comportamento e os costumes do outro lado, como se trocassem de posição, porém sem confronto.

Os estudiosos afirmam que, no combate entre dois povos, sempre haverá alguma forma de mistura e em determinada altura pode até se encontrar o vencido se submetendo ao vencedor, a ponto de admirar-lhe os costumes e querer então imitá-los e adotá-los. A história fornece múltiplos testemunhos disso e eu poderia mencioná-los aqui em detalhes, mas receio ultrapassar os limites da missão que me foi confiada: registrar as observações de Ahmad Ibn-Abdallah e anotar as aventuras singulares, inauditas, que ele viveu viajando de um lugar para outro, de um país para outro, de um horizonte para outro e de um tempo para outro, impelido pelo irresistível, guiado pelo implacável, sobre o que não adianta falar, argumentar, nem explicar. Esse chamado misterioso que não voltara a se manifestar até este ponto da sua estada no Oásis de Umm-Assaghîr, conforme ele o denominara, oásis ainda desconhecido por nós, jamais referido em nenhuma das narrativas dos que foram para o Oriente, seguindo os caminhos da Peregrinação e as sendas conhecidas. A verdade é que suas revelações são excitantes, principalmente quando notei em seu olhar um brilho, e no rosto, ecos de uma chama, características que geralmente coincidem com o aparecimento de uma mulher.

GÊNESE DO TEMPO DELA

Ahmad Ibn-Abdallah dizia que seu tempo era dividido entre o rastreador, o qual, nos seus momentos de iluminação súbita, decidira revelar-lhe os segredos de sua arte que fascinava os habitantes do oásis e o que dele apreendera e adquirira na matéria, um talento sem igual que deixava abismado qualquer um que o observasse. A observação do acampamento ocupava o resto de seu tempo. No entanto, quando ela apareceu, tudo mudou: tudo que vira, ouvira e aprendera teve de ser recomposto como se ela fosse uma nova noção.

Seu aparecimento, conforme ela revelou mais tarde, não era fruto do acaso. Não se recordava de ter visto seu rosto nem cruzado com ela sequer uma vez. Viviam no oásis vinte e quatro moças mais ou menos da idade dela, e todas estavam presentes para acolhê-lo no dia de sua chegada. Dir-se-ia, porém, que a via pela primeira vez: um acréscimo, uma inovação, tão singular que dava a impressão de nunca se ter misturado com os outros, de nunca ter mantido a mínima convivência com alguém. Um ser à parte, incomparável, inclassificável, presença única.

Sabia precisar o lugar, exatamente próximo de Adhâra.

Era um tempo quente, acabavam de suceder dois longos dias, separados apenas por uma noite tão curta, que alguns chegaram a dizer que viram o sol nascer no mesmo instante em que se pusera. Ele parara junto à nascente que lhe pareceu então límpida, transparente qual os pensamentos cândidos. Seguia com o olhar um peixe solitário, azul, que sobressaía na opacidade da água, envolvido numa cor amarela que fazia lembrar um halo de luz; sua presença parecia imaterial. Nadava com orgulho surpreendente quando, de súbito, não saberia dizer onde exatamente, rodou sobre si cheio de agilidade arrogante. Mas por que motivo dera meia-volta justamente naquele local? O mais interessante é que nunca lhe passara pela cabeça que pudesse haver um peixe tão estranho nessa nascente do deserto. De onde vinha? Aonde ia? Quando sumiu, começou ele a duvidar da realidade do que vira. De olhos arregalados, debruçou-se sobre a nascente e tanto fez que quase caiu na água.

Nesse momento, a presença dela o abraçou, mesmo antes de entrar na sua zona de visão. Foi envolvido por um sussurro mudo, imperceptível. Virou-se.

Era real, não uma imagem.

Uma fonte, nunca uma sombra.

Ainda hoje, era assim que ela lhe parecia quando se lembrava dela.

Era bela, impetuosa, airosa, a silhueta sem contornos definidos. Mesmo imóvel, parecia irradiar nos quatro cantos do oásis, voando por todos os lados, evoluindo em todas as direções ao mesmo tempo. Presente e, no entanto, inapreensível, fugidia, estava simultaneamente aqui e lá. Encobriu tudo com seus traços finos, precisos e fluidos, como se seu olhar enxergasse dois mundos diferentes: um exterior, dos sentidos visíveis, o outro interior, das realidades invisíveis. Sim, ela via o interior e o exterior.

Era uma exibição permanente, contínua, sem tréguas e sem fim, cintilando sempre uma feminilidade transbordante. E quanto mais ela emitia, mais seus seios se erguiam e seus laços se desfaziam. Quanto aos seus olhos, tinham uma peculiaridade incomum.

Como poderia tal desenvoltura existir nessa solidão perdida?

Na verdade, glória Àquele que a moldou e a fez existir.

Ela permanece, ainda e sempre, com o poder de se comunicar sem proferir uma palavra.

No momento em que dele se aproximou, insinuou-se, vazou-se nele e misturou-se em todas as partes de seu ser, pousando em suas profundezas. Sentiu arrepios, ainda mais quando a fitou coberta por um véu transparente de cor escura, jogado sobre seus tesouros, que deixava adivinhar as curvas, sugerindo-as porém sem acentuá-las. Posteriormente saberia que esse vestuário, cuja origem se manteve obscura, só era usado pelas mulheres do oásis quando saíam para conquistar o homem que elas viram e escolheram. Pôde então ver suas colunas, seu vestíbulo e a plenitude de suas coxas férteis. Apoderou-se delas pelo olhar, até discernir o pequeno sulco que separava e unia. Longas coxas, cada uma com sua subida e elevação. Pôde ainda abarcar com o olhar seu aplanado ventre e seu umbigo e quase desfaleceu ao ver seus seios empinados, abertos; contudo, seguiu escalando para a descoberta do pescoço.

Ela o ultrapassou e olhou para trás. Ele se preparou para encontrá-la, mas sentiu-se de repente esvaído como por uma longa caminhada, sem sequer ter se mexido. Virou-se para seguir com o olhar e, ao atentar para as suas formas de trás, quase soltou um gemido: costas amplas, quadris torneados, cheios, firmes, convidativos.

Quando ela desapareceu, já se encontrava parada em algum lugar de seu ser. Nessa mesma noite, a neta do rastreador aproximou-se dele, sorriu alegre e lhe piscou o olho. Ele a olhou inquieto, circunspecto. Mas ficou surpreso ao sentir que ela estivera ali assistindo à cena. A verdade é que graças a ela acabou compreendendo muitas coisas: a neta lhe explicou por que razão a moça colocara o vestido transparente, desvelando seu mundo sensível. Na realidade, não era a primeira vez que esta o via. O seu aparecimento fora a última etapa de várias: a escolha, a tomada da decisão e o momento de informar sua gente. Posteriormente, soube que sua situação de estrangeiro suscitara problemas, pois a intrusão dos forasteiros no pequeno mundo do oásis, embora rara, revelara-se desde sempre motivo de transgressão. Constava que o caso havia sido debatido no conselho dos sábios, os quais, perante a insistência dela, cederam. Nunca ninguém se opunha à escolha das mulheres, a quem competia dar os primeiros passos e tentar, e se conseguissem o que desejavam, não tinham mais o direito de olhar para nenhum outro homem, a não ser após uma separação definitiva.

O início e o fim estavam ligados a Adhâra. Nas margens da nascente acontecia a exibição, caso se estalasse a faísca e inflamasse a brasa. Assim, cada um se iniciava nos segredos do outro, ali perto da água, princípio de todo vivo e berço do oásis.

Geralmente, as mulheres saíam acompanhadas de seus carneiros, e quando os animais regressavam sozinhos ao lar, o pai, a mãe, o irmão ou até toda a família saíam e ficavam de cócoras fora de casa, de olhos postos em direção de Adhâra, onde ocorriam os princípios da união que previa a vinda de um novo ser, mas também o término da existência de outro no oásis.

Todavia, a nossa amiga dirigiu-se para lá sozinha, sem rebanho, o que era raro e estranho! As suas criaturas, domésticas e selvagens, ela levava dentro de si.

Como souberam os familiares que a união se consumara?

Na verdade, todo o oásis compreendeu no instante preciso. Alguns alegaram que seu grito chegara ao acampamento. Do contrário, como explicar então os rufos de tambores cujo eco lhes chegara logo, como se fosse uma participação invisível?

Bem cedo naquela manhã, saiu caminhando devagar, com o coração palpitante de esperança e cheio de expectativa, munido das revelações da neta do rastreador, que lhe explicara os costumes e as tradições, e quando se referira ao encontro físico, não se apressara, descrevendo-lhe tudo aberta e detalhadamente. Apesar de seu embaraço, de suas tentativas de desviar o olhar, ele não deixava de perceber uma tremura na voz da velha, como se, ao descrever o que iria acontecer, reanimara em si o fogo do desejo. Garantiu-lhe que, após tomar três goles do leite fresco de camela, tornar-se-ia fácil colher e saborear os frutos dela.

Entretanto, tudo aconteceu ao contrário do que pudera ouvir e imaginar.

Eu, Jamâl Ibn-Abdalllah, digo que, a essa altura da narrativa, vi meu interlocutor perder-se em labirintos invisíveis, impenetráveis. Parecia entregar-se aos arrepios que o sacudiam, quando lenta e minuciosamente evocava a recordação daquela manhã. Quando era para começar a falar, ficara em silêncio. Logo que pôde articular algo, disse: "Dê-me tinteiro e rolo de pergaminho, pois compete a mim mesmo escrever isso."
Obedeci. As linhas que seguem foram traçadas por sua mão. Apesar das linhas trêmulas devido a uma hesitação ou um cansaço nos dedos, pude constatar a marca de uma antiga maestria numa arte que eu mesmo passei a vida toda para dominar e assimilar suas formas e sutilezas.

RELATO DA INTIMIDADE

"Eu, Ahmad Ibn-Abdallah, digo que era a primeira vez que conhecia uma mulher. Era a primeira vez que me despertava para as emoções e os sentidos e também que me dirigia a esse horizonte até então desconhecido. É certo que desde cedo tomara consciência do universo feminino, do lugar das mulheres na existência e do meu desejo e também da minha busca por elas. Mas tudo que delas conhecera antes do aparecimento do chamado, e de deixar a minha cidade e iniciar o meu viajar, era tristeza e decepção. Não quero dar detalhes, com receio de me desviar do propósito, mas posso dizer que a história vivida no oásis não foi a primeira, mas se tornou a medida e a referência para tudo que viria a conhecer mais tarde, apesar das variações e de deparar-me com o imprevisível, tal como mencionarei no momento certo e em seu lugar.

"Aquela, porém, foi outra coisa!

"Ainda sinto o frescor daquela manhã. Parece-me até

ver o vermelhão da alvorada se desmanchando, o brilho das águas de Adhâra sob a primeira claridade, o aroma penetrante das palmeiras. Quanto à impaciência e à expectativa com que olhava para o lado do qual costumava aparecer, continuam intactas, mas o resto não. Vinha sempre do leste, mas naquela manhã apareceu do lado oposto. Seu caminhar parecia sussurros, ultrapassou-me em três passos. Sua silhueta, ao mesmo tempo unida, fragmentada, tumultuosa, trazia-me visões estranhas. Tal como seu ímpeto, sua estatura esbelta, seu olhar altivo, seu cabelo sedoso, cor de pimenta negra, caindo em cascata sobre os quadris ardentes como o fogo abrasador do desejo. Um único qualificativo se impôs a mim e tive que deixá-lo escapar, do contrário enlouqueceria: 'uma égua celeste!'

"E, como se adivinhasse minhas palavras repetidas, ela voltou de mansinho rodeada de graça, carregando entre as mãos um recipiente de argila, cheio até o topo de leite fumegante que ainda não perdera o calor da teta da camela. Peguei o recipiente, levantei-o devagar como aconselhara a neta do rastreador.

"Enquanto bebia, os olhos dela fixavam-se em mim, afoitos, provocantes, desejosos. Devolvi-lhe o recipiente completamente vazio. Caminhou, segui-a. Ia toda arqueada, felina, explícita, decidida. Chegou a uma moita rodeada de palmeiras médias e de duas figueiras de fruto doce, de onde podia avistar as águas de Adhâra.

"Durante anos rememoraria sua beleza ardente. Quando, por ocasião de um encontro amoroso, o desejo desvanecia, o remédio era convocar a sua lembrança. E se queria ficar estimulado outra vez, voltava a imaginá-la, e assim me cindia em duas partes incompatíveis: minha imaginação estava com ela e meu corpo exilado dela.

"Não saberia dizer como ela se aproximou de mim. Tentou derrubar-me com um murro no peito, depois deu meia-volta sobre si mesma, lançou-me um olhar oblíquo, forte, no qual o desafio se misturava com o convite, como o anúncio de um combate, a promessa de um corpo a corpo.

"Na verdade, digo que fiquei surpreso. Empurrou-me de novo, ainda com mais violência, mais brutalidade. Rapidamente, me livrei dos conselhos da velha, reagindo instintivamente, apressando-me a esquecer meu medo, minha timidez e minha inexperiência. Sem esperar pelo terceiro soco, agarrei-lhe o punho e torci-lhe o braço, flexionei-o com tanta força que foi obrigada a se curvar e a rodar sobre si. Estava de costas para mim, dobrada ao meio, tão próxima que senti suas ancas roliças tocando-me. Bruscamente uma tremura espalhou-se por mim e a coluna de fogo se abrasou. O meu enlace era tão poderoso e o braço doía-lhe que se pôs a gemer baixinho. E foi assim que aos seus gemidos de dor juntaram-se os meus de prazer. Cerquei-a e consegui finalmente dominá-la. Debateu-se, mas cuidei para que não escapulisse, sobretudo após me arranhar o peito, enterrando as unhas na minha pele, que permanecera adormecida até aquele instante. Segundos depois, apaziguou-se, ameigou seus movimentos. Olhou-me com olhos abertos, desejosos, impacientes. Ainda hoje não sei como me introduzi em seu calor, mas nunca mais me esqueci da minha surpresa ao ouvir ressoar seu grito, o irromper de seu gemido: esvaziei-me com capricho dentro dela!

"O sol raiou, o calor aumentou, a vida despertou no oásis, mas não nos separamos. Romper seu lacre não era nada fácil. Vibrante, tumultuosa, um ser de desejo, rodou comigo em todos os sentidos, com a cabeça virada ora para a nascente, ora para o acampamento, ora me olhando, ora abaixando o olhar para aproximar-se de mim mais e mais. Num instante parecia querer se libertar, comecei de novo a retê-la e logo tivemos um momento de união implacável, total, a ponto de não mais sentir a tênue e invisível fronteira entre nossos seres carnais.

"Como posso me esquecer do instante em que ela beirara o auge do prazer, seu preparo para soltar suspiros e gemidos ardentes. Aí, entrou em comunhão com a terra, os grãos de areia, o cheiro da vegetação nova, as misteriosas exalações de Adhâra e a presença enigmática do túmulo do homem do poente. Tão intenso era o seu ardor e na mesma medida foi o seu torpor, o que me apavorou e por isso apressei-me a beijar-lhe o pescoço a fim de reanimá-la. Sabia da sensibilidade do ponto, pois havia me convidado ela mesma a acariciá-lo.

"Abriu os olhos: como se esquecer da pureza, da plenitude de seu olhar? Olhou-me grata, satisfeita, saciada. Sem palavras nos entendemos. Desde aquele instante, tornou-se minha e me tornei dela."

O FECHAMENTO DO CÍRCULO

Traçadas estas linhas que ainda conservo, Ahmad Ibn-Abdallah calou-se. Sentindo-o longe, respeitei seu isolamento e não disse uma palavra. Uma hora mais ou menos se passou, pouco faltava para eu cochilar, transportado à fronteira entre a vigília e o sono, quando percebi que ele me observava, parecia sorridente, sereno, já disposto a prosseguir sua história com ela. Contou-me então que deixou seu abrigo na vizinhança do rastreador e foi viver junto dela a leste da nascente, pois pertencia àqueles em cujas veias corria o sangue do sulista. O pai, de trato agradável, presença amena e cheia de afeto, era dono de muitas habilidades: curava doenças, cortava cabelos, aparava barbas, sarava feridas pulverizando sobre elas terra peneirada, ou cobrindo-as com teia de aranha ou com plantas colhidas no oásis e no deserto ao redor. Sabia tratar as dores de dente, a impotência e a prostração. Traçava em tinta vermelha escritos misteriosos sobre folhas de palmeira, que colocava na testa para aliviar as dores de cabeça, ou no ventre, para estancar a diarreia ou para afrouxar a prisão de ventre. Era alto: dele a filha herdara sua estatura comprida, tal como o irmão, perito na poda e na fecundação de palmeiras. Da mãe, falecida ainda moça, ela só conservava uma vaga imagem, morrera abruptamente, sem nada de ruim sentir antes, enquanto armazenava tâmaras.

O pai possuía, transmitido de geração a geração, um estranho instrumento musical: uma antiga caixa retangular, com cordas no exterior e no interior, que ele tangia com dois pequenos macetes de cabecinha circular. Diziam que outrora pertencera ao homem do poente, que, antes de morrer, o teria deixado a seu fiel servidor. Fora assim que o instrumento chegara ao oásis. Ele conseguia tirar do instrumento melodias tristes que enlevavam os ouvintes, que se deleitavam escutando-o e observando suas feições se modificarem sob a emoção que sentia.

Dia após dia, a alma de um foi se espalhando na do outro, a ponto de ele atribuir a ela alguns de seus gestos, tais como os maneios de cabeça quando escutava alguém falando, as viradas bruscas, ou o abano de cabeça quando falava, tudo isso lhe vinha dela. Certamente, ela pegou alguns de seus jeitos, mas infelizmente ele não teve a oportunidade de conhecê-los ou de verificá-los.

A primeira a notar que ela estava grávida foi a neta do rastreador, que nunca deixava de visitá-los, levando-lhes pão, leite ou bocados de massa que ela preparava especialmente para eles. A velha nutria por ele afeto e ternura, vendo nele consolo pela perda de seus cinco filhos, que morreram um atrás do outro, aos catorze anos de idade. Em seguida, o marido morreu e havia já muito tempo a velha era viúva temida por toda gente. Desde então, dedicou-se inteiramente a cuidar do antigo avô, o qual continuava capaz de manter uma conversa se quisesse e suspirava por saudade de Ishâq, seu amigo que ninguém sabia ao certo em que época exatamente vivera. Foi, aliás, por insistência dela que o rastreador o iniciara nos segredos de sua arte.

Os dias passavam doces e a vida fácil, e suas crises de nostalgia pelos dias antigos no Cairo tornaram-se menos intensas. Mesmo assim, não parava de ter a esperança de um dia regressar a sua terra na companhia de sua mulher e do filho que iria nascer. Uma coisa apenas o inquietava: vê-la perdida em seus pensamentos, mexendo súbita e estranhamente a cabeça; e notar, sobretudo, sua preocupação com o acampamento, tanto que, em suas horas de solidão, com os olhos cravados em sua direção, limitava-se a dizer: "O que se passa ali é alarmante."

Descobrira por acaso alguma coisa?

Talvez.

Será que sabia de algo e escondia? Ou talvez sucedesse o mesmo com todos os habitantes e ele só houvesse reparado nisso à medida que ia se familiarizando com eles e se acostumando a seus hábitos? Não deixara de notar que estava mais calma, agora que confirmara sua gravidez. Seguindo os conselhos da neta do rastreador, evitava pegar cargas pesadas, cuidava de se deitar de vez em quando, de se alimentar muito bem, pois daí em diante a comida interessava a uma outra criatura pela qual ela era responsável. De acordo com o costume, ele foi anunciar a gravidez ao conselho dos sábios, e a notícia se espalhou no oásis. O sogro se encheu de alegria, sentou-se para receber os cumprimentos de todos os habitantes. Tocou por uma noite inteira, em que até as crianças ficaram acordadas. Suas melodias devem ter mantido em alerta os soldados do acampamento, pois nessa noite ouviram-se longos chamados e ao amanhecer ecoaram rufos de tambores.

Apesar da felicidade do pai e do zelo das mulheres por ela, sendo órfã de mãe, pairava sobre o oásis uma sombra invisível: o anúncio de um nascimento significaria a morte de um deles, homem, mulher, ou criança. Ninguém vinha ao mundo sem algum outro deixá-lo, uns dias antes ou uns dias depois. Tal era a lei estabelecida desde o início dos tempos, e por isso Umm-Assaghîr tinha desde sempre conservado o mesmo número de habitantes. Pairavam na atmosfera sentimentos conflitantes: alegria e apreensão, esperança e receio. Os doentes ficavam mais inquietos e mais prudentes, e os visionários, mais ansiosos. No entanto, os sábios garantiram que a morte atingiria as fileiras dos que passavam bem de saúde. Quantas pessoas sadias não definharam subitamente e quantas almas bem equilibradas não começaram inesperadamente a divagar?

Toda gravidez era acompanhada com apreensão e pressentimentos, e a angústia ia crescendo conforme se aproximava o momento do parto. Todo o oásis ficava em alerta, pois ninguém sabia onde ocorreria a baixa, e quando a fatalidade acontecia era um alívio geral. Uma paz interior reinava até mesmo no coração dos parentes do defunto, o que era um sinal de que a dualidade vida-morte se consumara e de que a porta aberta até então às conjunturas encontrava-se agora fechada.

Era agora considerado um deles, parte do número de habitantes, e sujeito aos costumes e às mesmas regras que todos os outros. Não se unira a uma das vinte e quatro jovens mulheres do oásis? Não vivia atualmente entre eles respeitando suas práticas, a começar pela passagem diante do rastreador? A tal respeito, aliás, tinha a certa vantagem de se sentar ao lado do ancião, de escutar, e de ser instruído na sua arte. E, todos os dias, nas horas prescritas, visitava o homem do poente, parava diante de seu túmulo, baixava o olhar para a nascente e depois o desviava com temor para o lado do acampamento.

Ahmad Ibn-Abdallah contou que, no trajeto de sua tormenta, não era raro lhe perguntarem qual das etapas de sua viagem lhe era a mais cara, da que mais tinha saudade. Respondia então sem pestanejar: "Os meus dias no oásis."

A vida deslizava sossegada, fácil, acostumou-se com sua mulher e ela com ele, só dormia apoiado no braço dela, respirando o perfume de sua pele. Ancorou-se nele, hospedou-se nela e se instalou uma quietude em ambos. Cada um conhecera o néctar do outro. Todavia, algo espantoso, a união entre eles nunca ficava cansativa, ela conseguia surpreendê-lo por uma reação, por um olhar diferente ou uma mirada inabitual. Ao lado dela, sempre ele esperava por algo novo.

No sétimo mês de gravidez, a inquietude dos habitantes aumentou; silenciosos e cabisbaixos ficaram. Olhavam com mais frequência para a direção do acampamento. Os turnos nos dois postos de vigilância não eram mais suficientes, muitos iam observar mais de perto o que por lá se passava: tendas dobradas, outras, armadas; pendões, nunca antes vistos, içados de repente; fileiras de soldados evoluindo a cada mudança de passo. Ouviram então ressoarem tambores mais potentes acompanhados de outros instrumentos, cujos sons deixam todas as populações receosas e confusas. Algo que, segundo sua mulher, nunca acontecera desde o sumiço repentino do acampamento da vista dos habitantes. Foi então como se nunca tivesse existido, apesar dos chamados que continuavam a lhes chegar. Isso aconteceu durante uma geração completa, quando então o pânico chegou a tal ponto que os homens, antes das mulheres, foram invocar a proteção do homem do poente, ao mesmo tempo que imploraram a ajuda do rastreador.

Só faltavam dois meses para o parto. Nunca esqueceria as apreensões e os receios que o assediavam de todos os lados: a perspectiva de um nascimento e uma morte correspondente, a evolução da situação no acampamento, a mudez do rastreador, agora surdo a todos os apelos, impassível, mesmo quando lhe gritavam ao ouvido o nome de Ishâq; parecia ensimesmado, concentrado. Contudo, mais aterrorizante era ver a neta de lábios cerrados, imóvel, o olhar fixo. Cessara de um momento para outro de ir e vir, ela que sempre jurara que acolheria a criança nas suas próprias mãos e lhe faria um leito de folhas de figueira. Nessa noite, antes de se deitar junto da mulher, ele escutou, com a mão pousada no ventre dela, os pequenos pontapés do feto. Ela adormecera. Quão belo era seu rosto oval! Os tambores do acampamento tinham acabado de se calar. Ele escutava sua respiração serena. Ai, se estivessem no Cairo! Ai, se estivessem no Egito agora! Iriam juntos visitar os túmulos da família do Profeta e dos homens santos.

Nosso senhor, o Hussain; e Nossa Senhora; e Zenab, neto do Profeta; e Zein Al'âbidin; seu bisneto, e o imã, aprouvera a Deus! Fechando os olhos, esforçou-se para relembrar os santuários deles, o perfume que imanava das entradas, a doçura de caminhar em torno de seus túmulos... Não, não se esquecera, os pormenores ainda não foram apagados. Como o Egito lhe parecia distante! Se ao menos pudesse pôr-se agora a caminho! Quando chegaria lá? Se ao menos a criança pudesse vir ao mundo lá longe! Que segurança teria? Que cobertura acharia?

Nesse instante, no silêncio da noite escura, ele se levantou em sobressalto:

— Levante... Vá!

A SUBSTITUIÇÃO DECLARADA

Jamâl Ibn-Abdallah conta:

A narrativa sobre sua mulher despertara em mim desejo e influíra prazer nas minhas veias, o que me levou a ter coragem de lhe contar a minha aventura com uma adolescente que certo dia passou por nossa terra e que não mora mais entre nós, mas deixou-me uma recordação que eclipsou tudo além dela, a ponto de ser impossível unir-me fisicamente a alguma mulher sem evocar sua imagem, depois que ficou longe de mim.

Além disso, eu desejava narrar essa história no intuito de lhe revelar uma parte de minha intimidade e de lhe esclarecer minha situação, pois, sem dúvida, ele devia imaginar que minha enfermidade e imobilidade após ser acometido pelo estanho mal faziam de mim um impotente. Outrora fui como ele, andava e corria, montava a cavalo, só depois dos trinta anos minha saúde se degradou. A esse propósito, convém frisar que somos da mesma idade. Cheguei a isso após ter lhe perguntado, ele não sabia precisar a data de seu nascimento, mas me disse ter ouvido do pai que chegara ao mundo um ano antes do terremoto que abalara o Cairo, destroçando um grande número de seus minaretes. Catástrofe esta na qual morreram muitos dos nossos conterrâneos, cuja triste história chegou até nosso país. Alnâssiri menciona-o na sua obra intitulada *Notícias sobre o Extremo Ocidente.*

Foi assim que pude estabelecer o ano do seu nascimento, o qual coincide com o meu. Estava convencido de que nascêramos no mesmo mês, talvez na mesma semana e quem sabe no mesmo dia. Tinha como intuição e pressentimento que assim fora. Quanto a minha data de nascimento, não era nada difícil encontrá-la, pois se registravam aqui todos os nomes dos recém-nascidos. Tal era também o hábito em Umm-Assaghîr, mas lá se tratava de um costume oral, pois cabia ao senhor do oásis a tarefa de reter os nascimentos e os óbitos, isto é, que fulano morrera quando sicrano nascera. Seguia os episódios na vida das pessoas e acompanhava com atenção as vidas de cada um dos habitantes, de modo que conhecia igualmente as datas de união e de separação. E por isso uma de suas alcunhas era *Alhâfiz*, o memorizador.

Numa outra ocasião, meu interlocutor contou que o mesmo costume era observado no Cairo, capital do Mundo e jardim do Universo, segundo seus qualificativos. Mas a cidade conhecera um declínio, era afligida pela desordem e por toda espécie de conturbações desde que os assuntos do país tinham ficado sob a alçada de um sultão fraco, um homem de pálida experiência, uma natureza indolente que gostava de acompanhar os depravados e de fumar haxixe nos barcos do Nilo. Tomara gosto pela criação de pombos. Ocupou-se de seus pombais e descuidou-se do reino. Obcecado como estava, acabara por proibir que os muezins elevassem a voz a fim de não perturbarem o voo das aves. Sob seu reinado, a decadência alastrara-se pelo interior das terras e a anarquia estendera-se pelos mares adentro. As pessoas tinham chegado ao ponto de desprezar as regras e os costumes mais solidamente estabelecidos. Em particular, haviam cessado de registrar os nascimentos e os óbitos junto aos representantes do notário e os chefes de bairro. Segundo sua explicação, o Egito apoiava-se em fundamentos seculares, sustentado por pilares sólidos e dotado de uma organização admirável, mas seu destino estava diretamente ligado a quem o governava, quem detinha o poder que acabava imprimindo sua marca. Quando se tratava de alguém resoluto e enérgico, a situação endireitava-se, os negócios floresciam e o país via-se temido por todos no mundo, próximos ou distantes. Mas se caía na mão de um incapaz, entrava em dias sombrios, ficando entregue à desordem, e o país se via logo num abismo. Se o comandante se mostrava digno do seu cargo, o Egito então desfrutava de tempos risonhos. Se falhasse na sua missão, tudo ia por água abaixo e os piores males espreitavam. Eis algumas das considerações, e eram muitas, que ele teceu à margem de sua narrativa. Prometo a mim mesmo divulgar alguns fragmentos todas as vezes que o ensejo propiciar. Mas devo agora voltar ao assunto: vou relatar sem nada esconder o que sucedeu com aquela pequena indiana. Aconteceu que um rei da Índia, e eles são muitos, enviou uma delegação à nossa pátria. Nunca se soube qual era sua verdadeira missão. Havia quem dissesse que os indianos tinham vindo fazer intercâmbio; outros, no entanto, afirmavam que em realidade era para ver o Oceano, com a intenção de descobrir rotas até então desconhecidas, por isso teriam ido muitas vezes até o litoral e parado em vários pontos da costa, observando rochedos, gretas, o sol se afogando nas grandes águas e as diferentes fases do crepúsculo. Até agora, os nossos sábios têm o mau pressentimento de que os dias vindouros possam reservar surpresas desagradáveis, impensadas por nós.

Alguns historiadores o tomam como referência e dizem: "antes da chegada dos indianos" ou "durante sua estada", ou ainda "após sua partida". Falam dos presentes trazidos pela delegação, os quais foram expostos no pátio do palácio do sultão, exceto os elefantes, que apareciam pela primeira vez no nosso país e para os quais se arranjara um lugar amplo nos jardins do soberano. Quatro enormes animais cobertos por seda imperial, abrigados sob guarda-sóis de madeira de sândalo que exalavam um perfume forte. Entre os presentes havia cofres de marfim ornamentados com motivos de cenas da corte, de árvores e de rios ondulantes, uma clepsidra, selas decoradas, pequenos frascos com essências aromáticas e sete jovens escravas, virgens, que, bem instaladas entre nós, deram ao sultão alguns de seus filhos.

Após a chegada dos indianos, Nosso Senhor me incumbiu de acompanhá-los e em seguida reportar-me a ele, pois, além de dominar o persa, o urdu, compreendo o sânscrito, e por isso Nosso Senhor me aconselhara a exercitar-me com eles a fim de aperfeiçoar e consolidar meus conhecimentos linguísticos, o que de fato acabei fazendo, e quando eu tinha uma dificuldade, pedia esclarecimentos e anotava o que até então ignorava.

Depois da entrega dos presentes ao sultão, incluindo as belas escravas, só restou na delegação uma adolescente delicada, de beleza singular. Não consigo pensar nela sem me lembrar de um passarinho doce, frágil, cujo bando surge em nossos outonos e invernos, não maior do que a palma da mão, mas que reúne em sua plumagem cores variadas, o verde das pradarias, as cores do desabrochar das flores... Louvado seja quem a modelou!

Era filha do poeta e escriba encarregado de transmitir as mensagens e de tomar nota de tudo que visse. O rosto dela era o de uma menina de apenas treze ou catorze anos, mas o corpo sugeriu-me que devia ter mais de vinte. O seu vestido indiano, perfeitamente ajustado, deixava-lhe o ventre à mostra e desenhava-lhe as ancas, bem como as pontas dos seios. Por ser algo nada familiar entre nós, ao caminhar no mercado, faltou pouco para desencadear um tumulto.

Não a vi logo de primeira, fui descobrindo-a aos poucos, devagar, especialmente quando não estava diante de mim; eu rememorava sua imagem lentamente, notava uma expressão na qual não tinha prestado atenção quando ela estava na minha presença ou quando nossos olhares se cruzavam.

Acompanhava o pai todo o tempo. Nunca se afastava dele, salvo nas raras ocasiões em que se via na presença de algum alto dignitário ou de algum xeique ilustre. Quanto a mim, não tirava os olhos dela. Por mais que me distanciasse, a lembrança dos seus traços não me largava. Passei noites inteiras pensando nela, vibrando de desejos descomedidos, espantado de verificar o quanto ela me perturbava, mesmo não sendo inexperiente na matéria do amor e mesmo após ter tido várias experiências amorosas.

Ela me parecia diferente de todas as mulheres que já encontrara ou que ainda não tivera chance de encontrar. E o fato de ela ter vindo de uma terra longínqua a fez mais diferente ainda. Saíra de sua terra aos doze anos de idade para alcançar nossa terra ao cabo de um ano. Mas amadurecera durante a viagem dum país para outro, num mar e noutro.

Se durante alguma reunião, celebração ou festa ficávamos perto um do outro, eu a devorava com o olhar, procurando os olhos dela, ardendo de desejo. Um dia, acabou por reparar, e assim houve o momento extraordinário: respondeu-me; a princípio surpreendida, como um ar interrogativo. Ao invés de desviar o olhar, observei-a ainda mais intensamente, e com meu olhar acariciei o seu pescoço e fui descendo até o peito, e do busto fui parar no côncavo do ventre. E enquanto o mantive sobre suas coxas e nas suas belas formas, perfeitas, senti-a tremer.

Eu estava como que ligado a ela por uma língua de fogo. Sua simples presença inflamava os meus sentidos de tal forma que receava às vezes ser descoberto. Não sabia dizer se a desejava. Ou aspirava, através dela, a algo de inatingível?

Um dia, de manhã cedo, a vi passeando nos jardins do palácio ao lado do pai. Dali a algum tempo, este iria falar com o vizir, e ela ficou sozinha. Tudo que podia era esperar no pátio coberto de lajes de pedra, em cujo centro havia uma antiga fonte de mármore que jorrava água na altura de dois homens. Esguichava noite e dia, e no silêncio podia-se ouvir de longe o fragor da água e o murmúrio das gotas no encontro. Diminuí o passo e, quando finalmente a vi sozinha, aproximei-me, sem me preocupar com convenções nem cerimônias, pronto a transpor a distância que dela me separava.

Seus olhares me deixaram atarantado.

Prudentes, oblíquos, furtivos, femininos. Desvendamento mascarado, resplandecente conformidade! Foi sentar-se no banco de pedra carregado por dois leões de granito preto, cujos olhos vazios mergulhavam nos vastos jardins que se estendiam mais abaixo, e aos quais só se podia chegar descendo por uma escada.

Inicialmente, não entrei lá, pretendia mais tarde forjar um pretexto para fazê-lo. Os indianos poderiam recorrer ao seu intérprete, que dominava perfeitamente o árabe e começava a compreender nosso dialeto.

Quando ela atravessou o pátio ornado de mosaicos multicoloridos, deu as costas a toda uma companhia de guardas alinhados de ambos os lados. Altos, negros, duros, intratáveis com qualquer pessoa que ousasse aproximar-se daqueles lugares nobres; de lanças erguidas, quase não mexiam o olhar.

Não olhei para ela, volvi meu olhar para os jardins, povoados de árvores de todas as regiões: árvores de nossa terra magrebina, outras da África, coqueiros da China, sicômoros do Egito, carvalhos da Turquia, cedros do Líbano, pinheiros da Europa. Havia flores raras, entre as quais certas variedades que só nascem habitualmente em países frios. Maciços e canteiros eram entrecortados por veredas entrelaçadas cobertas de erva tenra e que iam se alargando, mas na maioria da partes eram estreitas. Bastava penetrar alguns metros no interior para escapar a qualquer vigilância. Quem sabe esses jardins não tinham sido concebidos e sua vegetação crescera de modo a servir os meus objetivos e disfarçar os meus intentos.

Aproximei-me dela, de sorriso nos lábios, respirando seu forte perfume, que, pela primeira vez, se insinuou em mim. Perfume aveludado de mulher. De onde exalava essa fragrância? Do cabelo? Talvez. De essências aromáticas? É possível. De suas dobras ocultas? Quem sabe? A verdade é que ela me envolveu todo.

Demonstrei amabilidade, respondeu sorrindo, inclinei-me então, apontando para as árvores e flores, não que estivesse convidando-a para me seguir, mas cuidando da imagem que poderia ter em algum olhar indiscreto, fingindo ostensivamente tomar conta de uma criança cuja idade eu excedia em vinte anos, ou até mais! Minha posição de grande intérprete poderia ser o álibi, e meu nome, o salvo-conduto.

Ela levantou-se, pareceu-me mais altiva do que supunha. Senti minhas feições serenarem e vi dissipar o nervosismo que lera em seu rosto. Esforçava-me para ocultar a torrente de emoções que irrompiam em mim. Pois não acabava de transpor minha etapa? Agora, só me restava ficarmos a sós... já que eu ardia em fogo! Logo depois tive certeza de que não estávamos dentro do campo de visão de ninguém, dada minha experiência e longa observação do local. Sem esperar mais nenhum segundo, lancei-me e passei logo meu braço em volta de sua cintura... Não resistiu, achegou-se, lentamente consentindo, abolindo assim, por uma iniciativa dela, o que nos separava.

Aquietou-se...

Refugiamo-nos num recanto umbroso. Ela me mirava com seus olhos grandes, tímidos e temerosos, contendo ao mesmo tempo audácia e ardor juvenis. Olhei à direita, à esquerda, à minha frente, atrás de mim, em cima de mim, a ponto de verificar se até os céus estavam desertos.

Aproximei-me...

Empurrei-a devagarzinho contra um tronco de árvore. Minha respiração acelerou, meus caldeirões ferviam dentro de mim. Ela, enfim, tão perto! Envolvi-a imediatamente, impressionado pela doçura e frescura de seu corpo, por esse néctar que me proporcionou uma sensação inesquecível, de que não me libertei. Abracei-a como se quisesse fixá-la dentro de mim para todo o sempre. Inundado por seu perfume, dirigi-me imediatamente à fonte. Não a beijava, sorvia-a, respirava-a. Todo seu ser borbotava sobre mim. Possuía-me um desejo de me impregnar de sua beleza até o menor dos meus poros. Ela estava alegre, deslumbrada por descobrir que a vida tinha delícias que ela desconhecia. E os seus lábios úmidos do orvalho da primeira emoção — como se diz aqui. Por isso mesmo, o primeiro beijo moveria a mulher de tal forma que segregaria uma saliva com gosto de mel e que não se repetiria, pois, pouco a pouco, se diminuiria a doçura dos lábios. Tomei sua boca na minha e enfiei minha língua toda na sua pequena gruta úmida para explorá-la à vontade.

De repente, deu-me uma pancadinha no ombro.

Voltei a mim, reparei que indicava o espaço em redor. Desprendeu-se levemente. Percebi que estava inebriado por seu perfume, já instalado em mim, poderoso que ainda não se dissipou.

— Não, aqui não — disse-me, abanando a cabeça.

Conheceria aquele lugar?

Enquanto me precedia no labirinto de veredas, eu queria lhe perguntar se já ali estivera, mas, receando contaminar o clima entre nós, mudei de ideia. Prosseguindo o caminho, ela me dirigiu para um pequeno bosque de arbustos, ultrapassou o cânhamo-da-índia e o manjericão-da-pérsia para depois deitar-se num leito de anêmonas de uma espécie rara, singular, que só cresce num imenso corredor montanhoso, de difícil travessia, nas imediações de seu país. Ali, entre torrentes e cascatas, lagos vizinhos, de altos cimos e rochedos cobertos de vegetação e ameaças de desmoronamentos repentinos, o gigantesco desfiladeiro formara uma muralha contra os invasores. Ela se deixara guiar pelo aroma das flores. Assim, lhe predissera sua vidente: "Perto do poente, num leito de flor de anêmonas, será deflorada."

Assim... encarou-me desvelada. Deixando escorregar o vestido, exibiu o arredondamento de seus ombros sedosos. Ao ver essas curvas desnudas, fui percorrido por um estremecimento. Escutava o borbulhar de seu desabrochar ao prazer, o barulho do ondular, a busca pela união, a vibração do roçar do meu corpo contra o dela. Inflamei-me. Nem antes dela e nem depois eu experimentei semelhante fervilhar do desejo pela fusão. Todas que conheci depois dela foram pálidas reminiscências, ecos longínquos, por intermédio dos quais eu procurava reencontrar o original.

Unimo-nos de tal forma que já não conseguia mais distinguir o que era dela do que era meu, nem sua carne da minha, nem seu odor do meu. As nossas silhuetas se confundiam, pareciam insuperáveis, indistinguíveis. Era uma criatura perfeita, seu cheiro de mulher apagava o aroma das flores, a exalação da terra, o perfume da brisa. Tentei apertá-la com medo de que se desmanchasse de tanto gemer, tremer e se torcer ao mesmo tempo.

Vem fundir-se em mim e depois foge apressada. Lanço-me em seu encalço, mas quem dera, chego esbaforido, caio de joelhos nas fronteiras de seu mundo sensível, e pelas portas de sua cidadela, busco todas as abrangências dela, quero apreender todo o seu conteúdo. Basta um sinal dela para ressuscitar meu rompante, e assim corro, disposto, como que para começar agora!

Beberiquei-a, aspirou-me. Ali com ela, tive ciência do longe e do próximo, do levante distante e do poente próximo, das distâncias enormes e dos refúgios aconchegantes, dos mares imensos e das montanhas hostis.
"Ó indiana, ó indiana!"
Desejava que me respondesse apenas para assegurar-me de sua presença entre minhas margens, ela que viera doutro lado do mundo para perder a virgindade no leito feito de anêmonas, tal qual previra a vidente.
Sete vezes a possui. Esfreguei as faces no seu peito, soltei gemidos ardentes, indiferente a que me descobrissem. Precisava a todo custo me encher da certeza de que ela estava ali, dentro de mim. Sabia que iria embora, que regressaria a seu país. Suspirou quando eu a apertei contra o solo, desesperado para que deixasse uma marca indelével, ou largasse algumas sementes, para que eclodissem outras iguais a ela, tola esperança!
Tentava me municiar dela com tudo o que poderia para suportar e enfrentar os futuros dias vazios. Deus! Quantas vezes evoquei sua imagem! Quantas vezes tentei recriá-la na minha nula imaginação, especialmente aguçada após sua partida e pelo mal que bruscamente me acometeu. Chego às vezes a pedir que me levem àquele canteiro de anêmonas, cor de rubi, de crepúsculo e de sol. Sempre peço a quem me presta ajuda que me deixe ali sozinho, totalmente sozinho. Logo que me vejo livre de toda companhia, aguço meus sentidos em direção do meu astro, acalentando a esperança de recolher alguma centelha sua. E, apesar da distância, sinto

seu perfume. Assim, aquele breve, porém inesgotável, episódio tornou-se a referência da minha vida, e esses breves instantes passaram a ser minha angra, meu asilo, onde me refugio nas horas de cansaço, buscando amparo e consolo. Outras vezes, dirijo-me para ela, por puro desejo. Nem o tempo nem a lonjura me impedem, ainda sou devorado pelo mesmo fogo.

Quando me inteirara da posição da Índia junto do astrônomo de Nosso Senhor, ele me indicou um ponto próximo do levante. Desde então, só me viro nesta direção. Lá, dissera-me o astrônomo, o sol nasce dez horas antes de o vermos repontar no nosso horizonte. Vivendo agora pela hora indiana, vejo o sol cintilar em nossa noite escura, nascendo no horizonte, no meu horizonte particular.

Digo para mim mesmo: "Deve estar acordando agora", por isso não durmo, fico de vigília, com os olhos abertos. Acompanho-a passo a passo, vejo-a bocejar, estirar-se, ainda sonolenta. Ano após ano, observo a vida dela. Esquecido dos estragos do tempo, figuro-a tal como a conheci e, quando só, ainda me parece respirar seu cheiro. Então, de repente, percebo que nem sequer estou certo de que ela ainda vive. Incapacitado de ir ao seu encontro, lá longe, tão longe, acabo por lamentar e lastimar feito as mulheres!

Eis toda a minha história com a jovem indiana. Se a contei, foi no intuito de distrair meu companheiro do seu pesar, de ecoar sua história e de consolar a mim mesmo. Era a primeira vez que a compartilhava com alguém, pois nunca contara o ocorrido a nenhuma criatura.

Ahmad Ibn-Abdallah escutou-me cheio de fervor querendo saber mais, ávido de esclarecimentos e de detalhes. Comparava minha pequena indiana a seu referencial feminino, aquela de quem, a contragosto, se separara tão bruscamente. Fez cálculos, mediu o comprimento da sombra projetada, a fim de verificar se eu voltava meu olhar na direção certa. Acionou seus conhecimentos herdados do hadramawti e confirmou a direção indicada pelo astrônomo de Nosso Senhor, com uma pequena diferença de meio grau. Absorto, segui pensando na minha história, mas receei que, ao prolongar-se, esse silêncio me desviasse da tarefa que prometera a mim mesmo levar a cabo. Meu companheiro mostrou benevolência e compreensão, mas insisti que retomasse o fio da sua narrativa. E eu que pensava que as primeiras aventuras, na caravana e no oásis, fossem singulares, essas não se comparam às a que vou me referir, pois são ainda mais extraordinárias.

O DESVIAR DO PLANEJADO

Ahmad Ibn-Abdallah diz:
A Deus pertence a determinação do passado e do futuro. Para ele se encaminham todos os começos e a ele retorna toda determinação. Governa todas as coisas, pois é infinita sua potência.

Não podia ficar ou desobedecer. Mesmo se quisesse, a quem enfrentaria? Quem desafiaria? Contra quem travaria a luta? A ordem emanava de um ser invisível, indeterminável e impenetrável.

Não lhe restava outra escolha senão obedecer, não havia saída. Deixou então o oásis em direção do deserto, antes do despertar de sua mulher grávida e dos habitantes abrirem os olhos. Levara, como única bagagem, um pequeno odre de couro, uma caneca e três livros: o primeiro, trouxera-o do Cairo; o segundo, era do hadramawti, aliás, assemelhava-se mais a um caderno, e tinha as páginas em branco — o hadramawti lhe dissera que se o examinasse com atenção, acabaria por descobrir algo; e o terceiro fora-lhe confiado pelo rastreador um dia após o desaparecimento do acampamento, quando não se podia mais vê-lo pelos olhos, mas ainda pelo estrondo das trombetas, o rufar dos tambores e os gritos dos guardas. A obra, encadernada em couro, rodeada de uma faixa vermelha, estava redigida numa língua misteriosa. "Mais tarde, havia de conseguir decifrá-lo", foi o que dissera a neta do rastreador. Tudo a seu tempo.

Enchera o odre com água de Adhâra. Quanto à caneca, presente do hadramawti, já lhe experimentara os poderes.

Ignorava aonde o levariam seus passos e também a distância que teria de percorrer, sozinho, entregue a si mesmo. Tudo que sabia era que devia obedecer à ordem: apressar-se a prosseguir o caminho numa única direção, a do sol poente.

Assim, marcou o lado do qual convinha sair. De costas para o acampamento, a leste, pôs-se no caminho de terra quase circular que condizia ao deserto. A uma certa altura, podia avistar a ala esquerda do acampamento. Os soldados estavam ali, alinhados de modo inabitual. Diante das tropas postavam-se homens com a cabeça coberta por capacetes brilhantes. Mas ele não podia se demorar a observar o que ali acontecia, pois precisava se afastar antes dos primeiros raios de sol, sem saber da próxima parada.

Como é cruel partir contra a própria vontade! Pior ainda, pôr-se a caminho com o coração apertado pelo sentimento de ser levado por uma misteriosa injustiça. A sua sede não se extinguira, não vira seu filho chegar do desconhecido. Encontrá-lo-ia um dia?

Alguma vez recuperou o que perdera? Tinha de avançar, abrir os braços para receber coisas diferentes, experiências novas. E se por acaso o caminho o levasse novamente ao oásis, como olharia para sua mulher? O filho o reconheceria? O acaso os reuniria um dia? O ramo teria compaixão pelo tronco? Ou isso seria difícil, pois a paternidade se dá pela convivência, da mesma forma que o sentimento filial amadurece com a passagem dos dias? Ah, se ela o tivesse acompanhado! Mas... como? O chamado era claro, a ordem sem réplica e o mandamento inexorável: viajar solitariamente e sempre. Agora que deixava uma parte considerável de sua alma e vida no oásis, esforçou-se e cuidou-se para gravar na mente todas as referências que poderiam ajudá-lo a reencontrar Umm-Assaghîr. Procurou assim memorizar sua orientação em relação ao sol nascente, a posição das estrelas relativamente às palmeiras, às casas, ao túmulo do homem do poente, ao abrigo do rastreador, a Adhâra, ao acampamento, aos dois postos de guarda. Utilizando tudo que aprendera com o hadramawti, reviu na imaginação o oásis ao longo das horas, esforçando-se para reter o maior número possível de indícios, na esperança de se juntar um dia àquele que gerara e àquela que amara.

Mas quando isso acontecerá?

E, supondo que seu desejo realizar-se-ia, como reagiriam eles? Sua mulher compreenderia, perdoar-lhe-ia seu repentino desaparecimento? Sua partida seria o assunto do oásis durante anos e quem sabe não se tornaria uma lenda propagada de boca em boca e à qual se acrescentariam detalhes que nem conseguia pensar no momento.

Imaginava a expressão facial da mulher quando, ao acordar, e ao não o ver ao seu lado, correria à procura dele, para finalmente descobrir que no oásis já não estava mais.

Iria ao túmulo do homem do poente e ao abrigo do rastreador, pediria socorro a eles; ambos, no entanto, ausentes: um morto e o outro vivo.

Como encararia ela os habitantes? Que rumores surgiriam a seu respeito? Seguramente, alguns sentiriam alívio, pois o nascimento de seu filho não seria acompanhado pela falta de um deles; o desaparecimento do pai compensava a vinda do filho e seria, decerto, a primeira vez que o equilíbrio aconteceria pela partida de um deles, não pela perda, sabendo que cada nascimento era precedido ou seguido por uma morte, deixando assim o número deles estável.

Falariam dele, recapitulando sua imagem, alguns tentariam explicar suas atitudes ou até algumas de suas falas. Alguns talvez concluíssem por sua pertença ao acampamento. Aquelas imagens vistas por ele ao sair não deixavam de inquietá-lo, quem sabe se no caso de calamidade não seria considerado culpado?

Ignorava a distância que trilhara, mas o dia não havia chegado ao fim. O sol lhe parecia ainda muito distante, mais distante do que visto lá do oásis. As areias lisas, extensas, finas, mas ele estava tão cansado que parecia ter escalado uma duna interminável. Sentia-se invadido por uma espécie de moleza gradual, ao fazer um esforço que ainda há pouco era fácil demais.

Há quanto tempo caminhava assim?

Não sabia, a noite ainda não caíra, mas tinha a impressão de que andara por uma eternidade. Teria o dia ficado mais longo só para ele? Teriam se sucedido noites tão breves que nem sequer se apercebera delas? Encadear-se-iam os dias sem interrupção? A passagem das horas lhe parecia tão estranha, era incapaz de mensurar o tempo, mesmo lançando mão de tudo que o hadramawti lhe ensinara.

Era compelido a afastar-se cada vez mais. Não estava exausto a ponto de se ver forçado a parar. Contudo, notava uma mudança sensível, embora difícil de definir. A luz era mais suave, o ar, mais fresco. Impaciente estava para atingir um limite, um ponto de orientação, uma marca distintiva — um elevado, um arbusto, ou uma planta desértica —, instigado por uma força que sentia crescer dentro de si a cada instante. Parar iria aumentar a fome que o atormentava.

O hadramawti contara-lhe que embarcara uma vez num navio que transportava mercadorias entre o porto de Basra e a Índia. Os ventos se agitaram no Mar dos Árabes, erguendo ondas gigantescas. Viajava com três rapazes, marinheiros novatos que ficaram apavorados. O capitão veio então procurá-los no convés e, envolvido pelo chuvisco das ondas, gritou-lhes: "Não há nada a temer, enquanto o navio continuar a avançar! O único perigo seria ficarmos imobilizados na tempestade!"

"No deserto", disse o hadramawti, "é diferente. Quando a tempestade se levanta, é necessário parar e fazer os camelos ajoelharem. Eles próprios abaixarão a cabeça para tocar o solo. Ao homem só resta uma coisa, proteger-se atrás dos corpos dos animais."

Mas ele, ali no deserto, sozinho, proteger-se-ia como? Vasto, medonho, o deserto parecia sem fim, e nisso se assemelhava ao mar: o silêncio, a imensidão.

À sua volta, tudo parecia impregnado pela luz: o amarelo avermelhado da areia, o azul cristalino do céu e até suas pegadas! Até quando ficariam marcadas na areia? Poderiam os habitantes do oásis segui-las? Sabia que, desde a instalação do acampamento, deixaram de sair de seu território. Ao relembrar as tamareiras e as árvores de Umm-Assaghîr, deu-se conta de repente de uma coisa que não atentara quando lá vivia: palmas e ramos inclinavam-se em direção de Adhâra. Fora necessário afastar-se para se aperceber disso. Ao mesmo tempo, sabia que tudo que constituía sua realidade cotidiana pertencia agora ao passado, e, quando muito, podia revivê-lo em imaginação. Nesse momento, sua mulher devia ter perdido a esperança de vê-lo voltar. Certamente estava frustrada, amargurada. Talvez estivesse na margem direita de Adhâra, onde gostava de se sentar. Ou talvez implorasse a ajuda do rastreador, era o único que podia se lançar no seu encalço. Mas havia séculos que estava pregado no seu lugar, por que se moveria agora?

Teve certeza, a luz mudara, como se uma enorme cortina transparente caísse sobre o universo inteiro, como divisória entre ele e o sol.

Ahmad Ibn-Abdallah dizia que chegara a um ponto do dia em que não pôde avaliar se era meio-dia ou mais tarde; o crepúsculo ou o meio da manhã.

Avistara-os!

Se contasse como habitualmente, algumas horas separavam sua partida do instante em que reparara neles. Mas de onde lhe vinha essa sensação de ter andado anos? Inicialmente, ficara com medo do jeito deles, parados, imóveis. Estrangeiros, não os conhecia, quem sabe lhe queriam mal... E, se tomando picadas que ele ignorava, os habitantes do oásis tivessem se lançado em sua perseguição para virem barrar--lhe o caminho? Mas, pelo jeito deles, pelas coberturas que usavam na cabeça, compreendeu que os via pela primeira vez. Diante do desconhecido, a imaginação tece toda espécie de hipóteses. Algumas despertam o medo, outras o anulam! Eles o avistaram também, e já não podia esquivar-se. Ainda que tivesse alguma intenção em fazê-lo, no caso de eles quererem lhe fazer algum mal, como podia desaparecer? Afinal, estava na presença de seres humanos e poderia lhes explicar sua situação; mas, o que a princípio o assustara foi seu súbito aparecimento naquela vastidão, como se aguardassem sua vinda e espiassem os seus passos desde que partira. Ahmad Ibn-Abdallah diz que, apesar de toda esperteza e da intuição de que era dotado, nunca teria podido adivinhar nem sequer conceber o que o esperava então!

O REINO

Então...

Eles o esperavam. Não a ele precisamente, pois nada sabiam a seu respeito, mas contavam com sua vinda. Esperavam-no, espreitavam-no, sem, porém, estarem à sua espera, apenas de alguém que viria do levante. Não havia ali rotas, caravanas, nem caminhos traçados, nem pontos de passagem frequentados pelos amantes das viagens e exploradores do mundo. Falar sobre isso, no entanto, seria demasiado longo, mas ele tentaria esclarecer todo esse caso na medida do possível.

Eram sete, entre quarenta e cinquenta anos, dotados de compostura e de grandeza. À sua direita, sete outros homens, mais velhos, deviam ter entre sessenta e setenta anos; no meio deles se destacava um indivíduo de alta estatura, barba densa e totalmente branca, vestindo uma túnica aberta, vermelha, apertada na cintura por um cordão de seda dourada, uma camisa verde desenhada e calças azuis; à sua esquerda, sete mulheres, três já anciãs e quatro de idades diferentes. A do meio era de uma lindeza estonteante. Mesmo com a estranheza da circunstância e apesar da situação enigmática, ele não deixou de observar sua silhueta suave e seus seios orgulhosamente levantados, o que lhe causou contentamento e enlevação.

Observou-os: era uma dezena de passos que o separava daquelas pessoas. Parou a uma certa distância. Não sabia por que lhe veio na mente a imagem daquele peixe solitário que nadava nas águas de Adhâra. Não sabia o que fazer nem o que dizer; vendo-os, imóveis, a fitá-lo com ar pacífico, sentiu-se tranquilo. Calmamente, pronunciou estas palavras:

— Saudações a vocês...

Todos olharam em direção do homem de túnica, que retribuiu a saudação, sendo logo seguido pelos demais. Falavam numa língua clara, mas pronunciando as sílabas com um sotaque estranho.

Acompanhado por três homens à esquerda e outros três à direita, o homem da túnica avançou, transportando à sua frente uma almofada de seda vermelha, coberta por um lenço de tecido amarelo, sobre o qual estava uma coroa de ouro incrustada de esmeraldas e de coral. Muito concentrado na maneira como devia comportar-se, ele não notara em que momento preciso a coroa foi confiada ao homem da túnica nem mesmo quem lhe entregara a almofada. Deixando atrás de si os seis outros, este continuou a avançar, imediatamente seguido pelo mais velho dos sete anciões e pela esplêndida jovem, que segurava um cetro de madeira negra, ornado no punho de marfim de uma brancura ofuscante. O ancião desdobrou uma túnica amarela enquanto o outro caía de joelhos. Passou-lhe pela cabeça o ritual de posse dos sultões do Egito, então estendeu as mãos devagar para pegar a coroa, depois a beijou e a pôs na cabeça.

Todos pareciam contentes, alegres. Fizeram uma roda em torno dele enquanto o ancião o ajudava a vestir a túnica. A jovem que lhe oferecera o cetro continuava ajoelhada.

Após atar o laço dourado da túnica em torno de seu pescoço, todos se lançaram a seus joelhos no mesmo ímpeto. Sentiu-se estupefato e ao mesmo tempo embaraçado, pensando na fadiga dos idosos e adivinhando os joelhos trêmulos dos mais velhos de todos, de corpo dobrado e vacilante, a ponto de quase lhe ter pedido para se levantar; mas ao vê-los todos assim, de rosto contra a terra, mudou de ideia. Não deixou de notar na jovem os seus seios fartos e opulentos escapados do vestido, num frescor extremo. Gostou do que viu. De repente, apercebeu-se de que eles guardavam silêncio, como se estivessem na expectativa de alguma coisa. Então, numa voz poderosa, disse:

— Façam o favor...

Como se os convidasse a se servirem de comer, ou a entrarem numa casa. Ergueram-se, mas ficaram ali, de cabeça baixa, mãos cruzadas sobre o peito. Espantado, sem saber como reagir perante a atitude deles para consigo, ficou confuso. Como comportar-se, por seu turno? Que imagem teria nesses olhos pregados nele? Sentia-se como se, de repente, tivesse sido despojado de roupas. Nunca se achara em posição de quem tem algum tipo de autoridade, como um mestre, um pregador de mesquita, ou então um juiz dirimindo litígios. E, ainda por cima, a sua situação mudara de repente entre um fechar de olho e outro: ali, no coração do deserto, entregaram-lhe o cetro e a coroa do poder, numa almofada recoberta por um lenço de seda, como nunca vira outro igual. Por ora, esforçava-se para afastar o instante a fim de poder encará-lo com toda a quietude, quando, a sós consigo mesmo, o tornasse a trazer à memória.

Que destino lhe estaria reservado?

Não sabia.

A terra era estranha, estava rodeado por pessoas ainda mais estranhas, todas aguardando um sinal dele, um gesto, mas não sabia como proceder, que palavras proferir.

No entanto, cabia a ele se manifestar de uma ou de outra forma, pois não iriam permanecer eternamente assim imóveis a fitá-lo. E se lhes pedisse um conselho, uma explicação? Mas isso não se contradizia com o posto e a dignidade de que fora repentinamente investido?

Não, não desistiria.

Continuaria a responder ao chamado misterioso. Ergueu o olhar para o sol. Por que parecia mais longe do que no céu do oásis? Daqui podia manter o olhar fixo nele, mesmo estando quase no meio do céu. A luz do dia, as sombras, o vazio, até os passos na areia afiguravam-se diferentes.

Doravante, já não precisava que alguém lhe indicasse a direção do poente.

Lentamente, levantou o cetro para o disco cintilante, o único, o eterno passageiro. Logo todos voltaram para trás, alertas. Avançou com o cetro numa mão e na outra seu inseparável alforje, que continha os livros e a caneca.

Após ultrapassá-los em quatro passos, seguiram-no. À frente, ia o homem da túnica vermelha, seguido imediatamente pelas mulheres. Gostaria de olhar para a jovem que o fascinara, ajoelhada a seus pés, mas adiou a coisa para mais tarde, considerando que seria inconveniente aparentar alguma impaciência ou evidenciar-se por um comportamento, cujo eco nos outros ele ignorava.

Agora, ao lado do rastro de seus passos, o cetro deixava uma marca delicada. Se o rastreador o tivesse seguido, descobriria o que lhe acontecera? Naquele momento voltou a pensar no ancião. Imaginava-o chegar nessas partes da terra e pensava na impressão que teria ao descobrir seus passos, primeiro misturados a outros passos, depois sobressaindo mais adiante. Estava persuadido de que o velho saberia interpretar o que se desenrolava. Passaria os dedos pela barba sorrindo e abanaria a cabeça duas vezes.

Recordava-se de suas palavras: cada terra tem o seu odor, cada cidade, o seu perfume, sua cor, suas sombras e suas variações de luz. Era capaz de saber o humor da pessoa apenas pela forma das pegadas, mesmo após a passagem de muito tempo. Quantas vezes indicara com o dedo tênues marcas, deixadas em rochedos ou na areia, e dissera: "Essas de uma alma aflita" ou "Aquelas, de um homem transbordando de alegria!"

Pensava no chefe da caravana a quem, antes de dar seu último suspiro, o pai disse:

"Vemo-nos lá, na outra morada, no além."

"Muito antes disso, meu pai", respondeu o tinnîsi.

"Então, encontrar-nos-emos em seu sonho na terceira noite após minha morte", retrucou o pai.

Porém não apareceu depois de três noites, mas depois de três meses.

"Qual o motivo de sua ausência tão longa?", perguntou o filho. O pai disse que queria puni-lo pela demora em dar a beber a uma ave sequiosa que pousara na sua janela.

Por que me lembraria dessa história em particular? Teria o passado alguma ligação com o futuro?

Não se recordara quando lera ou ouvira isso: "O objetivo é longínquo, o caminho é árduo e a morte está à espreita desde a primeira batalha." Ou este: "Eu sou meu próprio inimigo. Como então seguir a jornada, se meu companheiro é o próprio assaltante de estrada?"

Não conseguia compreender e, por mais que usasse de toda sua experiência, era incapaz de apreender o verdadeiro significado de sua história. Como se tudo que acontecia dissesse respeito a um outro, nada a ver consigo, passando a ser espectador, neutro.

De repente, quatro pombas batem asas sobre sua cabeça e giram três vezes em seu entorno. Ele se sobressalta, assombrado: quem as soltou? Quem as ensinou a fazer voltas tão perfeitas? Olhou para trás, viu todo o séquito de fronte curvada. Ter-se-iam dado conta de seu brusco movimento? Prosseguiu o caminho num passo firme e resoluto. Ao dar mais uma olhada para trás, notou que os velhos caminhavam com dificuldade. Fez-lhe sinal para que não se apressassem. Inclinaram-se então, agradecidos. A verdade é que aproveitou para olhar além, no grupo das mulheres, em direção da formosa moça que ia cabisbaixa, cheia de pudor e de respeito.

Quanto mais correspondesse à exigência dessa situação imprevista, relata Ahmad Ibn-Abdallah, mais confuso se sentia e mais necessitado de ficar sozinho, pois até o momento não percebera que tipo de autoridade lhe fora atribuída.

Era príncipe, rei, sultão ou xeique? Está certo que detinha um poder, mas sobre quem? E de que tipo de poder se tratava? Foi tomado por um medo confuso: ainda não se assenhoreara do que acabava de acontecer, mas por que razões? Motivos? Que força ditava isso? Quem sabe não tivesse sido acometido por um obscuro mal? Mas de que tipo? De que alcance? Um dia, o hadramawti lhe contara a história de habitantes de uma das ilhas do Grande Mar Oriental, que veneravam seu chefe e se prostravam diante dele, mas que, num dado momento, atacaram-no e mataram-no com selvageria. Atiraram-se sobre seu corpo, beberam seu sangue com a esperança de atraírem para si a bênção divina e de se impregnarem da sabedoria.

Decidiu em seu íntimo entrar no jogo, porém com cuidado. Estava tão assombrado pelos pressentimentos que o simples voar das aves fez seu coração bater mais forte. Vagarosamente, continuou a avançar. Era-lhe impossível determinar quanto tempo decorrera assim, até as muralhas da cidade se desenharem ao longe, do mesmo modo que não fora capaz de calcular quantos dias, ou anos, caminhara desde a saída do oásis e do súbito aparecimento daquela pessoa. Como se as horas, e também as distâncias, se medissem de outra maneira.

A primeira coisa que avistou foram os muros, que inicialmente pareciam uma linha fina, ainda indecisa, mas, conforme avançava, os pormenores foram se revelando: torres, pedras ressaltadas, portas, bandeiras hasteadas, abóbadas afastadas.

Agora, as fileiras apertadas de árvores plantadas por mão de homem tornavam-se mais densas e aos poucos foram aparecendo as pessoas: homens, mulheres, crianças, colocados em intervalos regulares. Os homens, de estatura um tanto baixa, ombros largos e torsos vigorosos. Tinham os narizes achatados, o que os fazia todos parecidos — ou foi essa a sua primeira impressão. Nenhum deles chegava aos ombros do homem da túnica vermelha, que — notou ele mais tarde — tinha olhos de um azul profundo. Todos estavam vestidos de forma praticamente idêntica, só as cores mudavam de um indivíduo para outro: uma túnica aberta na frente, como mangas compridas que cobriam as mãos, e calças caindo sobre sapatos de pontas pontiagudas e curvas. As mulheres usavam uma espécie de vestido largo, amarrado à cintura por uma larga faixa dourada ou prateada, e na cabeça usavam pequenos gorros quadrados. Quanto ao traje das crianças, era a réplica exata do vestuário adulto, porém em tamanho menor.

Entre os homens, alguns traziam ao pescoço uma espécie de joia de forma redonda, hexagonal ou octogonal, suspensa por um cordão dourado. Estes, quase todos idosos, estavam na frente dos outros. Havia os que se apoiavam em bastões... mas nenhum se parecia com o que ele empunhava!

Conforme foi se aproximando, toda a multidão se inclinou, de olhos baixos, busto dobrado, como se tivessem esperado uma eternidade. Mais tarde saberia que de fato estavam ali havia bastante tempo. A alegria envolvia a cidade e o regozijo ressoava no céu.

Avistou então os soldados, em fileiras apertadas, num uniforme composto de casacos vermelhos de gola alta, calças amarelas e botas de cano alto de coro. Hasteavam lanças delgadas e traziam a tiracolo espingardas, algumas de dois canos, outras de um só. Os da primeira linha estavam ainda armados de um pequeno machado de lâmina afiada. Ahmad Ibn-Abdallah, que almejava um final feliz, disse que aquele universo lhe parecia bastante estranho, aumentando-lhe a impressão de estar diante de dois tempos diferentes, um próprio dele, ao qual procurava referir-se, e outro, independente de si, como se alguém lhe contasse o que estava vivendo.

Como seria possível que ninguém do oásis tivesse notícias da existência de um povo pomposo, separado apenas por meio dia de caminhada de Umm-Assaghîr? Imaginava sua mulher, no caso de ali poder chegar neste exato momento: ficaria assustada e fugiria rapidamente! Ele, que na alvorada ainda estava deitado a seu lado num leito áspero, encontrava-se agora rodeado por tanta exuberância, que, quando passava, cabeças baixavam-se, sem que ninguém ousasse fitá-lo diretamente nos olhos.

Outra vez ficou perturbado quando de repente ouviu o rufar dos tambores e o estrépito dos instrumentos de cobre, as salvas dos pesados canhões posicionados no alto das muralhas, deixando nuvens de fumaça suspensas no vazio.

Perfeitamente alinhadas, apareceram pessoas com altos barretes na cabeça. Uma delas segurava pelo cabresto um cavalo branco, aparelhado de uma rédea de couro preto cravejada de metal resplandecente, como ele nunca vira. Um metal entre o ouro e a prata, era o que concluiria mais tarde, desconhecido nas outras regiões do mundo.

O homem da túnica vermelha avançou e, agarrado ao cabresto do cavalo, fitou-o por um instante; compreendeu logo que ele se afirmava pelo olhar. Aliás, mais tarde ele lhe confiaria que mostrara então mais segurança de que nenhum dos seus predecessores: mostrara uma compostura tão firme, tão confiante, que parecia ter sido educado para governar, iniciado desde a mais tenra idade nos princípios da realeza.

Nunca montara um cavalo assim, cujo genitor era um cavalo selvagem, não domado. Esse povo tinha o costume de levar para um determinado local da estepe, onde desde idades remotas pastavam manadas de cavalos selvagens, uma égua de que ainda nenhum macho se aproximara. Deixavam-na ali uma noite. Ao regressar, ela era rodeada de cuidados constantes até parir, dando à luz um potro raro, sem igual nas posses dos reis, dos sultões e dos poderosos.

Logo que se sentou na sela, como se soubesse o caminho, voltou as rédeas, com ar imponente, cheio de aprumo e soberba, para se encaminhar na direção da porta principal da cidade. Tornara-se assim o "Chefe Supremo": tal era o nome que os habitantes davam a seu líder.

O que sucedera?

Para que a coisa não se pareça obscura, eu, Jamâl Ibn-Abdallah, que recolhi a narrativa de Ahmad Ibn-Abdallah, esclareço que meu amigo era agora o dono de uma vasta terra, ainda ignorada por todos; no entanto, soube definir com exatidão os limites dela. A cidade onde fizera sua entrada não passava de um local fronteiriço. O Território, porém, a norte, estendia-se até o mar, adentrando até as sete ilhas habitadas; a sul, até as montanhas de cobre; a oeste, até as florestas petrificadas, onde subitamente todos seus habitantes — aves, homens, bichos, répteis — haviam sido petrificados

e, desde então, permaneciam ali, estáticos, como que à espera dum pulsar da vida. Quando e como aconteceu aquilo? Só sabe Aquele que controla tudo. A leste, esteirava-se até as profundezas do deserto onde ele se embrenhava.

O Território abarcava sete províncias, setenta cidades, setecentos distritos e oito oásis, nos quais ele agora mandava e os quais governava e administrava, e cujas decisões eram respeitadas por um exército poderoso, por homens de todas as classes, por dignitários, ricos, escravos, por tribos, grupos refugiados, entre muitos outros.

Como tinha chegado a esse ponto?

Com a intenção de não deixar nada obscuro e esclarecer tudo, vou retraçar aqui tudo que acontecera antes dos fatos narrados anteriormente. Os habitantes, contou-me Ahmad Ibn-Abdallah, haviam observado uma prática ancestral, aplicada desde séculos e transmitida de geração a geração e que, apesar da passagem dos séculos, continuava imutável. Trata-se do fato de que o poder supremo não era de direito de uma família ou de um clã. Existiam, sim, indivíduos encarregados da manutenção dos ritos e dos costumes, do ensino, da proteção das fronteiras e da segurança das casas, da fiscalização das trocas comerciais, mas o acaso decidia a escolha do Chefe Supremo. Quando este morria — ou, por alguma outra razão, desaparecia —, o ocupante deste cargo, o regente — o homem da túnica vermelha —, acompanhado por três grupos, dois grupos de homens e um grupo de mulheres, representando as mais antigas famílias de todo o Território, partia do deserto em direção ao levante e, num dado local vedado, todos postavam-se de pé, imóveis, e assim ficavam da aurora ao pôr do sol, à espera do primeiro indivíduo que surgisse dos caminhos inexplorados do deserto, lugares por onde nenhum deles se aventurava. Logo que o avistavam, iam ao seu encontro e lhe davam o título de Chefe, e, desde então, todos o obedeciam, tanto nas grandes como nas pequenas questões, atendendo ao mínimo sinal partido dele. Ele dispunha do poder de prestigiar e de desprestigiar e de dar e de tomar a seu bel-prazer. Nunca sabiam quanto tempo deviam aguardar. Havia cinco séculos, tiveram que aguardar no deserto durante noventa anos, quando seis regentes foram se sucedendo, sempre por causa da morte do anterior. Era raro aparecer alguém no horizonte leste. Não havia naquelas paragens rotas destinadas às caravanas ou ao correio, nem terra habitada próxima. Quanto ao oásis, falar-se-á mais adiante.

    Quis o acaso que, um dia, chegasse um negro originário dos confins do Sudão, o qual iria governar o Território durante trinta anos. Ainda se contavam histórias sobre sua nobreza, seu senso de justiça e sua sagacidade. A terceira província era povoada de gente de pele escura e boca beiçuda, de quem se dizia ser ele o antepassado e que teria deixado uma numerosa descendência, sendo dono de um desejo insaciável pelas mulheres — diziam que era capaz de possuir sete ou oito mulheres por dia, o que é extraordinário!

    Três séculos atrás, após terem esperado por quarenta anos, viram, para sua grande surpresa, surgir no deserto uma mulher jovem, frágil, de cabelos longos e olhos enormes. Ninguém lhe perguntara de onde vinha nem o motivo que a levara a atravessar aquela terra agreste descampada, pois as tradições, os ritos e os costumes não lhes permitiam isso. Confiaram a ela as rédeas do poder. Vinha de um país longínquo, situado na direção do levante, o país dos Usbeques, então vizinho da Pérsia, conforme tinham ouvido de sua própria boca. Contudo, ela nunca revelava a ninguém por que motivo deixara sua terra nem o que a trouxe às areias áridas. Curiosamente, era versada na arte da guerra e do combate. Por uma iniciativa dela é que haviam escavado profundos túneis ao redor das muralhas e levantado torres com aberturas pequenas. Mas sumira tão de repente como aparecera, em circunstâncias misteriosas. Ainda contavam que, uma vez, ameaçada por um exército inimigo nas fronteiras ocidentais do Território, ela marchou liderando um exército enorme, equipado com diversos tipos de armas de sua invenção, algumas ainda hoje utilizadas: lançadores de nafta inflamada, espelhos queimantes, bombas de serpentes venenosas, catapultas de estacas envenenadas, entre outras. O encontro ocorreu no Vale dos Leões. Antes de começar o combate, arranjou-se uma reunião entre ela e o comandante do campo inimigo numa tenda erguida num local afastado, em terreno neutro, de modo que as duas partes conversassem, e quem lograsse convencer o outro, este seria obrigado a render-se. Uma parte das pessoas do Território contava que o general inimigo preparara o lugar, introduzindo às escondidas na tenda um incenso capaz de excitar o desejo dos homens e enfraquecer a resistência das mulheres. Foi assim que ele teria conseguido possuí-la. Seus suspiros e gemidos chegaram aos ouvidos de ambos os exércitos, alinhados ali perto em pé de guerra. Acalmados, reapareceram juntos, caminhando lado a lado em direção ao acampamento do general, instalado no lado oposto, e de manhã o inimigo começou a retirada para o oeste para nunca mais regressar.

É claro que estas pessoas a consideravam uma traidora que, sucumbindo aos seus desejos, abandonara seu posto vazio. O resto da população, pelo contrário, considerava-a uma criatura abençoada, que gozava de distinção por ter, graças a seu encanto e a sua inteligência, subjugado o comandante das tropas inimigas e escolhido partir com ele depois de convencê-lo a bater em retirada e nunca mais se aproximar das fronteiras do Território.

Depois disso, foi necessário aguardar três anos antes de verem aparecer um novo Chefe. A respeito deste não diziam muita coisa. É estranho, aliás, que, embora registrassem tudo sobre as vidas dos antigos, houvesse um silêncio total sobre os três últimos Chefes, como se não tivessem ali estado, nem governado, nem sido substituídos. Assim, o novo Chefe permaneceu na ignorância da história de seu antecessor: não o louvavam, nem censuravam; não declaravam nem insinuavam nenhum detalhe; limitavam-se a evocar os antigos e ainda mostravam-se pouco verbosos. Era extremamente difícil fazer os habitantes falarem sobre isso, eram surdos a qualquer tentativa de corrupção ou de intimidação: eis os princípios amamentados junto com o leito materno. Ele próprio o aprendera quando de sua tentativa de obter, nem que fossem umas migalhas, informação sobre o seu direto predecessor, mas... em vão.

Ahmad Ibn-Abdallah diz que tudo que o regente lhe revelou resume-se ao número de dias passados na espera de sua vinda, isto é, o espaço de tempo decorrido até o momento em que surgiu das profundezas do deserto. Afirmou que foi a mais breve espera em muito tempo. Apenas... quarenta e sete dias, por isso lhe reservaram privilégios sem precedentes e lhe atribuíram qualidades sobre as quais nem sequer ousaria alguma vez pensar.

Mas o que acontecia se o Chefe demorava a aparecer, como já se verificara em tempos antigos?

Isso foi explicado pelo regente: nesse meio tempo, as coisas seguiam seu curso; o próprio regente conduzia os negócios do país, assistido por um conselho do qual participava um representante de cada província. Nada, porém, se criava: não se construía nenhuma ponte, nem se erguia um edifício, nem se abria uma estrada. Quanto aos rituais de nascimento e morte, eram celebrados em silêncio, sem gritos de alegria, sem lamentos de pesar.

Sua vinda rápida foi considerada como um bom presságio para o Território. Assim, com sua permissão — acrescentou o regente —, receberia, entre os cento e quarenta atribuídos a ele, os epítetos de "Filho do Sol", "Vencedor do Horizonte" e "Príncipe dos Desertos".

Ele escutava espantado. Nos primeiros dias, contudo, ficou atormentado por um medo obscuro. Todas as vezes que o regente se apresentava diante dele, ficava alarmado. Por mais que este se curvasse à sua frente e se sentasse a distância, de mãos postas nos joelhos ou cruzadas sobre o peito, não se sentia sossegado.

Todos esses epítetos eram dele? Ele gostava de "Príncipe dos Desertos", exigira que o tratassem por tal nome e que o fizessem figurar no cabeçalho dos editos e na correspondência oficial. Neste momento e com voz baixa, o regente observava que o título do senhor do país não mudara desde séculos e era o "Chefe". Mas, a fim de lhe agradar, sugeriu que o qualificativo favorito fosse "Chefe dos Desertos".

Contou que não argumentou com o regente e aceitou o que foi proposto. Afinal, este lhe era indispensável para dele aprender e assimilar.

O OFÍCIO DO PRÍNCIPE

Ahmad Ibn-Abdallah — que o Criador lhe guie os passos restantes — relata como aquela transição foi árdua, dura, não em comparação com seus dias no oásis ou no Egito, do qual foi arrancado, mas comparada com tudo o que ele jamais pôde imaginar. Antes de tudo, deslumbrou-o sua residência nas fronteiras do Território, o primeiro local onde pôde deitar-se desde que surgira do fundo do horizonte. Passados três dias escoltado por um imponente cortejo, partiu para a capital, ali chegando após a viagem de uma semana. Tudo nela era impressionante: ruas largas, sem fim, árvores como nunca vira antes, com as raízes mergulhando nas profundezas da terra, os troncos imensos, edifícios de colunas gigantescas. E a porta principal do palácio, de uma altura monumental, feita de madeira folheada de cobre, de ouro, de prata e incrustada de lascas de cerâmica azul! E os tetos, inteiramente revestidos de um cristal fino e puro.

Quando vivia no Cairo, ouvira tantas vezes as histórias

noticiadas pela alta-roda, e também pelo vulgo, a respeito dos palácios de Ablaq, de Harîm na Cidadela, da Ilha de Rawda, do Abdîn, de Khâniqa Siryâqus, de Qubba e a Sala de Duhaicha, além dos palácios da cidade de Alexandria que davam para o mar, as esplanadas, os jardins e as paisagens pertencentes aos príncipes e aos altos dignitários.

Quando criança, era travesso e com os amigos brincava de se imaginar o sultão, ou então o grande emir, e que era capaz de esmagar sozinho um exército inteiro, de fornicar mais de vinte vezes na mesma noite, de devorar um carneiro recheado de frangos e de beber toda manhã um copo cheio do sêmen de cem testículos de carneiros. Debatiam entre si: faria ele as suas necessidades como o resto da gente?

O mundo por detrás dos muros dos palácios era obscuro, misterioso, e pertencia mais ao mundo dos sonhos do que da realidade.

Agora as imagens do Cairo, as vielas e sua infância e as ruas de seu tempo de juventude lhe pareciam distantes, tão distantes. Cada cidade tem seu odor, seu perfume — dissera o rastreador —, exatamente como se observa nos seres vivos. Sua cidade se apagava aos poucos na memória de seus sentidos, o que lhe causava infinita tristeza; contudo, via-se rapidamente tirado dos seus devaneios nostálgicos pelo mundo circunstante, trazido de novo ao presente. Quando, respondendo ao chamado, iniciara o périplo, poderia porventura imaginar com que iria se deparar no caminho? Mesmo que fosse dotado da mais fértil imaginação, nunca lhe ocorreria a menor ideia de tudo que lhe aconteceu e conheceu.

Assim, lentamente, inquieto, circunspecto, passou o olhar pela imensa alcova do Chefe, só queria dormir. Fechou-se a essa altura a larga porta, defendida por dois soldados de estatura e feições perfeitamente idênticas, como que formados no mesmo ventre. Nunca abriam a boca a não ser que lhes pedissem, e permaneciam hirtos numa atitude impassível. Não ligavam para nada que acontecesse ao redor, nem sequer pestanejavam, mesmo que o Chefe aparecesse nu como viera ao mundo. À primeira ameaça, no entanto, saltavam logo, prontos para rebater com ferocidade sem igual. Eram os guardas da alcova, os mais próximos dele, zelavam seu sono e seu recolhimento. Eram recrutados numa região remota do Território, cujos habitantes eram robustos e abrutalhados, que tinham orgulho de serem escolhidos como guardas pessoais do nobre Chefe.

A alcova era um ambiente amplo, com o solo coberto de tapetes como que de seda — mas, após uma investigação precisa e minuciosa, acabou por descobrir que eram feitos das penas de uma ave das regiões setentrionais. As paredes também eram igualmente forradas de tapeçarias feitas de penas, mas de uma outra espécie de ave, chamada *anîs*. Logo percebeu que as vestimentas também eram feitas de penugem. Isso, porém, é assunto para muito tempo, voltaremos a ele quando for adequado. O ornamento do teto evocava o céu em noites cheias de estrelas, aparecendo de trás da nuvem da Via Láctea. Assim, sua alcova reunia todos os elementos do Universo, jardins em tapetes e os infinitos espaços superiores.

Não se deitou imediatamente na vasta cama, a uma considerável altura do solo. Sentou-se na borda, com a impressão secreta de que alguém o observava. Não sabia de que lado, pois ainda ignorava seus cantos, as singularidades, as passagens secretas, os ruídos ocultos, os acessos, as saídas...

mas o perfume que flutuava no ar incitou nele um suave e aprazível torpor.

Um leve movimento, quase imperceptível, uma parte de parede se mexe: uma porta insuspeita, a menos que já conhecesse sua existência, uma mão enfiada numa luva transparente, um pé direito; surge uma criatura, seguida por outra. Ele se levanta, alerta. Ambas avançam em sua direção nas pontas dos pés.

Duas flores humanas, de corpo delgado, como que formadas de elementos dos seus sonhos de adolescente. Parecidas, olhando para uma depois para outra, teria sido incapaz de distingui-las, igual aos guardas da alcova, mas quanta diferença entre a rudeza masculina e a delicadeza feminina!

Exalavam vitalidade. Cobertas por véus tão transparentes como nunca vira antes, qual uma sombra fundindo-se à cor de sua pele. Por isso pôde ver o arredondamento do umbigo, o contorno dos seios, a fragilidade da cintura, as curvas das ancas, ao mesmo tempo firmes e livres. Perplexo, não sabia como deveria agir, o regente não o informara ainda das formalidades e dos costumes. Tudo que lhe pedira até então e com insistência era que nunca decretasse o apagamento de nenhuma ave, quer fosse nas portas ou nas muralhas da cidade, nas soleiras das casas, nos grandes edifícios e parques. De fato, vira alguns desses desenhos representativos de todas as espécies de aves, muitas das quais ele desconhecia. Ainda ficara surpreso ao contemplar quadros figurando aves com traços humanos. Movera a cabeça em sinal de anuência.

O regente prosternara-se antes de curvar a cabeça humildemente. Quisera em seguida saber se havia alguma coisa sobre a qual ele não admitia perguntas nem arguição. Sem hesitar, apontou para o alforje, que nunca deveria abandonar durante seu reinado, tendo-o sempre ao alcance da mão. Por isso, lugares especiais haviam sido arranjados para ele, fosse nas selas dos cavalos, nos carros, nos confortáveis divãs, ou mesmo nas salas de reunião. Assim, histórias incalculáveis, provérbios e poemas foram forjados pela imaginação.

Intrigado por esses curiosos quadros, começara a pensar no chefe da caravana, em seus irmãos, em seu pai versado no mundo das aves. Existiria alguma ligação entre o homem e essa terra? Onde estaria agora o tinnîsi? Em que ponto da rota da seda? E o hadramawti... Ah, como gostaria de voltar a ver seu rosto cheio de bondade!

Lá estavam elas, dando voltas em torno dele. Em suas presenças havia algo de estranho que lhe fazia lembrar o arrulho das pombas no silêncio da sesta, jogo de tons e de sons. Cada uma delas beijava uma extremidade de seus ombros. Depois, de mansinho e delicadamente em perfeita harmonia, começaram a lhe tirar sua túnica, ato premeditado, mas quando uma quis desabotoar-lhe a camisa, ele recuou bruscamente, por dois motivos. Primeiro, pela timidez, pois nunca ninguém tratara de despi-lo; no oásis, jamais sua mulher tocava nas roupas dele... como isso lhe parecia tão distante! E, na infância remota, a mãe o punha na grande tina de cobre taxiado, vertia água sobre ele e o esfregava com lufa ensaboada, depois o ajudava a enfiar a roupa de baixo, mas, desde os seus dias de criança, ele se virava sozinho para vestir sua túnica de mangas largas, mesmo se atrapalhando ao meter o braço na manga. Segundo, envergonhava-se daqueles farrapos velhos que não mudara desde a partida de Umm-Assaghîr, principalmente a camisa áspera que se colava à pele. Tentou dissuadi-las, mas em vão! Não tinha forças para desviar os olhos de suas presenças brilhantes, de suas silhuetas ondulantes, seu perfume penetrante. Apesar da fadiga, apesar de suas múltiplas desconfianças, ficou completamente excitado, sobretudo quando o desnudaram por inteiro. Como pombas, olhavam-no de soslaio. Pouco a pouco os sentidos dele inflamaram-se, todo seu corpo abrasou, de tal forma que, incapaz de continuar resistindo, cedeu!

Teve a ideia de escolher uma e ficar a sós com ela, apenas. Possuir uma mulher na presença da outra nunca lhe acontecera nem sequer lhe viera à mente. Mas elas formavam um par e, a um sinal seu, como que atuando numa dança, começaram a ondular em conjunto, desfazendo-se devagar das delicadas vestes. No entanto, sem esperar mais, ele derrubou a mais próxima de si e logo a segunda se pôs a acariciá-lo, despertando nele sensações novas, revelando-lhe fontes tão estonteantes de prazer que quase desfaleceu de tanta exultação.

A coisa em si, a própria volúpia, as reações, eram novidade. Relembrou seus momentos com sua mulher no oásis. Mundos diferentes! É verdade que o sentimento de culpa o perseguia, tivera ocasiões que o torturava, mas vivia agora algo absolutamente extraordinário. Um outro mundo!

Adormeceu. Não saberia dizer como adentrara o sono e como dele saíra. Perdera toda a noção do tempo. Que horas eram? De dia ou de noite?

Uma batida leve, não sabia de onde vinha.

Abriu-se outra porta, por onde entraram duas jovens, pareciam de outra etnia, os olhos rasgados levaram-no a pensar que fossem chinesas ou tártaras. Já vira rostos assim nos mercados do Cairo, pois, no período de peregrinação a Meca, todo tipo de gente fazia uma parada na cidade a caminho, na de ida ou na de volta.

A primeira avançou em sua direção, trazendo uma bandeja de ouro e uma taça de cristal cheia de bebida parecida com o leite, privilégio exclusivo de sua pessoa, extraído de um fruto semelhante ao da amendoeira, que crescia em regiões elevadas do norte do território, e era dotado de qualidades tonificantes e fortificantes para o sangue. Lembrou-se logo da história do balsameiro que o chefe da caravana lhe contara, de seu óleo precioso e de efeitos singulares, pelos quais os príncipes da terra competiam entre si, para a obtenção de algumas gotas dele. Nunca provara o fruto do balsameiro nem o conhecera, para que pudesse dizer se esta bebida e aquela extraída do famoso arbusto tinham alguma relação.

Elas aguardavam à distância. Também se pareciam uma com a outra e eram mais reservadas, menos ousadas que as duas anteriores, mas ele ainda podia adivinhar seus tesouros escondidos sob os finos e transparentes vestidos. Julgou inicialmente tratar-se de seda, mas descobriria mais tarde que todas as pessoas do palácio vestiam roupas feitas de penas, ou então das peles finas tomadas dos pescoços ou dos peitos das aves.

Depois de o terem ajudado a vestir uma túnica feita de penas de pavão, as duas jovens recuaram ligeiramente, como se quisessem admirá-lo. De súbito ecoaram três batidas. Pela porta principal entrou uma mulher num discreto vestido de cor escura e com uma espécie de gorro na cabeça. Uma mulher de meia-idade — quarenta anos ou talvez mais —, esbelta e altiva. Inclinou-se tanto que sua fronte quase tocou os joelhos, e depois o convidou com um gesto a sair, precedeu--o, e era evidente que cada passo era calculado e ele não tinha voz para opinar. Fora conduzido a um vestíbulo anexo à alcova ou ligado a ela. Havia sofás, almofadões, assentos redondos, bandejas de ouro, umas redondas outras retangulares, velas saindo de bicos de aves, lâmpadas e lustres suspensos do teto, decorados com desenhos figurativos de passarinhos graciosos e de espécies raras de pombas. Todos os desenhos eram inspirados em modelos reais e imitavam as cores de gaviões, pardais e papagaios.

Tudo o que lhe tangia provinha de aves aquáticas. As suas vestes de corte eram de plumas de mergulhão, uma variedade que, conforme soube mais tarde, se chamava *zahût* no Egito, capaz de voar nos ares e também de mergulhar na água. Isso explicava a espantosa negrura de sua túnica. Os coletes e as calças eram de tadornas, que se distinguiam pelo vermelho das patas e do bico, o branco da calota, o preto do dorso e o verde das asas. Uma bela ave, calma, habitante da água e da terra, que aparece no país do poente no inverno e se aloja, às vezes, nas margens do Oceano, no meio do deserto ou nas cavernas das montanhas. Ele gostava deveras desta ave, porque ela visitava o Egito três vezes ao ano, espalhando-se pelas ilhas do mar, entre elas a ilha de Tinnîs, até os oásis de oeste e as cataratas do sul.

Sua roupa íntima era de penugem de avestruz ou de grou, de plumagem branca, levemente avermelhada, encontrada ao longo do ano à beira dos lagos egípcios, Albardawîl, Almanala, Faiûm, Mariût, e em torno dos olhos d'água nos oásis do Deserto Ocidental. Quanto à mobília dos palácios, era toda coberta por tecidos feitos de penas verdes mescladas de ruivo, provenientes duma variedade de pato pequeno, conhecida por nomes diferentes dependendo da região: ali, no Território, *hadhaf*; no Egito, *charcîr*; e no Oriente, *haddhâf*. Para qualquer informação sobre uma espécie, bastava se dirigir aos dignitários do *Diwân* das Aves, o mais importante serviço administrativo do país. Tinha a missão de vigiar as migrações, inventariar as diversas famílias, de observar os hábitos e fazer experiências, no intuito de descobrir processos cada vez melhores para transformação de penugens em tecidos de vários tipos, ou de como melhor usar as peles no fabrico de calçados, malas, vestes, rédeas, selas, armas; sim, até mesmo armas, e ele já vira alguns modelos com seus próprios olhos. Quanto aos alimentos e às bebidas elaboradas das várias espécies, são incontáveis.

As pessoas de alto escalão, os chefes dos *diwâns* e os administradores das províncias mandavam confeccionar suas roupas e artefatos de dois tipos de aves apenas: a perdiz, conhecida nas regiões do levante e também em todas as regiões do poente, mais ou menos do tamanho do pombo, bico e pés vermelhos. Havia duas espécies: a da Najd, de corpo verde e patas vermelhas, e o de Tihâma, enfeitado em branco e verde. A perdiz era tão rápida ao levantar voo que à primeira vista se poderia pensar que era uma pedra arremessada por uma funda. Uma outra espécie era o pintassilgo, cujas penas eram usadas para fazer as vestes das mulheres. Elegante, pequeno, um pássaro de muitas cores, vermelho, amarelo, preto, azul, verde e branco. Em todas as regiões do poente se chamava Abu-Alhassan e no do levante, Abu-Zaqâya.

Quanto às pessoas comuns, serviam-se das penas do pombo, o silvestre ou o doméstico, e de cada tipo destes havia muitas variedades: o trocal, o malhado, o cinzento, o cambalhota e o pombo-correio, entre outros. Entre suas particularidades, tinham a capacidade de encontrar o ninho a mil léguas ou mais.

Os trajes cerimoniais e outras prendas do Chefe eram confeccionados com melro dourado, de plumagem amarela viva e negra, salpicada, na fêmea, de manchas verdes. Essa ave era de uma voz agradável e doce, que gostava de se esconder nas altas folhagens de amoreiras plantadas em jardins reservados a esta única espécie. As pessoas tinham o costume de ir ali passear e se deleitar ouvindo-a cantar. O Território abrigava assim aves incontáveis, visíveis ao longo de todo o ano, seduzidas — segundo se contava — por um talismã muito antigo, que tinha o poder de atrair todos os tipos delas. Ao longo do tempo, haviam aprendido a conhecê-las e descoberto segredos ignorados pelas outras nações. Havia entre aquelas aves algumas mais famosas, às quais ergueram santuários, visitados pela população que vinha caminhar em volta e implorar a bênção divina. Existiam construções enormes contendo corpos, conservados desde tempos remotos com o maior zelo, expostos aos olhares das pessoas que julgavam tratar-se de criaturas vivas. Essas aves, entre as quais havia espécies extintas, não ficavam inertes durante muito tempo, pois logo batiam asas e levantavam voo.

Ahmad Ibn-Abdallah disse que, se tivesse de contar em detalhes a posição de que gozavam as aves e descrever todos os usos que se faziam delas, o espaço não bastaria. Uma pergunta martelava-lhe o espírito sem parar: existiria alguma ligação entre o Amante das Aves de Tinnîs e o Território? Mais tarde obtivera a resposta. Voltar-se-á a falar sobre o assunto quando for oportuno.

Encaminhou-se então ao vestíbulo contíguo à alcova. O regente estava no meio do aposento, trajado com sua túnica vermelha feita de bicos de perdizes, tratados segundo técnicas conhecidas apenas pelos artífices incumbidos de fazer os tecidos dos palácios do Chefe e as roupas de seus servidores. A barba dele parecia mais comprida que de manhã. Mas a que altura do dia se estava? Quanto tempo permanecera adormecido? O vestíbulo, tal como a alcova, era iluminado por uma luz de origem misteriosa, não havia lâmpadas, nem lustres nem velas.

Que hora do dia? De manhã ou de tarde? Teria dormido realmente por tempo breve? Ou teria se passado um longo tempo sem que percebesse? Acordara sem saber onde estava nem sequer quem era. Já tivera essa sensação, mas nunca durava mais do que segundos. Como se passasse por algo semelhante, contudo completamente novo. O regente inclinou-se longamente e foi sentar-se diante dele, a um nível um pouco inferior. Só então tomou a palavra. Após as elaboradas saudações, enumerou-lhe as diferentes festividades organizadas no país por ocasião de seu aparecimento e chegada. Informou-lhe que os pombos-correios haviam sido despachados para todas as direções, levando o aviso de sua chegada a toda a espécie humana. Acrescentou ainda que de toda parte elevavam-se invocações, a fim de que sob seu reinado o Território, que nunca baixara suas bandeiras nem tivera o exército vencido, conhecesse fortuna e prosperidade.

O regente falava numa voz calma e monótona, sem quase erguer os olhos. Pronunciava e organizava as palavras com clareza. Pestanejava o olho direito sempre que abordava um tema embaraçoso.

Aquela foi a primeira das sessões diárias que se repetiram durante os quarenta dias de reclusão que se seguiram ao seu aparecimento. A verdade era que estava sendo preparado para se familiarizar com as tradições, costumes e ritos deste povo, e também com seu passado e futuro.

OS PILARES FIRMES DO PODER

Ahmad Ibn-Abdallah — que Deus amenize seu exílio — contou-me: compreendi desde o nosso primeiro encontro que o regente tinha a missão de me instruir. Eu resolvi me sujeitar, pois como poderia conhecer essa terra para onde eu havia sido conduzido? Apesar de ele falar que eu era um ser sagrado, animado por um sopro misterioso, eu só conseguia me considerar um simples estrangeiro que partira contra sua vontade.

Nunca tivera o poder de mandar e proibir, nunca tivera autoridade sobre ninguém, mesmo quando esposara uma mulher não fora eu quem conduzira o assunto. Assim exigiam as regras e os costumes do oásis para onde eu decidira voltar, para junto da mãe do meu filho, a fim de que ela passasse dias tranquilos ao meu lado.

Quando percebi que quem mandava e desmandava era eu, decidi por voltar para o oásis para ficar na companhia dela. Mas a estranheza do que me aguardava me fez adiar o meu projeto. Assim, quando o regente me informou de que o ritual impunha minha reclusão durante quarenta dias, comuniquei-lhe o meu propósito. Pareceu muito admirado: conheciam cada grão de areia a um mês de viagem ao redor e não havia um sinal de vida em tais localidades, nem de homens, nem de bichos, nem de djins. Que oásis era aquele então situado a poucas horas de onde o Chefe aparecera?

Demonstrei aborrecimento ao ouvir seu comentário, afinal, como se atrevia a duvidar da minha palavra? O oásis existia de verdade, eu passara lá uma parte da minha vida. Deixara lá uma companheira que estava grávida de um filho meu, carne da minha carne. E o acampamento? Conhecia todos seus aspectos, até as menores evoluções, como poderia então dar crédito às alegações dele e renegar assim os meus dias em Umm-Assaghîr?

Curvou-se exageradamente, desculpou-se com grande cuidado, mas não passou despercebido o fingimento que punha em tudo isso. Rogou-me que esperasse até o fim da quarentena, durante a qual me seriam revelados os mistérios do Território. Entretanto, podia passear nos jardins do palácio e dispor sem restrições de quem me agradasse, entre mulheres e virgens.

Nessa altura, o regente declarou que o majestoso Chefe, Senhor e Príncipe dos Desertos possuía todos os seres vivos do Território, todas as criaturas que voam em seu céu e que nadam na sua água, todos pertenciam a ele, a começar pelas mulheres: seus monumentos translúcidos estariam de portas escancaradas para ele, seus segredos selados seriam declarados para ele, seus mundos giravam na órbita dele. Um simples olhar e seria atendido, um simples gesto e todos seus desejos seriam realizados, bastava uma palavra e todos cairiam a seus pés. Certas regiões do Território eram afamadas pela beleza de suas mulheres, sem igual no resto do mundo habitado. Entre elas estavam criaturas tão transparentes que se podia ver através delas, e tinham as cinturas tão vaporosas que pareciam sombras. Os chefes das províncias competiriam em generosidade enviando presentes, entre eles jovens virgens. Se ele desejasse uma delas, seria considerado um favor e bom presságio para ela e para sua família. De outro modo, bastar-lhe-ia apresentar-se perante ele e sentir seu olhar pousar nela. O sopro sagrado do Chefe era uma bênção — acrescentou o regente —, só as damas da alta posição deviam receber tal privilégio. Apesar de divagações e de tantos rodeios usados por ele na fala, eu sabia perfeitamente que ele aludia às duas lindas moças que eu possuíra logo que fui apresentado a minha alcova. Tinham-me então deslumbrado, mas, diante do que foi-me dado ver a seguir, me repreendi por ter dissipado minha energia sob o efeito da precipitação. E a história do sopro sagrado me fez pensar que devia olhar com mais introspecção para mim, olhar-me demoradamente nos espelhos. Todavia, não desisti, reiterei minha intenção de regressar ao oásis. O regente abaixou a cabeça e disse que todas as minhas vontades seriam satisfeitas.

No entanto, ao longo dos dias e das noites, percebendo que passava horas a fio sem pensar no oásis e na sua gente, senti despontar em mim um sentimento de culpa. Ia então imediatamente até o regente e lhe dizia com veemência que a minha intenção de ir continuava firme e que a saudade de minha mulher e do meu primeiro filho aumentava a cada dia.

Depois repetia para mim mesmo, murmurando: não seria suficiente ter sido obrigado a romper com os meus laços e deixado o Egito? Mirava então o momento em que bruscamente se reabrira uma ferida antiga, em que se apoderara de mim a vontade incontrolável de passar pelos bairros familiares: itinerários, sombras, ecos, perfumes, em particular as ruas que levavam ao mausoléu do Imã Hussain ou pela galeria e o interior de Bâb-Zuwayla, as fontes, o cheiro dos odres de couro sobre o dorso dos animais e dos aguadeiros, as pequenas poças no fundo das bacias de cobre amarradas por correntes às grades das fontes, as árvores do jardim da mesquita Almu'yyad, o eco do chamado à oração ao entardecer. Não seria já cruel ter sido desenraizado, arrancado à força da minha terra e condenado a caminhar sem descanso em direção ao poente? No início, achei que o atingiria e um dia voltaria à cidade à qual dera e da qual também recebera, mas a cada dia que passava eu me afastava mais dela. De etapa em etapa, cada vez mais estranhas, prosseguia as minhas peregrinações.

Tinha de voltar ao oásis, tinha de recuperar uma parte de mim, eu dizia. Não há oásis, eles afirmavam. Por mim, estou certo de sua existência e não há nenhuma força que possa me desanimar! Eram essas as palavras que eu repetia, mesmo quando minha determinação fraquejava e me via envolvido nesse novo mundo que ainda mal conhecia.

É difícil descrever exatamente as provações pelas quais passei. Vivera desde sempre entre os humildes, os silenciosos, os que tremiam diante do sultão e dos homens que o seguiam. No Cairo, agora tão distante de mim, ouvi contar a história de um pobre camponês que atravessara no meio do cortejo, certo dia em que o sultão passava na sua aldeia. Jogou-se na frente dele, de rosto contra a terra, e suplicou-lhe que interviesse junto ao guarda rural, a fim de que este o tratasse bem e parasse a sua tirania. Aos olhos do homenzinho, o sultão era apenas um poderoso de passagem, mas o *guarda* representava para ele a autoridade suprema.

Eu era como este pobre-diabo desconhecido. O mais eminente personagem que podia conceber era o capitão da ronda de Algamâliyya, que poderia me apresentar aos cortesãos da fortaleza. Mas, de um dia para o outro, via-me dono de um vasto território. A meu nome associava-se toda a sorte de epítetos. Perante mim, curvavam-se guerreiros, sábios, nobres senhores. Quanto às beldades, eram todas propriedades minhas.

Foi assim, ao escutar o regente, que tomei conhecimento do patrimônio que me havia confiado: um território imenso, banhado por grandes lagos, porém longe do mar. Uma metade fértil era habitada, a outra, árida, quase inabitada. No deserto existiam montanhas que continham minas de ouro, de diamantes e de outras gemas de maior beleza: espinela rósea, obsidiana negra, esmeralda, jaspe, malaquita, lápis-lazúli, água-marinha, ágata, turquesa, o enxofre vermelho.[11]

Quanto ao mármore, pois dele vi nos meus palácios tipos de cuja existência nunca soubera, certamente desconhecidos em outro lugar: verde com veias marrons, nas quais, caso se olhasse atentamente, via-se uma quantidade de desenhos; um preto de uma intensidade surpreendente, brilhante como que molhado pela água de uma nascente. Um

---
11. Elemento de transubstanciação da prata em ouro utilizado na alquimia, o termo também se refere, no sufismo, a indivíduos espiritualmente evoluídos.

azul, da cor de um céu sereno, mesclado de um branco leitoso — o meu preferido: impus o seu uso para o lajeamento interior de todos os meus palácios, logo imitado pelos governadores, administradores e abastados.

As fronteiras eram defendidas por noventa fortalezas invencíveis e quatro cidades fortificadas, e cada uma delas controlava um ponto principal e quatro marginais. O mar ficava a seis meses de caminhada na direção oeste. Tratava-se naturalmente do Magnífico Oceano, perto do qual nos encontramos agora. Mas a que latitude da costa se situava a capital do Território? Não consegui saber, mas soube que, apesar da distância, a população penara, em tempos idos, perigos vindos de suas ondas.

O exército, numeroso e potente, composto de uma metade de cavaleiros e outra de infantes, tinha armas e munições incríveis, que nunca vira e não voltei a ver desde então, e mesmo assim só conheci algumas durante as manobras feitas no deserto. Eu, que jamais batalhara, dirigia-me para lá em traje de guerra, um capote de penas de corvo, verdadeira blindagem. Eu, que nada entendia da arte de guerrear nem das estratégias, que nunca, nem de perto nem de longe, enfrentara os perigos duma guerra, vi-me assinando decretos para a instalação do estado de alerta, a mobilização das tropas com o objetivo de comandar incursões em territórios vizinhos, cujos habitantes nem sequer conhecia. Mas me pediam que o fizesse, descrevendo os perigos previstos e, segundo alegavam, era indispensável lançar ataques sempre que apareciam certas estrelas. É claro que não assinava imediatamente, mas estudava antes meticulosamente a situação, debatendo-a antes de assinar a declaração com o sinete, no qual figurava esta inscrição que eu mandara gravar: "Ponderação."

As horas mais agradáveis eram quando, montado a cavalo, me deslocava para os campos de exercícios, encenação de simulacros de combates. Andava, de postura inflexível, de semblante severo apesar do meu eterno sorriso, cercado de grande pompa. De vez em quando, apontando com o dedo, solicitava uma explicação ou um esclarecimento, chegavam então a avançar os grandes chefes do exército: todos se inclinavam até quase beijarem o chão, e competiam para explicar os planos e os mapas, usando varinhas compridas para indicar os pontos de inferência vermelhos e azuis.

No fim, embora não compreendendo a maior parte das vezes uma só palavra do que eles diziam, emitia breves observações, o mais lacônico possível. No entanto, mal eu tomava a palavra, curvavam a cabeça e apressavam-se a prestar continência, em sinal de obediência e submissão. Eram horas deliciosas, que relembro agora cheio de nostalgia: encontrar-me com os chefes, ir aos locais de parada e passar em revista os elefantes de combate, muito diferentes dos elefantes de passeio ou de cerimônia.

Na terceira sessão, o regente contou-me que no palácio de verão estavam conservadas miniaturas de todas as cidades, de todas as vilas, tão exatas, tão minuciosas que pareciam as verdadeiras, e podia se ver nelas as ruas, os becos, a entrada e as janelas das casas, tudo fielmente reproduzido.

De acordo com uma regra antiga, o Chefe podia visitar uma cidade a cada início de mês, uma vila a cada duas semanas e um oásis a cada três meses. Assim, conheceria seu território. Um país secular, sólido, de fundações seguras e de alicerces inabaláveis que, em toda a terra habitada, tinha como único rival o reino dos tempos dos faraós, os edificadores das pirâmides: eles sabiam da existência dessas construções, dispondo inclusive de descrições pormenorizadas da sua arquitetura visível e secreta. No sul, os construtores ergueram uma cópia tão igual que se julgara estar junto ao planalto de Giza. No entanto, embora aparentemente iguais, os materiais utilizados eram diferentes. O Território abrigava também uma réplica dos extintos jardins de Babilônia, e do zigurate que se elevava no meio, bem como uma imitação do minarete de Samarra, de um templo budista, de uma mesquita de estilo persa, do palácio de Cósroes, do domo da Rocha, do Santo Sepulcro, de uma sinagoga, com tudo que continha, e de uma profusão de monumentos distintos, antigos ou modernos. Ao vê-los, pareciam estar inseridos em sua época e em seu local de origem.

— E o Território, distingue-se em que, no que se refere à construção? — perguntei então.

O regente sorriu afetuosamente e disse:

— Coisas incomparáveis, inexistentes em outro lugar, obra de um construtor vindo das terras do Egito.

— Um egípcio?

O regente acenou com a cabeça.

Sim, um egípcio que decidira correr o mundo, dedicando sua vida à arte de construir. Chegou ao Território na hora em que o sol entrava na constelação do Touro, uma constelação abençoada, celebrada por um ritual particular.

Logo que chegara, aconteceu algo que assombrou os habitantes. O construtor foi logo envolvido por uma sombra de bandos de aves de todas as espécies: o grou-coroado, o raro petrel marinho, o picanço, a poupa, o rouxinol, e muitas outras que, geralmente, nunca se encontram na mesma época do ano. O que as teria feito voar lado a lado, em bandos? Algumas vinham alternadamente pousar em seu ombro, aconchegar-se na sua face, sussurrar em seu ouvido ou limpar-lhe o cabelo da poeira do caminho. Quando a coisa se espalhou, circulando de boca em boca o que sucedera no instante em que ele transpusera o horizonte do Território, os sábios do *Diwân* das Aves mandaram tocar a trompa, costume reservado ao acontecimento de algo muito importante, tal como o aparecimento de uma espécie rara, ou ainda não catalogada, ou porventura esperada desde gerações, o desencadeamento de uma epidemia fatal ou a morte de uma ave rara, sem igual no mundo.

    A trompa, porém, não ecoou naquela tarde por nenhum desses motivos, mas por ocasião da vinda desse grande construtor, não por que superara os outros na arte de construir, mas por causa de seu pai, afamado até mesmo no Território onde nunca pusera os pés — talvez nunca tivesse nem saído da ilha onde vivia. Mas estabelecera-se um laço: era aqui considerado um homem de Deus dotado de um conhecimento das aves mais vasto do que o concedido em tempos antigos ao sábio Salomão. Sua fama se propagara pelos quatro cantos do mundo, e no dia de sua morte toda a população de aves difundira a notícia. E grandes bandos de aves, num ímpeto só, tanto do deserto como da terra habitada, levantaram voo, agruparam-se até formarem uma espessa nuvem que escondeu o disco solar. Espécies díspares aliaram-se então, fenômeno nunca repetido até o momento em que o filho pisara o solo do Território.

Assim que a notícia de sua chegada espalhou-se, foi acolhido por toda a população com honras e levado a um túmulo simbólico erguido em memória do pai, conhecido aqui entre as pessoas como "O Egípcio, Conhecedor das Aves...". Durante sua permanência, as pombas brancas, os grous-coroados e as andorinhas não o largaram um só segundo, oferecendo-lhe sombra para onde quer que virasse o rosto, velando pelo seu sono, aguardando-o sempre na soleira todas as vezes que entrava num lugar proibido, ou então protegendo-o dos insetos que pousavam quando o vento parava de soprar.

Contou às pessoas o que construíra nos desertos e nas cidades desde que se pusera a percorrer o mundo após a morte de seu pai: um porto que escoltava navios, ligado a todas as terras sem estar preso a nenhuma, no qual, caso apanhados na tempestade ou sem esperança de acostar, os barcos encontrariam abrigo. Um teto que assentava em colunas invisíveis, uma casa giratória que acompanhava o caminho do sol. Mas sua última meta, sua verdadeira ambição, era tentar elevar no coração do Oceano um gigantesco farol cujas luzes fossem visíveis de qualquer ponto do mar ou da terra firme, de todos os lugares do mundo.

E o que construíra ele no território onde o pai gozava da mais alta reputação e cujos habitantes — falantes ou chilreantes — lhe haviam todos reservado um acolhimento indescritível?

Segundo o regente, o construtor egípcio, filho do conhecedor dos mistérios das aves, edificara ali algo tão maravilhoso, sem par nos tempos presentes ou passados: uma bela cidadezinha, suspensa por todos os lados no vazio simultaneamente acima da terra e do mar, uma cidade única, que a todo momento, na solidão do deserto ou nas regiões habitadas, nos mares e nos rios, em qualquer sítio, em qualquer direção, podia ser vista; para onde quer que se virasse o olhar, era possível fazê-la aparecer e depois nela entrar e ficar. Mas isso não era dado para toda gente: era necessário possuir um certo grau de conhecimento das aves, não um saber abstrato, mas a faculdade de sentir essas criaturas e de desvendar seus mistérios.

Ao evocar essa cidade suspensa nos ares, qualquer um podia vê-la como desejava e nela encontrar o que desejava, o que pretendia lá encontrar. Os habitantes tinham ouvido da boca dos que haviam estado dentro de seus muros as mais admiráveis narrativas e as mais formidáveis descrições. Mas seria demasiado longo referir a isso em detalhes. O importante, porém, é que, mal terminara essa cidade incomparável, o construtor deixou o Território, prosseguindo seu périplo. Desde então, as aves não tinham dado a menor notícia dele.

Ahmad Ibn-Abdallah, que Deus abençoe seu ancorar e amenize seu exílio, disse: enquanto o regente me fazia revelações, eu, inquieto e estupefato, não parava de observá-lo, pois queria ter a certeza de que ele desconhecia o laço existente entre o construtor que os deslumbrara e eu próprio. Está certo que eu nunca o vira nem o encontrara, mas conhecia-o por meio de seu irmão, o chefe da caravana, o conhecedor da rota da seda, com quem convivi, meu primeiro companheiro de viagem, o amigo das primeiras dificuldades. Estupefato, por todo tipo de motivos, a começar pela história daquela cidade singular. Não manifestei o desejo de visitá-la, preferi o adiamento, para não me surpreender com uma resposta inesperada, inadequada diante da minha posição e do novo ser que me tornara: que estágio é aquele que se devia alcançar para alguém poder pertencer a tal cidade ou ela pertencer a ele? Não sabia.

Guardei silêncio, prometendo a mim mesmo informar-me um dia.

Relembrei as feições do chefe da caravana. Para que lado se dirigiria agora? Caminharia para um ponto preciso na rota da seda? Desceria no sentido sul, ou subiria para o norte? E o hadramawti... Quão distante parecia, como se tivesse sido a um outro que ele ensinara a ciência dos astros e da medição do tempo. E os dois outros irmãos, cruzaria algum dia com eles? O mais velho, o apaixonado pelas mulheres, que tipo de mulher conhecera? Quantas possuíra? E o menor, acaso realizara sua vontade de visitar todos os túmulos santos?

Diante de mim passavam os rostos do passado. Ao ficar ciente do tempo que não via, na imaginação, o rosto da minha mulher do oásis, nem indagava por ela nem sequer me ocupava pensando nela, senti-me cheio de remorso e comecei a evocar sua presença, seus olhares, nossas cochichadas conversas noturnas.

Notei que o regente olhava na minha direção. Não se atrevia a abrir a boca por respeito a meu silêncio, e eu não dizia palavra com receio de que ele adivinhasse o motivo das minhas reflexões. Contentei-me em abanar a cabeça três vezes, com todos os meus pensamentos para a mulher que trazia meu filho no ventre, decidido a regressar ao oásis logo após a quarentena.

Nisto, ele inclinou-se três vezes antes de retomar a palavra.

O SORRISO ETERNO

O Filho do Sol, Guardião do Sopro, Chefe dos Desertos, devia portar uma aparência especial e invulgar, totalmente diferente de qualquer outro, e com a qual se apresentaria perante os habitantes do Território, desde seus homens até o povo, que se manteriam de pé durante dias na expectativa de sua saída de grande pompa, a fim de gravarem para todo o sempre na memória o instante em que ele se apresentaria a seus olhos.

O regente disse que um elemento primordial era a ponderação. As palavras saídas de seus lábios sagrados deviam ser pronunciadas devagar, pausadamente, moduladas em tons variados e articuladas com nitidez. Era uma arte independente que tinha seus guardiões: alguns servidores do palácio, sempre à disposição para se apresentar e demonstrar sua proficiência na matéria.

Convinha, de acordo com a regra observada desde sempre pelos gloriosos predecessores, nobres Chefes do Território, escolher o discurso sem precipitação e nunca o desobedecer, mesmo caso se tratasse de declarar a guerra ou de sufocar uma rebelião, mesmo sendo coisas raras ou até quase impossíveis de acontecer. O exército era poderoso, temível, e os costumes proibiam o desvio dos usos antigos herdados. Acontecia, às vezes, de eclodirem tumultos provocados por heréticos e sectários, mas tudo se reduzia a nuvens passageiras...

Era de bom-tom convidar o Chefe dos Desertos a iniciar-se nos preceitos da arte da oratória: altura da voz, cadência, em que circunstâncias elevar o tom ou abaixá-lo, em que ocasiões avisar e em que outras ameaçar, ou então em que situações, aliados às palavras, os gestos da mão podem ser expressivos.

Assinalei com a cabeça em sinal de aceite. Estava desejoso de assimilar todos os segredos que este homem dominava, pois, de alguma forma, ele traduzia a realidade da situação e era depositário do conjunto das tradições.

O regente prosseguiu dizendo que os príncipes do Território costumavam surgir diante de seus súditos, homens, aves e animais, exibindo um sorriso eterno, sereno e belo que não desaparecia sequer durante o sono ou um acesso de cólera e que iluminava o rosto todo, confundindo a todos diante de sua permanência, estabilidade e nobreza.

Perguntou-me em seguida se me dignaria em ver retratos de alguns de meus nobres antecessores, chefes do Território em tempos passados, a fim de verificar o que todos eles tinham em comum.

Fizera esta proposta com extrema modéstia. De qualquer forma, não se poderia recusar ou evitar nada do que dizia, principalmente nesse período inicial, quando tudo parecia incompreensível e obscuro. Além do mais, o tom da sua voz, baixa, parecia sugerir algo do qual não devia me esquivar. No entanto, minha curiosidade foi maior do que qualquer outra razão: pedi que me mostrasse os retratos sem demora! Levantou-se, mas continuou inclinado, rogando-me que o seguisse a uma das salas sagradas do palácio, pisada apenas pelas pessoas da alta hierarquia e com uma ordem expressa minha. Ele próprio teve o cuidado de me perguntar se lhe permitia entrar lá. É evidente que permiti! Atravessamos corredores iluminados por uma luz oculta, todas as portas de ambos os lados estavam fechadas, escondidas atrás de tapeçarias feitas de plumas de pavão dourado, uma ave extinta de toda terra e que não obstante vivera naquele lugar, pois um dos antigos Chefes ordenara que a protegessem e nunca a atacassem: reservara-lhe assim uma área no norte, onde podia brincar à vontade. A luz não variava de intensidade ao passar de uma sala grande para uma pequena, nem para um recanto afastado. Emanava de uma fonte misteriosa e perturbadora. Abstive-me, no entanto, de perguntar sobre esse ponto para não multiplicar as perguntas acerca do que ignorava! Acabou por parar em frente de uma porta abobadada que ninguém, por mais baixo que fosse, podia transpor sem ser forçado a arquear-se.

Desconfiando que era assim intencionalmente, tive a ideia de passar pela porta de peito endireitado e de cabeça levantada, ao lembrar uma história contada pela gente do Cairo a respeito de um sultão amado e que, deposto por rebeldes, fora exilado no deserto da Síria e encarcerado na fortaleza de Alkarak. No intuito de humilhá-lo, tinham abaixado todos os lintéis, de tal modo que ele se visse obrigado a curvar a fronte, o que simplesmente não aconteceu nem uma vez sequer. Ao aproximar-se de uma passagem ou de um portal, flexionava os joelhos de maneira a tornar-se mais baixo sem baixar a cabeça, ao mesmo tempo que cruzava os braços sobre o peito.

Adotei a mesma posição e pude assim entrar na sala bem direito, sem dobrar a nuca. Confesso que a reação do regente me espantou. Fitou-me, literalmente assustado, cheio de pavor, depois se inclinou e só ousou endireitar-se com licença minha. Mais tarde confidenciou-me que era a primeira vez desde tempos não conhecidos por nenhuma criatura que alguém entrava naquela sala sem dobrar a espinha. Tratava-se de um fato sem precedente, e posso afirmar que, a partir de tal momento, o regente mudou de tom quando falava comigo, deixava transparecer uma cautela mesclada com temor.

Uma sala retangular, de uma dimensão indefinível, que não parecia sequer limitada pelo teto, o qual parecia gravado com motivos florais sobre gesso e no meio com cabeças de aves de estrema fineza, tudo isso realizado em nuances de branco. Pairava no local um perfume encorpado, mistura de essências antigas e de madeiras perfumadas, uma atmosfera tão pesada que dava a impressão de que nenhuma brisa de ar passava ali havia séculos.

Quadros espalhavam-se na parede, e pareciam enquadrar espaços cinzentos, vazios, mas, ao fixar o olhar e aos poucos, feições apareciam. Seriam fruto da minha imaginação ou existiriam realmente? Não sabia.

Catorze quadros, todos no mesmo estilo, pelo menos era esta a imediata sensação do espectador. Todavia, após uma observação mais demorada, o olhar acabava por distinguir as particularidades e as diferenças que havia entre eles.

A cor dominante do primeiro era o vermelho. A parte superior tinha cantos arqueados nos quais figuravam folhagens entrelaçadas e esparsas. Suavemente, aparecia o rosto de olhar plácido, olhando para algum lugar, a cabeça circundada por um espesso turbante de cor branca, cujas dobras faziam lembrar uma rosa, de onde despontava algo como o coração duma flor. Estava sentado sobre os calcanhares, com uma mão estendida e a outra deitada sobre o joelho. Em todos esses retratos, o que mais me intrigava eram as mãos. No primeiro, elas seguravam um lenço triangular. No segundo, elevadas à altura do peito, os dedos apertavam um ramo com a extremidade esbulhada. No terceiro, os dedos estavam desunidos, o polegar levantado, o médio apontando ligeiramente, enquanto o anelar parecia separado dos outros. No primeiro plano do quarto surgia uma flor amarela, enfeitada por uma pincelada de roxo vivo, que quase cobria todo o resto, incluindo os traços do meu predecessor, de quem eu nada sabia, nem sequer a época na qual vivera: o regente não se mostrava nada loquaz, limitando-se a responder às minhas perguntas de forma evasiva. Quantas vezes me lembraria dessas mãos imbuídas de uma vitalidade misteriosa, dotadas cada qual de uma presença singular, e daqueles olhos fixados no nada, ao qual também eu pertenceria um dia! A parte superior era idêntica, mas o motivo que preenchia o vazio em torno do rosto variava de uma pintura para outra — se bem que sempre formados de ramagens terminadas por flores que eu desconhecia, intercalados por aves estranhas —, mas o que unia todos estes seres, o que dificultou mais tarde a recordação do retrato de cada um, era o eterno sorriso, o mesmo visível a todo instante no meu rosto, fixo, imutável, imperturbável, apesar das minhas mudanças de humor ou do estado de espírito. Ao evocar a lembrança dos meus antecessores, tinha a impressão de ver a mim mesmo. Como eu, todos haviam chegado do levante. Um deles tinha a pele escura; outro, olhos amendoados como um chinês; contudo, o sorriso amainava qualquer singularidade. Eram originários de diferentes países, mas seus passos os tinham conduzido ao poente. E todos foram agraciados com tudo que inesperadamente me fora dado, e nunca imaginado nem sequer desejado.

 O regente disse que o sorriso era antes adquirido, mas aos poucos passava a ser inerente à pessoa do Chefe, sempre irradiando, resultado de uma simples operação feita pelo maior dos cirurgiões, depositário de todo saber médico do Território. Só então que chegava o tão aguardado aparecimento público do Chefe: mostrava-se aos olhos do povo, depois recebia os dignitários dos *diwâns*, os governadores das províncias, bem como poetas, historiadores, mercadores, os artífices e gente de todas as classes.

 Um sorriso ímpar, que colocaria o Chefe dos Desertos, Filho do Sol, Guardião do Sopro, acima de toda gente. Sua permanência permite ofuscar o olhar ofensivo, apaziguar o espírito nos momentos de embaraço, solucionar os problemas mais complicados, e inspirar simpatia e confiança. Depois de definitivamente fixado o sorriso, os pintores começariam seu trabalho. Cada região do Território enviaria um de seus melhores representantes na matéria, seriam mais que setecentos artistas. Cada um executaria um quadro. Em seguida, seus trabalhos seriam submetidos a minha apreciação, dos quais escolheria o retrato oficial que seria pendurado nas ruas, nas praças, na entrada das casas, dos palácios, das fábricas, dos *diwâns*, no interior das habitações, e até nas alcovas. Fazia parte da tradição que a população visse por toda parte a figura do Chefe, por onde quer que volvesse o olhar. Quanto ao retrato eterno, devia ser realizado por etapas, seguindo técnicas especiais. O pintor que tinha a honra de trazê-lo à luz era eleito sem que ele soubesse. E assim que o informavam, era preparado para a execução da sua missão. O nome dele mantinha-se em segredo.

Indaguei-o a respeito das condições da operação exigida para estampar um sorriso eterno. Durava cerca de uma hora, informou-me o regente, e o Chefe não sentiria nada porque lhe é administrado um anestésico.

Aí levantei o indicador, um gesto que iria me caracterizar, a ponto de o transformarem em provérbios, e assim diziam: "penetrante como o dedo do Chefe" ou, ainda, "flagrante como o dedo evidente", entre outros. Para ser sincero, não o fizera de propósito, só reparei nele no dia em que percebi que qualquer movimento, por mais insignificante, ou qualquer simples gesto, começou a ganhar significância e interpretações, atribuindo-lhe importância que ia além das próprias intenções. Recusei categoricamente o anestésico.

Não suporto passar por momentos de ausência, nem sequer abandonar a realidade mergulhando no sono. Só adormeço quando chego a um nível insuportável de cansaço. Temo que o despertar não siga a essa morte passageira. Nunca fumei haxixe. Quando viajei com a caravana, tomei vinho da China, e, no oásis, áraque de tâmaras, sem, no entanto, perder a noção de realidade. Se bem que descobrira então uma embriaguez que me fizera aproximar-me dos outros, mas minha percepção de tudo ao meu redor não perdera nada de sua acuidade. A ideia de perder a consciência, nem que fosse durante minutos, era para mim intolerável, principalmente na minha situação, exilado como estava, longe de todos os entes queridos, de todos os amigos. É certo que estava rodeado duma grandiosidade que nunca poderia nem imaginar, mas eu era estrangeiro, chefe de um povo ainda completamente ignorado por mim, liderava desconhecidos. Tantos enigmas permaneciam sem respostas, que continuavam adiadas, porém, mantinha a esperança de obtê-las.

O regente encarou-me perplexo. Talvez nunca tivesse existido, nem sequer em suas leituras, um caso deste gênero. Devia perguntar a si mesmo como se poderia, em tais condições, desenhar o sorriso eterno no rosto do Chefe?

Rompendo o silêncio, eu disse:

— Suportarei a dor.

— Mas é cruel! — respondeu ele, estupefato.

Vendo-me não desviar o olhar, inclinou-se. Ouvi então ressoar em mim a voz do hadramawti, as horas em que, a sós com ele, sentados lado a lado, eu me iniciava na arte, bebendo o fluxo de suas palavras. "Toda dor tem um limite, até para suas formas mais cruéis", dizia-me. Sabia-o por ter sido um dia obrigado a passar pelo tratamento de cauterização por fogo. "Ao ultrapassar um certo limiar, o homem acaba por não sentir mais a dor", dizia ele, "e depois sua resistência não conhecerá limite nem barreira. Você próprio não me contou a história do homem, perdido no deserto, que viu jorrar do seu peito o leite que salvou o filho de uma morte certa? Lembre-se deste episódio, reflita e compreenderá."

Não pedi que me amarrassem ao leito, como fizera o hadramawti, mas estendi meu corpo como se quisesse relaxar, afastando meus pensamentos de todo o universo ao redor: gestos anunciadores da intervenção, instrumentos, frascos, pinças, ligaduras, bálsamos, unguentos. Esforçava-me para trazer à memória instantes e lugares associados aos meus dias do Egito, sempre em mim, sempre comigo, e o mais estranho era que via algumas coisas de que não me dava conta quando estava lá: quantos ruídos, cores, cheiros, expressões, só percebi ou captei inteiramente após um lento ou brusco recuo no tempo, mas disso tenho muito a dizer. Rodearam-me olhando por trás de máscaras. O chefe deles aproximou-se de mim, senti seu bafo na minha pele. As primeiras incisões, praticadas em diferentes pontos do rosto, já eram insuportáveis, mas quando os golpes do bisturi incidiram sobre o interior do nariz e das pálpebras, quase dei um sobressalto de horror; usei um subterfúgio, mordi os lábios para vencer a dor pela dor, de tal maneira que, numa fração de tempo e de espaço indecisos, atravessei o meu corpo sensível tornando-me um ser invisível e acabei por poder aguentar o que sofria, como se tudo aquilo acontecesse a um outro, alheio a mim mesmo. Via agora o instrumento cravar-se no meu olho e observava tranquilamente o chefe dos cirurgiões tomar entre seus dedos os meus dentes da frente, arrancados um a um, e depois alinhá-los em gengivas artificiais antes de reimplantar na boca já ajustados e polidos. Assim, desapareceu o antigo eu e se desenharam os traços com os quais estava destinado a viver até o fim dos meus dias.

    Um homem, um só, pôde ver minha primeira imagem, logo que me recolhera ao pé dele: o xeique Alakbari, que Deus

me conceda a graça por desfrutar de sua bênção e que faça-
-me finar junto dele!

Jamais esquecerei o instante em que vi meu reflexo no espelho: havia ali alguém que tinha sem dúvida alguma semelhança comigo, porém remota. Ampliados, os meus olhos luziam um brilho misterioso e eu agora possuía uma vista mais penetrante, mas o sorriso apagava todo o resto. Repuxava-me obliquamente a pele. A sua permanência e a sua estranheza acrescentavam à minha testa e ao meu rosto pequenas rugas. Minha cabeça mexia-se agora com mais lentidão. Virava-me o menos possível, evitava erguer ou até baixar os olhos, ficando quase sempre com o olhar direcionado para frente, e num ponto fixo, de tal forma que se dizia que o homem mais duro, mais inflexível, não podia sustentar o meu olhar mais do que alguns segundos, sendo obrigado a abaixar o dele.

A minha ponderação atingiu todas as coisas. Acabei por renunciar a prestar atenção às lindas criadas que entravam na alcova para me acordar de mansinho ou me vestir. Todos os dias eram substituídas, e eu nunca tornava a ver à noite os mesmos rostos que ao alvorecer. Só uma vez cedera: quando uma moça asiática começou a me massagear durante os preparativos para o banho matutino, perfumado com essência de hortelã das montanhas do lado leste do Território. Desde o momento em que informara da minha predileção por seu aroma, o comércio desta planta fora abandonado e seu uso totalmente proibido. Tive então a surpresa de vê-la introduzida em tudo o que, de certa forma, tinha a ver comigo: bebidas, comidas, almofadas, vestuário.

Até então desconhecia a massagem. Aqui iria descobrir todos os tipos, a massagem pré e pós-banho, a massagem do preâmbulo ao sono, a massagem do regresso das caçadas, dos cortejos ou das cerimônias, as quais exigiam que montasse a cavalo ou ficasse sentado demoradamente. No início, sentia-me envergonhado, mas, depois de desenhado o sorriso eterno, não me importava mais. Ainda hoje ignoro a ligação entre ambos. Não faz mal. De modo geral, tornei-me mais audacioso, menos perplexo perante o que me acontecia.

Nunca vi uma moça igual: presença leve, cheia de frescor, minúscula, toda ela ao alcance da minha mão. Seu debruçar sobre mim me atiçava o desejo, seus dedos me acariciando... ainda hoje me lembro do seu toque em minha pele. Parecia conhecer os segredos dos meus sentidos, as molas do meu prazer. Não suportei os arrepios que se espalhavam no meu corpo, rasguei seu vestido transparente feito de penas de canário.

Compreendi o quanto esta aventura dera o que pensar ao regente e às pessoas incumbidas de velar pelo meu bem-estar e de satisfazer os meus pendores, pois haviam logo tentado saber quais eram minhas preferências em matéria de mulheres, mas sem êxito. O regente viu-se assim obrigado a proceder por insinuações. Falou-me de um antigo Chefe que tinha uma queda pelas moças do Sudão, de um outro loucamente apaixonado por mulheres esguias, e ainda de outro que perdia a razão quando uma moça de dentes afastados sorria na sua presença. Eu compreendia perfeitamente o que ele queria obter de mim. "Que besteira agir dessa maneira", comentei. Preocuparam-se com certos pormenores da aparência sem procurar apreender o essencial. Por mim, desejava todo o gênero das mulheres. Cada uma constituía um pequeno universo dotado de uma beleza única. Quem me dera conhecê-las na sua totalidade e na sua singularidade.

Demonstraram apreciação pelo que eu disse. A verdade é que essas considerações não eram ditadas pela experiência, mas por conclusões de ingratos anos de solidão e de privação, finalmente terminados no oásis. Após meu destino ter me levado aonde nunca esperava, passei a matar minha sede, surdo às alusões do regente acerca do sopro sagrado que possuía e que não devia semear em terras não merecedoras. É claro que com o tempo meus desejos ardentes acalmaram-se. Depois de fartar-me das criadas e de possuir algumas cortesãs — descobri que o regente as colocara no meu caminho para receberem o sopro —, tornei-me mais atento, mais exigente. Era tocado apenas por aquelas que provocavam em mim uma verdadeira perturbação, na maioria das vezes, sem o mínimo vínculo com os sentidos. Bastava um aceno não intencional para ressuscitar um instante antigo, ou um olhar radioso para despertar um sentimento do passado, para me fazer procurar a aproximação.

Nunca me entregara tanto aos prazeres da volúpia como quando, terminada minha quarentena de reclusão, começaram a afluir presentes de todos os lados: jovens virgens intocadas. Uma vez, tomei duas, nascidas na mesma noite. Uma era do norte e a outra do sul, meninas de pouco mais de treze anos. A primeira parecia ter vinte e cinco anos, já afoita e na plenitude de suas formas, e a segunda parecia-se com um rapazinho imberbe, mas ambas envolviam muitos meandros!

Por mais que abusasse na busca desenfreada de prazeres sempre renovados, muito pensava naquela moça que avistei quando da minha aparição; a sua pele bronzeada, seu frescor jovial, o instante em que se prosternara a meus pés, revelando uns quadris estonteantes, redondos, firmes! Sempre que me recordava dela, suspirava maravilhado. Todavia, não mandei chamá-la, quando nada teria sido mais fácil do que saber quem ela era, onde se encontrava e atraí-la a mim. Não estava entre os que aguardavam a vinda de um novo Chefe? Resolvi procurá-la sozinho, totalmente convicto de que acabaria por cruzar-me um dia com ela, num campo, numa assembleia, percorrendo a cidade a cavalo... Prometi a mim mesmo correr ao seu encontro logo que a avistasse, pouco importava em que situação.

O curioso era que não aspirava a vê-la apresentar-se diante de mim. Eu era capaz de resumir a distância entre nós, usando todos os meios para trazê-la a mim. Contudo, no íntimo não desejava isso e não por renúncia nem por prudência.

Por que então?

Ficará sem dúvida admirado se lhe disser que, no fundo, num momento de sensatez, eu desejava preservar algo de inacessível, que permanecesse na esfera dos sonhos, pois todos os meus desejos haviam sido realizados e todas as minhas ordens eram respeitadas. Achava-me então tão saciado de prazeres que a mais provocante, a mais sublime podia dançar na minha frente, torcendo-se e dando-se a seduções que nenhum homem espera de uma mulher, sem mexer comigo. Se queria reavivar o ardor, convocava a lembrança da bela, inclinada qual uma flor de lótus, aspirava sua feminilidade, abraçava na imaginação o que estava fora do alcance dos meus sentidos e conferia às jovens presentes o papel da ausente. Estranho!

Não me prolongarei nem me deterei nos detalhes, pois a história é longa e não há tempo, mas lhe contarei da menina-pomba.

Saiba, meu irmão do país do poente, que depois de haver bebido tanto quanto me apetecia nas mais variadas fontes, ansiava agora por ver a mais inacessível, a melhor guardada, a mais venerada entre todas. Desvendara a seu respeito coisas e esclarecera os lados ocultos do mistério, que eu fizera questão de penetrar sem a ajuda de ninguém, nem mesmo a do regente, até então a pessoa mais próxima de mim.

Sendo assim, ele não disfarçou seu incômodo quando lhe disse que desejava conhecer a descendente da ave. Suplicou-me reconsiderar minha intenção: era um pedido sem precedente. Ao ouvir tais palavras, perguntei-lhe sem rodeios se ver essa criança fazia parte dos privilégios que ele mencionara na minha chegada ao Território. Não respondeu. Experiente, limitou-se a baixar a cabeça, causando um pesado silêncio. Não me importando, continuei a insistir.

Para ser franco, vários motivos emaranhados me levaram a essa atitude. Entre eles, os rumores que me chegaram sobre as excêntricas condições de sua vinda ao mundo. O pai pertencia ao mundo dos humanos e a mãe ao universo das aves. Nunca tinham se encontrado, mas haviam se apaixonado a distância, cada um ouvindo dizer sobre o outro, graças à mediação de aves migratórias, mensageiras de todas as espécies. A união fora consumada por intermédio de cortiçóis, que, atravessando longas distâncias, se revisaram para levar à pomba uma gota do sêmen do pai, protegida por uma forma particular e que antes recebera encantações murmuradas, conhecidas apenas por ele, o conhecedor da linguagem das aves. Quanto à pomba, depois de fecundada, isolara-se das outras fêmeas, num local retirado, fora do alcance dos gaviões e falcões.

Mas como nasceu a pequenina?

Esse enigma eu não consegui resolver e até agora não sei. E também nunca consegui saber de onde era exatamente o pai. Pelo menos, adquirira a certeza de que as pessoas do Território só conheciam, em toda a terra habitada, dois sábios versados no conhecimento das aves, tanto um como o outro, apelidados "O Infalível". Cada um deles vivia numa ilha, mas nunca tinham se cruzado. Não havia necessidade de prova: o pai era o tinnîsi, eu estava certo disso. E, se minha intuição estivesse correta, eu iria reencontrar o irmão da criança, o chefe da caravana, que nunca a vira nem jamais a veria.

O fato, meu irmão, é que fiquei surpreso quando, trazida do seu longínquo santuário envolvida em quarenta e quatro véus, ela foi introduzida na Sala do Poente, assim chamada porque tudo que ali havia era vermelho como o sol poente. No meio, elevava-se uma árvore maravilhosa, inteiramente em coral — tronco, folhagem, frutos. No dizer do regente, fora pescada assim mesmo nas profundezas dos mares índicos. Não havia sido cortada nem polida pela mão do homem.

Após a retirada de todos os véus, pus-me a observá-la com curiosidade, logo transformada em assombro e depois em medo. Nunca vira nem tornaria a ver uma criatura igual.

Humana?

Sim, no entanto, nada semelhante aos humanos da forma que conhecemos. Situava-se numa zona entre a humanidade e a animalidade: magra, alta, pescoço comprido, nariz em forma de bico, lábios vermelhos como rubis, cabelo longo e penugento, mãos exageradamente compridas, cruzadas sobre seu arredondado peito de pontas afiladas!

Algo imperceptível reacendeu em mim o remorso e a melancolia. Dominei minha emoção naquele momento, compreendi a razão de ser do sorriso eterno: em todas as circunstâncias, nada deixava transparecer os meus sentimentos. Não ordenei o encerramento da entrevista rapidamente, pois se tratava de uma criatura sagrada e um dos segredos invioláveis do território. Deixei meu posto e caminhei em sua direção, privilégio de quem era da minha categoria ou superior. Convidei-a para se sentar. Veio ajeitar-se como um pintainho molhado e, amedrontada, foi se aproximando da beira do sofá cor de púrpura. Então, privilégio reservado aos grandes sábios, sentei-me de frente para ela, porém num nível inferior. Não dei nenhuma desculpa ou motivo, nem justifiquei minha insistência em chamá-la; perguntei-lhe simplesmente o que desejava, o que podia fazer para deixá-la mais confortável. Não me respondeu. Eu contemplava-a, obcecado em procurar alguma semelhança com o tinnîsi, o chefe da caravana, mas a própria natureza da criatura, metade humana, metade ave, deixou-me perturbado a ponto de, ao relembrar-me dela, ser incapaz de vê-la como um ser preciso. Nos traços dela, vejo fragmentos de todos os rostos com que me deparei ao longo da minha vida. Quis tanto apagar da memória todos os vestígios da sua imagem, pois cada vez que recordo do ser trêmulo, assustado e confuso que era, sinto um calafrio percorrer-me. Ah! Quem dera tivesse evitado tal encontro!

A BRUTALIDADE DA TRANSIÇÃO

Ahmad Ibn-Abdallah, que Deus o guie, seguiu contando:

Ao aproximar o fim da quarentena, a angústia ressurgiu. Ansioso por saber o que me aguardava, a expectativa minava-me, para não falar da dificuldade em que me encontrava de distinguir o dia da noite no interior do palácio, provavelmente por causa das cortinas descidas, vedando todas as aberturas, e daquela luz de uma fonte misteriosa. Certas janelas davam para vastos jardins, mas se o regente não tivesse me chamado a atenção, eu continuaria a acreditar que ali só existiam imensas extensões de vegetação selvagem. Fiquei admirado então pelo talento com que o desenho, o arranjo e a harmonia das cores haviam sido pensados! Árvores, flores, pequenas estátuas de mármore ou de granito negro, tudo era apenas uma cena bem-feita.

Será que o ritmo do tempo ficou desacertado?

Talvez. Não perguntei, restringi-me a indagar quando fosse verdadeiramente necessário ou diante de surpresas inexplicáveis, com o intuito de insinuar meu conhecimento e domínio. Atormentava-me uma questão que em vão tentara remover do meu horizonte:

Como agir se o chamado me surpreendesse?

O que fazer se de repente ressoasse em mim?

Isso perturbou a estabilidade da minha situação e abalou minha posição, ao passo que, pela primeira vez na vida, dispunha de tudo que quisesse a um simples sinal. A transição foi brutal como a passagem de um vale de trevas para uma luz ofuscante.

Temia que se manifestasse a voz que diminuía minha pessoa e só me dava tréguas desde que lhe obedecesse e me tornasse um joguete seu. Já aprendera que ela me apanhava sempre de improviso, no momento em que estivesse afastada do meu pensamento, quando o medo me deixava. Assim, para melhor repelir, acabava por evocá-la constantemente. Mas era tão angustiante! Deveria colocar em toda parte onde meu olhar pousava um lembrete, de tal maneira que a voz nunca me abandonasse?

Mas o que me diria dos segundos entre a sonolência e a consciência? E da necessidade de manter meu lugar no meio daquele povo? E o esforço de compreender o que me era obscuro e desvendar os enigmas do mundo ao meu redor? Enfim, decidi-me por resguardar minha posição e afastar tudo que pudesse ameaçá-la, não só os perigos patentes, mas os incompreensíveis, os imperceptíveis.

Eu, Jamâl Ibn-Abdallah, que recolhi o relato de Ahmad Ibn-Abdallah, direi que neste ponto da narrativa o meu companheiro ficou triste, pensativo. O sorriso eterno

já não bastava para esconder os sentimentos que se pintavam no seu rosto. Demonstrou vontade de ir explorar a cidade, da qual só conhecia a grande mesquita, a pousada, algumas ruas e suas esquinas vagas. "Só se conhece de fato um lugar através da sua época e, se existirem, de seus habitantes", declarou.

A ideia dele me aliviou: íamos assim adiar o registro por um pequeno tempo. Contudo, estava ansioso para saber mais do que me descrevia, principalmente por se tratar de uma etapa estranha. Cuidei, no entanto, de não perguntar, deixando-o falar o que e quando quisesse, intervindo de vez em quando, discretamente, para chamar a atenção ou pedir uma explicação. Preferi acompanhá-lo, guiá-lo, não por conhecer bem a cidade e a fortaleza, mas pela vontade de me aproximar dele e observar suas reações.

Partimos de manhã cedo. Recomendei aos meus carregadores que regulassem o passo pelo dele, que não se apressassem para não lhe passarem à frente, nem que abreviassem o passo para não ficarem para trás. Ele se mostrou atencioso, voltando-se frequentemente para mim no decurso de nosso passeio, a fim de se assegurar de que tudo corria bem comigo. Devo confessar que fiquei sensibilizado.

Falei-lhe das muralhas, fortalezas de quatro portas, cada uma numa direção diferente. Ele manifestou interesse quanto ao comprimento e espessura da muralha, quanto às torres, em particular as elevadas em cada canto, às três portas que davam para a terra, mas não disse nada, e isso não me escapou, a respeito da porta oeste, que dava para o Oceano.

Desde sempre, disse eu, o Oceano fora fonte de perigo contínuo: dele surgiam os adoradores de fogo e os corsários, que inúmeras vezes tinham aparecido ao longo dos tempos com a intenção de invadir a cidade, por eles conhecida, bem como as regiões do sul, pelo nome de "Marsà Ghârib". Dois séculos antes, haviam conseguido atacar de surpresa, desembarcando pela costa rochosa a noroeste da fortificação. Invadiram as muralhas e se apoderaram da cidade, deixando as ruas cobertas por cadáveres, pilharam e levaram cativos. No entanto, sua presença não se perpetuou, ainda que fossem necessários vinte anos para expulsá-los à força, tal como tinham vindo, rechaçando-os para o mar imenso.

Trata-se de um episódio famoso, cuja história é longa e cujos pormenores figuram nos anais e nos livros dos historiadores. Em consequência de tal desastre, restauraram o muro e aumentaram-no, além de erigir um mausoléu em memória de uma pessoa santa ilustre em cada esquina, com exceção da esquina ocidental. Assim, três homens de Deus repousam, sob cúpulas cor de esmeralda, visíveis a uma distância enorme, de acordo com os marinheiros que se aventuraram no mar.

Paramos em frente da porta leste. Ahmad Ibn-Abdallah avaliou sua altura, a soleira pavimentada, os dois pesados batentes guarnecidos de ferro e ornamentados de relevos de cobre. Em seguida, demos uma volta no mausoléu de Sîdi Abd-Alqadir, um santo vindo do Oriente até nós. Nas noites de lua cheia, pode-se ouvir sua voz elevar-se de dentro do túmulo, em resposta à saudação dos transeuntes.

Passamos para o interior do edifício. A calma estava em tudo que existia: na suavidade da luz, na atmosfera, nos rostos. Coloquei-me à direita da entrada, como sempre fazia quando vinha visitar o santuário, onde me entregava à oração e fazia as minhas devoções, meditava sobre o meu passado e tentava imaginar o futuro.

Quanto ao meu companheiro, como que acostumado ao lugar, encaminhou-se direto para a sepultura, sem sequer olhar para as colunas, os tapetes de cor verde, as cortinas, ajoelhou-se e começou a rezar. Depois sentou-se sobre os calcanhares, com ar enlevado, abismado em si mesmo, como se movesse o desejo de escapar aos olhares ou de se tornar o mais humilde possível. Sua cabeça inclinou-se por si mesma e permaneceu assim, sem se mexer, de olhos baixos, desde a oração do meio-dia até a oração do meio da tarde.

Logo que saímos, perguntou-me sobre os homens deitados do lado norte do mausoléu. Pessoas vindas de todas as partes, das montanhas, dos vales — respondi —, que lá permaneciam deitadas durante três dias na esperança de ver em sonho seus queridos falecidos.

Não me passava despercebida a paz que se apoderara dele, a serenidade que o envolvia. Pediu então para regressar. Encontramo-nos novamente à noite, eu falei e ele escutou. Contei-lhe dos dias felizes da cidade: o aparecimento da lua nova de ramadã, o primeiro dia da festa da Quebra do Jejum, a noite do meio do mês de chaabân[12], e outras solenidades e festividades. Entre

---
12. Noite durante a qual acredita-se que Deus examina as ações dos homens e dita o destino deles por um ano.

elas, a comemoração das datas de nascimento dos homens santos que descansam em seus túmulos nas extremidades da cidade. A mais famosa dessas comemorações, a única pela qual se deslocam os habitantes das ilhas vizinhas, dura sete dias; é a data do nascimento de Nosso Amo e Senhor Mohyiddîn, também chamado de "O xeique do mar", cujo mausoléu, coroado pela mais alta e imponente cúpula, dava para o Oceano.

Contei-lhe dos cortejos do sultão, das orações das duas festas, a da Quebra do Jejum e a do Sacrifício, dos festejos pelo cair da chuva e pela vinda dos emissários estrangeiros, da alegria que enche a cidade ao chegar um mensageiro do Levante, das festas dadas por ocasião das circuncisões, dos noivados, dos casamentos, marcadas cada uma delas por costumes e ritos típicos. Mas há uma ocasião, sem equivalente nas outras cidades, que reúne diariamente a população: o crepúsculo. Todos os habitantes, velhos, mulheres e crianças — todos, afora os doentes, os prisioneiros ou o pessoal de serviço —, se encaminham para o muro oeste, com a intenção de ir se sentar em sacadas que saem dele. A mais larga é a mais próxima do mausoléu de Nosso Amo Mohyiddîn, que, conforme a crença popular, tratava-se de uma criatura hibrida, descendente dos habitantes tanto da terra quanto do mar. Dizia-se que seu pai, um piedoso beato, casara com uma sereia que morava no fundo do Oceano. Uma noite, esta teria dado à luz uma criança, não longe dos rochedos entrecortados por hiatos de água. Depois — por razões que o povo desconhece — abandonara-a perto de uma caverna marinha, meio imersa, tendo o topo erguido para o céu numa forma côncava como uma cúpula.

Há quem diga que os familiares dela rejeitaram o recém-nascido, por ser de uma natureza diferente da deles. Outros são da opinião de que ela própria se recusara a levá-lo para as águas profundas, pois o sêmen do pai prevalecera e a criança assemelhava-se mais aos humanos. Todavia, a acreditar num xeique das montanhas do sul, a sereia se apaixonara pelo esposo terrestre, e entregar-lhe o filho era um modo de ficar sempre viva em sua memória. São tantas as histórias correntes sobre o nascimento do nosso Senhor Mohyiddîn.

O menino cresceu na proteção do pai, um homem de Deus. Estudou na grande mesquita e depois partiu para o Levante. Estudou em Meca e visitou a Síria e já no caminho de volta frequentou durante algum tempo Alazhar. Voltou, então, instruído de todas as disciplinas dos antigos. É o autor de um comentário e de uma interpretação bem conhecida da surata de *Alqisas*. Era conhecido por seu amor ao mar; ao regressar do Oriente, acostumou--se a vagar pelo mar a bordo de pequenos barcos. Chegava a desaparecer durante tanto tempo que era dado por morto, tragado pelas ondas, mas depois e para surpresa se todos, reaparecia quando ninguém mais esperava, surgindo do meio do Oceano, nos dias de tempestade ou de nevoeiro cerrado.

O povo começou a venerá-lo, e as pessoas na cidade estavam convencidas de que ele ia procurar a mãe e passar um tempo em sua companhia a trocar confidências, e lhe contar o que fez e o que pretendia fazer. Teria recomendado a ela que zelasse pelos habitantes da terra, especialmente pelos da cidade do Sultão. É por isso que os pescadores o consideram seu protetor, seu patrono. Nunca se arriscam a entrar no mar antes de irem visitar o mausoléu de nosso amo Muhyiddîn e os impossibilitados recitarem a *Fâtiha*, de palmas viradas para o céu. Embarcar sem ter observado uma ou outra dessas práticas é visto como uma aventura arriscada.

Trata-se de uma coisa conhecida e atestada pela experiência.

Bem... as mulheres também se beneficiam de seus poderes. Assim, as mulheres estéreis, privadas de terem filhos, que desejam ardentemente levar um fruto a amadurecer, a uma certa hora, antes de se desenhar a coroa do disco solar, vão em direção do rochedo e ficam perto da gruta, tiram suas calçolas, arregaçam seus vestidos e se expõem à água do Oceano; no entanto, não se deixam submergir completamente: ficam em posição de receberem o respingo da águas. Se a mulher repetir a operação sete vezes, deixando-se salpicar-se pela água, ela concebe, com a permissão do Altíssimo, e dá quase sempre à luz um menino varão.

Eu notei a atenção com que ele me escutava antes de nossa visita ao mausoléu de nosso amo Muhyiddîn.

— Por isso que o enterraram no litoral? — perguntou-me.

— Sim.

— Mas, na sua opinião, ele olha para o mar ou para o poente?

— Para os dois! — disse eu, surpreso. — Mas, quando

em dia de temporal, os pescadores não saem para o mar e se encontram no café, alguns dizem que na realidade o xeique teria dois túmulos, dois abrigos: um em terra firme, encostado à muralha, e o outro nas profundezas do Oceano. Revezar-se-ia assim entre os dois, uma semana aqui, uma semana ali. No auge da tempestade, eles o ouviam rezar e pedir a bênção divina por eles.

Ele me escutava interessado, de tal modo que eu julguei ver desaparecer por instantes o sorriso que nem sequer durante o sono se apagava.

Nunca me esquecerei do momento em que ele chegou ao extremo oeste da cidade. Tínhamos vagado por ruelas, algumas pelas quais mal davam para passar uma única pessoa.

Não me esquecerei de nosso caminhar na frente de portas fechadas ou entreabertas, de janelas que escondiam dos olhares inúmeras vidas, de nosso passeio pelo mercado e de quando atravessamos a rua na frente do imponente palácio do sultão. Fez uma pequena pausa para apreciar a construção. Quem sabe o que se passava na sua cabeça! Teria se recordado de seu passado e no que tivera e pensado no futuro e no que o aguardava? Pensei. Mas que haverá de comum entre tudo isso e o instante de sua chegada aos confins do lado oeste da cidade? Aqui, o muro estende-se qual cortina entre a cidade e o Oceano, mas, longe de isolá-los, na verdade ele os liga. No alto corre uma passarela, suficientemente larga para andar lado a lado, aos pares, e ladeada por um parapeito com aberturas que permitem aos soldados enxergar os atacantes e avaliar suas condições, mantendo-se o mais longe possível do perigo. A intervalos regulares, há torres redondas, no alto das quais, nas noites escuras de tempestade, se acendem fogueiras para guiar os marinheiros atrasados. A costa ao longe da muralha está encrespada de recifes que impedem os barcos de se aproximarem, obrigando-os a se dirigir para o largo. Quanto aos barcos de pesca, seu ancoradouro situa-se no arrabalde, a noroeste da cidade. Quanto a essas famosas sacadas, saltam-se apoiadas por esteios rochosos, imóveis desde os primeiros passos dos homens e dos djins sobre aquela terra abençoada.

A mais ampla e comprida entre todas está encostada ao mausoléu de nosso amo Muhyiddîn. Em hora de perigo, só o sultão e os grandes chefes do exército têm acesso a ela. Habitualmente, mesmo quando é tarde da noite, encontra-se sempre por lá alguém melancólico, buscando estar a sós consigo mesmo, mas nunca há tanta gente como quando a cidade vem assistir ao pôr do sol!

Falei-lhe da população que se encaminhava em silêncio em direção ao poente. Pelas feições, parecia estar dividida entre o medo e a esperança, temerosa de nunca mais ressurgir o sol. Interrogou-me demoradamente sobre este costume, e também sobre os sete irmãos temerários, mas não manifestou interesse nenhum pelos outros mausoléus. Recitou a *Fâtiha* diante do túmulo da Senhora Asîla, a bondosa, porém sem manifestar nenhuma consideração a seu respeito, e, diante do nosso Senhor Alhâfiz, contentou-se em fazer uma rápida parada, perguntando-me apenas de que cidade da Andaluzia ele era originário.

Falei-lhe da multidão que se encaminhava para as muralhas, apinhada em volta do juiz para ver a lua nova de ramadã: ainda mal definida a aparição do crescente, irrompia o primeiro ululo alegre, em breve retomado por outros que voavam da muralha para os terraços das casas, até encherem toda cidade. Que estranha impressão invadia a alma quando o espaço inteiro se povoava dessas vozes antigas, ainda e sempre vivas, abeirando-se de ambas a tristeza e a alegria.

Disse eu que a cidade tinha seus ruídos familiares: o barulho das ondas batendo na muralha e voltando; a correria do vento outonal, semelhante a um silvo de origem misteriosa; o sopro prolongado do vento invernal, interrompido de vez em quando; a queda da chuva, fina e grossa, intermitente ou incessante.

Ruídos presentes desde toda a eternidade ou ruídos moldados, domados pela cidade, através dos vãos e das esquinas dos edifícios, dos arcos e dos cantos dos muros. Observei-os longamente, escutei-os pacientemente até que acabei por identificá-los um a um. Aliás, reuni minhas observações numa obra, hoje considerada uma referência sobre a variação dos ventos conforme as estações. Descobri a existência de um ciclo perfeitamente regular.

Ahmad Ibn-Abdallah disse-me que gostaria de ouvir o ulular das mulheres ao surgir a lua nova, seu ecoar prolongando-se até os vales e perdendo-se na direção do Oceano.

Ao escutar tais palavras, disse-lhe que não faltava muito para o ramadã. Bastava esperar quatro meses, que passariam mais depressa do que imaginamos. Ele conheceria então os mais belos dias da cidade, capital do país do poente.

Fitou-me sem pronunciar palavra. O seu sorriso pareceu subitamente anuviado pela ironia do seu olhar e pelas dúvidas de seu coração. Quantas vezes me recordei de tudo isso mais tarde! Compreendi assim muitas coisas em que não reparara a princípio.

No dia seguinte, não demonstrou desejo de sair. Estava claro que queria passear sozinho, como se eu apenas lhe tivesse aberto os caminhos da cidade.

Tal como insistira em fazer quando relatou seu encontro com a jovem do oásis que iria se tornar sua mulher, anotou as reflexões ocorridas ao longo das suas caminhadas solitárias e depois entregou-me o texto.

Reproduzirei palavra por palavra o que me entregou, mas, no momento, ater-me-ei à continuação de sua narrativa, ouvida da boca dele na manhã do dia que se seguiu ao nosso passeio.

A IMPORTÂNCIA DA APARÊNCIA

Optei pela ponderação, quer no deslocar, quer no olhar, no exprimir-se ou no conversar com os outros, e até ao exercer o governo. Durante minha quarentena de reclusão, entre as pessoas com quem tive contato conheci uma de meia-idade que imitava os homens e os animais, o sopro do vento e o tremular das árvores, o murmúrio da água e o zumbido dos insetos. Era capaz de imitar ao mesmo tempo cinco pessoas diferentes, sem nenhum ponto em comum entre elas, falando cinco línguas diferentes. Se a ouvisse, julgaria vê-las ali na sua frente, em carne e osso, conversando. Ainda, cantava maravilhosamente bem, conhecia tons e modos de cor. Sabia simultaneamente levar ao arrebatamento e despertar a tristeza. Passou assim duas longas sessões a meu lado.

Na companhia do regente, exercitei várias maneiras de andar, de saudar com as mãos e de como olhar para as delegações e os emissários.

O regente disse que o mínimo sinal do Chefe ficará para sempre inscrito na memória de quem o visse, ainda que fugazmente, em especial nas cerimônias oficiais, de caráter ritual no Território. Os dois juramentos de fidelidade eram as duas cerimônias mais solenes. Um, denominado "pequeno juramento", tinha data fixa e coincidiria com a sua aparição do lado do sol nascente. Em contrapartida, o outro, o "grande juramento", não tinha data fixa, poderia ocorrer em qualquer momento do ano: tinha a finalidade de apontar para o dia, ainda desconhecido, em que eu desapareceria eternamente e de demonstrar a vontade de toda gente de venerar a minha memória, mesmo que meu nome viesse gradualmente a cair no esquecimento.

A verdade é que aparentei o desgosto e o mal-estar que sentia, só de pensar que deixaria este mundo e desapareceria. Não demonstrei minha contrariedade por ignorar ainda tudo no tocante às crenças deles e por isso não queria dar nenhum passo em falso, precisaria antes de mais nada explorar a terra na qual vivia.

Apreciara bastante os números do farsista. Apressara-me, portanto, a elogiar seu talento e a convidá-lo para frequentar minha corte, a fim de me divertir com suas habilidades e pilhérias.

Resolvi exibir moderação e seriedade, dando ao mesmo tempo mostras de certa simplicidade para a plebe. Acabei por escolher a saudação a adotar e, renunciando a ideia de estender ou levantar o braço, decidi simplesmente por dobrá-lo em ângulo reto, balançando devagar a mão da direita para esquerda.

Era uma saudação inédita, observou o regente, sem igual

nos anais do Território. Associado ao sorriso eterno, conferiria ao Chefe um ar de dignidade majestosa que impressionaria olhos e olhares.

Afirmei também a minha intenção de me misturar com a população: entraria nas casas, passaria a mão pelos cabelos das crianças, afagando-as. Partilharia da comida dos habitantes e provaria de sua bebida. Na verdade, fazendo isso eu evocava o que outrora ouvira contar a respeito do Sultão Rakîn — que Deus o tenha na Sua misericórdia e enobreça sua derradeira morada, e que me permita um dia fazer uma parada diante de seu túmulo recitando a *Fâtiha*.

As reticências do regente a tal propósito não passaram despercebidas; sua desconfiança era evidente. Inclinei-me para frente, franzindo os olhos, senti a presença desse sorriso que estava condenado a não mais largar. Aparentemente aliado à cólera, às primícias de uma repreensão, ou de uma intimação, ele me dava uma expressão misteriosa, enigmática, que fazia tremer todos os que se encontravam diante de mim. Posteriormente repeti isso muitas vezes, com o intuito de observar as mais variadas reações, do mesmo modo que gostava, durante o amor, de contemplar o rosto das mulheres à beira do auge do prazer.

— Desejo uma coisa — disse eu então, com calma.

Ao contrário do habitual, o regente olhou-me direto nos olhos. Ordenei-lhe que chamasse os mais experientes rastreadores do Território. Sendo eu mesmo perito na matéria, queria testá-los, pois a minha primeira preocupação, terminada a quarentena, consistiria em ir a Umm-Assaghîr.

— Chegou alguém depois de mim? — perguntei.

Sacudiu fortemente a cabeça em sinal de negação. E, em

seguida, de repente, vi-o prosternar-se diante de mim, com a testa no chão. Sua voz começou a tremer. Afirmava mais uma vez que não havia nem sombra de um oásis em tal direção. E, cruzando as mãos sobre o peito, acrescentou: a que oásis, a que nascente, me referia eu? Que população afinal era aquela que nunca aumentava de número nem diminuía? Suplicava-me para que não repetisse isso a ninguém, prestigioso ou humilde.

— Há mesmo um oásis. Minha mulher está lá e talvez também o meu filho. De onde então teria eu vindo?

Abanou a cabeça, demonstrando desolação e tristeza.

— Príncipe dos Desertos, Chefe do Território, Senhor do Povo, você não levou três horas para chegar até nós, na realidade caminha para nós desde toda a eternidade. Negará ter saído das costas de seu pai e antes dele de seu avô e antes dos seus antepassados? Não surgiu, o senhor, no horizonte do lado leste? Você, Guardião do Sopro sagrado do sol, que suportou a dor da operação sem perder a consciência? Você vem do olho do sol, do levante. Abandonar o oriente é partir sem voltar, sem nunca mais regressar, porque caminha sempre em direção ao poente. Alguma vez já se viu o sol interromper seu curso para retornar ao lugar no qual apareceu?

Falava por enigmas, e o que me intrigava era sua alusão ao poente. Teria ele sabido do chamado que abalara minha existência e me arrancara do Egito, minha origem, minha raiz? Acaso alcançara eu o destino que a voz me indicara? Não o sabia, mas o desejava, pois isso significava fixar-me e estabelecer-me ali.

Não quis retroceder diante das súplicas mescladas a conselhos do regente. No entanto, senti um imenso alívio. Ia ao ponto de reprimir as interrogações que pairavam no horizonte da minha consciência: qual é esse oásis aonde quer regressar? Que oásis? Naturalmente, ocultei minhas dúvidas e sustentei que morara no oásis e o abandonara contra minha vontade.

Contudo, ele objetou dizendo que o caminho que eu dizia ter seguido não podia conduzir a nenhum lugar habitado. Não havia um ponto de água nem um vestígio de cultivos desse lado, toda gente o sabia. Disse também que o itinerário que eu percorrera não se media segundo o tempo tal qual eles conheciam: o que parecia ter levado apenas três ou quatro horas, talvez equivalesse a quarenta ou mesmo oitenta de seus anos.

Acrescentou ainda que eram necessários dezoito dias montado a camelo ou catorze dias montado a cavalo para atravessar o território de leste a oeste, e mais ou menos outro tanto de norte a sul. Mas as sete províncias, as setenta cidades, os setecentos distritos e os oito oásis estavam ligados entre si graças a dispositivos especiais, de modo que uma missiva enviada ao outro extremo do Território chegava ao destino em menos tempo do que o necessário para se levantar e se sentar.

Era mais um dos segredos deles. Se o Chefe desejava descobrir essas técnicas, bastava uma ordem sua para ser obedecida.

Reiterou sua afirmação de que na direção do levante não havia oásis algum. Disse que, no Território, viviam sábios que conheciam todos os desertos do mundo, capazes de nomear cada grão de areia. Assim, diante disso, não pude esconder meu espanto e meu deslumbramento, pois cada árvore tinha um nome, assim como cada ramo, cada nuvem, cada relâmpago, cada trovão; nenhuma realidade, para além da aparência, era idêntica. Os homens da ciência no Território trabalhavam com êxito essas questões. O regente aproximou-se então de mim com um sorriso a iluminar-lhe o rosto:

— Seu patrimônio, Príncipe dos Desertos, é ímpar, uma terra de maravilhas inesgotáveis, rica de curiosidades que atraem os visitantes de todas as partes. Não foi por acaso que aves de toda espécie elegeram-na como domicílio. Todos os dias, apesar da diversidade dos seus cantos, eleva-se um concerto, como que para dar testemunho disso. Ó Guardião do Sopro sagrado, ame seu povo e o conheça.

Depois de inclinar-se profundamente, acrescentou:

— O sol desponta todas as manhãs no horizonte, mas o sol de um homem só nasce uma única vez e quando desaparece é para nunca mais voltar.

OS DITOS DO CHEFE

Nunca me esquecerei do dia em que, montado a cavalo, fiz a minha primeira aparição pública. Perguntei muitas vezes a mim mesmo, ao pensar na hora em que desapareceria para me afundar no abismo da eternidade, qual seria a última imagem que passaria de novo diante dos meus olhos.

Como é evidente, não tenho a certeza de nada, mas só pode ser uma de três:

Ou a esquina da ruela da minha mocidade, a parede traseira da mesquita e sua abertura retangular, certa manhã de inverno ainda úmida da chuva da noite.

Ou o instante em que, forçado a separar-me da caravana, sozinho diante da imensidão do deserto, compreendi pela primeira vez o significado do nada.

Ou então o momento — único, incomparável — em que defrontei a multidão.

Não pude transpor a porta sem tremer. Se é impressionante ver uma multidão afluir e aglutinar-se, imóvel, imagine ver toda aquela gente prostrar-se até o solo! Inicialmente ouvi um zum-zum, um ruído surdo, e depois fez-se um silêncio imponente. Meu cavalo, um animal fino, meigo e garboso, caminhava tranquilamente; contudo, desde que nascera, fora sempre mantido a distância dos homens. Puro-sangue, descende de uma estirpe reservada exclusivamente aos príncipes do Território. Quando me aproximei, parou sozinho, sem ninguém segurá-lo pelo cabresto, e inclinou-se relinchando como se já me conhecesse. Quando me elevei até a sela, baixou a cabeça, para depois levantá-la e andar, gingando-a da direita para a esquerda e da esquerda para a direita, altivo, cheio de soberba.

Ao sétimo passo da minha montada, um murmúrio percorreu e aos poucos transformou-se num clamor confuso. Inicialmente, não percebi lá muito bem. Na realidade, a multidão repetia três fórmulas:

"Longa vida ao nosso Chefe e Senhor."

"Olhe em nossa direção para que sejamos atingidos pela bênção."

"Por ti, Guardião do Sopro sagrado, sacrificamos o sangue, a alma."

A verdade é que após ter passado o deslumbramento, senti algo esquisito: tive vontade de rir a toda voz, gargalhar. Transformara-me em nada mais nada menos do que o Filho do Sol, o Venerado, o Luminoso. Todas aquelas bandeirolas eram por minha causa, todos os salamaleques eram em minha honra e o mais insignificante dos meus gestos era ainda interpretado! Continha-me para não arrebentar de riso. Já me acontecera algo semelhante, no tempo em que vivia no Egito. Assistia a uma sessão de condolências. A atmosfera

era soturna e séria, mas bruscamente desatei a rir de uma forma convulsiva que me sacudia todo. Um dos presentes aproximou-se de mim, levantou o braço e me deu uma bofetada com tanta força que me fez ver estrelas!

Desta vez, nada transpareceu a não ser o sorriso eterno. No preciso momento em que saí do palácio, esbocei o gesto de erguer o cetro solar. Bastou este simples sinal para fazer ressoar o estrondo da fanfarra. Mil músicos, divididos em dez grupos de instrumentos. O ar vibrou, eram tambores, trombetas, pendões a tremular, bandos de aves vieram voltejar a baixa altitude, desfilando num surpreendente alinhamento. Não havia duas aves iguais no bando que me envolveu com sua sombra. A reunião de tantas espécies díspares e de origens tão variadas foi considerada acontecimento extraordinário. À frente, abrindo suas asas imensas, voava o raríssimo pavão dourado, de uma envergadura capaz de acolher umas cinquenta pessoas.

Assim que ergui novamente o braço, toda a multidão se endireitou como se fosse um único corpo. Lembrei-me de repente da silhueta da jovem ajoelhada diante de mim quando chegara ao Território, e do meu fascínio ao ver seus quadris tensos. Atravessado por um arrepio de prazer, olhei nos rostos: quem sabe? Quem dera?

Quando a música de cobre se calou, a multidão volveu os olhos para mim, fitando meu sorriso e minhas feições. As primeiras notas dos instrumentos de madeira anunciavam o momento do encontro de seus olhos com meu olhar. Decerto, toda gente se esforçou, colocando-se na ponta dos pés para tentar avistar-me, com o intuito de apreender meus traços.

Ver uma multidão desta é exaltante, é prazeroso. Imaginar toda esta gente reunida numa intenção maléfica é assustador. O espetáculo grandioso que presenciei abalou-me profundamente e veio enfraquecer em mim certezas arraigadas desde longa data, abrindo portas e passagens para ventos que nem sequer suspeitava que um dia pudessem arrebatar minha alma.

Tentava inteirar-me da fisionomia da cidade, centro do Território, capital dos desertos, das antigas construções, de altura colossal, arcos de pedra ao longo do caminho, portas monumentais que conduzem a lugar nenhum. O chão era revestido por pequenas pedras coloridas, afamadas. Uma avenida ímpar, sem igual em outras cidades sobre a Terra: ampla, orlada de árvores de finos caules, aparências femininas de onde exalava um perfume sutil que transportava a alma para navegar em mares impensáveis. Era a estrada dos cortejos onde se celebravam solenidades e festividades. Vi ainda edifícios enormes, torres, jardins suspensos... No momento, esforçava-me para não me atentar ao mundo vegetal. Pensava nesses rostos, nesses homens, cujo destino estava em minhas mãos. Tinha o poder de enaltecer e de repreender, de elevar e de abaixar, de pôr distância e de aproximar. Uma palavra minha podia afagar e outra apunhalar. Mas o que eu tenho a ver com tudo isso? Como tudo isso estava me aguardando? Imaginava as pessoas que me conheciam criança ou jovem se me vissem agora: não acreditariam nem compreenderiam!

Tudo isso só para mim?

Senti-me transbordar de amor por cada um daqueles indivíduos. Queria lhes apertar a mão uma por uma. Prometi a mim mesmo torná-los felizes, oferecer-lhes experiências novas, algo nunca visto, nem sequer ouvido falar, no tempo dos meus antecessores.

Uma coisa chamou a minha atenção em especial: cartazes estendidos entre os edifícios e ao longo das fachadas. Em cada uma os brasões do território e frases como:
"A paz com todos."
"O homem é uma história."
"Vai de uma terra para outra."
Todas eram precedidas por duas palavras: "Ele disse."
Ele quem? O que significava este "ele"? De volta ao palácio, após o término do banquete, todos os hóspedes — capitães do exército, chefes das corporações de ofícios, mestres dos artífices, bem como um certo número de mulheres de alta posição — levantaram e ficaram perfilados. Um deles de mãos cruzadas sobre o peito aproximou-se, inclinou-se diante de mim e beijou o ombro de minha túnica. Após as cerimônias do primeiro dia, interroguei o regente a propósito dos cartazes.

Segundo ele, traziam ditos meus.

Meus ditos?

Sim, havia um *diwân* especial que se dedicava a essa tarefa. Era a ponte entre o Guardião do Sopro sagrado e seu povo, entre o Príncipe dos Desertos e seus súditos. Tinha, entre muitas outras, a missão de preparar e reproduzir os retratos do Chefe e de encaminhar as suas ordens e pareceres para os quatro cantos do Território. Para isso, recorria a um sistema particular que não seguia modos convencionais: dispunha de uma quantidade enorme de espelhos, colocados a intervalos regulares, de maneira que refletiam cada um a imagem que aparecia no outro; assim, as informações eram transmitidas de um para outro a uma velocidade de relâmpago. E tratava-se apenas de um dos famosos meios de comunicação entre as diferentes partes do reino, aos quais ele se referiu anteriormente. Este *diwân* estava também incumbido de recolher todas as expressões ditas pelo Chefe, de lhes extrair o significado e divulgá-las por meio de flâmulas ou então ensiná-las nas instituições de ensino para crianças e adultos. Os copistas eram encarregados de prepará-las e de explicar seu teor às crianças das escolas e aos órfãos das *zâwiyas*. Em seguida, elaborava-se um inventário, eram classificadas em temas, formava-se então um índice e, por último, eram traduzidas para a linguagem das aves a fim de ensiná-las aos pombos, aos pardais e aos falcões. "E como se chama este *diwân*?", perguntei.

"Cada *diwân* tem um nome correspondente às suas atribuições", respondeu o regente, "com exceção deste, ao qual se chama muito simplesmente '*Diwân*', sem mais atributos!"

Exprimi então o desejo de conhecer o trabalho dos homens do *Diwân* e de ver outra vez as frases atribuídas a minha pessoa, pois não era alheio à arte de compor.

Neste ponto, ele respondeu com afabilidade que eu era um verdadeiro sábio, um retórico ímpar. Todas as minhas palavras traziam dentro de si um eco do Sopro sagrado, por isso nunca deviam se fiar pelo sentido aparente. Todas as palavras que eu proferia eram registradas. Seguidamente, passavam por peritos credenciados para distinguir o que convinha ser tornado público e o que só podia ser exposto em certos meios.

Estendi a mão. Parou. Valorizou meu desejo de saber mais

sobre os habitantes do Território e compreendeu minha vontade de me impor. Eu não viera do nada e queria conduzir o governo à minha maneira; não queria ter um "véu entre mim e a população", de acordo com uma expressão, ouvida certo dia da boca do chefe do oásis. Mas teria eu realmente passado pelo oásis? Deixando minha dúvida em suspenso, afastei do meu pensamento Adhâra e o acampamento.

Minha vontade de conhecer aqueles que governava predispunha-me a uma certa simplicidade. Levantavam-se tantas barreiras entre mim e o mundo exterior! Antes que uma personalidade ou um mensageiro vindo de um país longínquo alcançasse minha sala, era preciso transpor, desde a entrada do palácio até a antecâmara da sala, setenta portas, quarenta corredores, trinta barreiras e oito pontos de revista guardados por homens fortes, que traziam no punho cada qual um tipo de ave de espécie rara, adestrada para atacar logo que percebia um objeto camuflado sob as roupas ou metido em alguma dobra do corpo. E ainda três postos de controle, a cuja passagem se devia mencionar o motivo da vinda: aqui, indicava-se-lhe além do mais o que convinha dizer ou fazer ao entrar e aparecer diante de mim, e depois ao sentar-se na minha presença. Era demais para meu gosto, mas tratava-se de uma tradição, o que equivale a dizer uma prática inatingível. De onde quer que viesse, de perto ou de longe, o visitante devia dar-se ao trabalho de percorrer uma distância nada curta e de superar um determinado número de obstáculos antes de poder pousar os olhos na minha pessoa, fez notar o regente. E, chegado ao limiar da sala, ainda precisava transpor não menos do que vinte metros, como de costume, antes de me alcançar. No caso de uma personalidade poderosa, contentava-me às vezes em dar três passos para ir recebê-la. Tratando-se dos sábios e dos sufis que participam de reuniões rituais, dava-lhes o braço a meio caminho e, com um sinal da mão, convidava-os a se sentarem a meu lado. Cada passo, cada atitude era regida por uma formalidade muito rigorosa. Para dizer a verdade, somente após o término da quarentena de reclusão — não durante ela — comecei a avaliar a importância da minha posição. Assim, percebia agora em mim certas coisas que nunca antes havia notado. De ora em diante, observava-me sob múltiplos ângulos. Por vezes, tinha a impressão de olhar para mim de longe. Frequentemente me recordava de como meu dedo, apontado para o ar, conseguia paralisar a minha mulher, lá longe no oásis, em particular quando me irritava bruscamente, endurecendo o tom. Um gesto que se tornara habitual em mim e que exercia um poder de fascinação sobe os outros.

A minha mulher, o primeiro universo feminino onde me aventurara. Com o tempo e ao consolidar-se minha posição e começar a compreender, recordava suas feições, e ficava melancólico, desanimado. Voltava a ver seu rosto sereno, seu olhar calmo, seu carinho por mim quando eu vivia os raros momentos de quietude, sua inclinação sobre mim, quando à noite ficávamos a sós, quando vinha sobre mim, acariciando meu corpo com sua respiração, despertando em mim desejos há tempos adormecidos!

Quando, já idas as criadas e fechadas as janelas, eu ficava sozinho, queria tanto tê-la junto de mim, para envolvê-la naquele luxo e rolar com ela naquele colchão cheio de mercúrio a balançar!

Uma vez, entre o sono e o despertar, me vi tomando a

direção do leste, escoltado por guardas de aparências estranhas: homens com asas de aves no lugar dos braços. Seguindo o rastro dos meus passos nas finas areias e no cascalho, acabei por atingir a encosta da colina a que subira ao alcançar o oásis, no momento em que avistei os habitantes de Umm-Assaghîr, como que aguardando minha chegada.

Mas, lá em cima, nenhum vestígio de vida. Nem árvore nem palmeira. Nem água de Adhâra nem túmulo de um homem do poente ou de um homem do levante. No lugar onde vivia o rastreador, não havia nada. Rememorando seus ensinamentos, conseguia reencontrar os restos de um povo desaparecido: descobria subitamente mortos enrolados em faixas cortadas num tecido antigo, ignorado por mim. Seus cabelos estavam intactos. Alguns, de lábios entreabertos, exibiam dentes bem ordenados, intactos. Os olhos de vidro fixavam o olhar numa forma assustadora.

De repente, minha cabeça balançou para a direita e para a esquerda, recuei cambaleando. Um movimento que só notara na minha mãe, em meus dias de moço no Egito quando demonstrava desgosto, desolação ou desespero. Mãos tentavam me empurrar, eu resistia. Queria abraçar a minha mãe, mas só via cadáveres. Levantei-me com a respiração agitada, sem saber o que me rodeava. Recobrei lentamente os sentidos, após instantes opressivos vindos de um outro tempo, diferente do meu.

Não saberia dizer que relação aquilo tinha comigo, mas, após aquela noite, o sonho se repetiu por vezes, em lugares onde eu menos esperava. O mais esquisito é que, a partir de então, comecei a duvidar do meu íntimo, do que preservava dentro de mim.

UMA LÁGRIMA SUSPENSA

Ahmad Ibn-Abdallah, que espera um final feliz, disse: quando me lembro do que aconteceu, sinto como se o protagonista não tivesse sido eu. Parece-me nada ter visto nem ouvido de tudo aquilo, não ter experimentado os arrepios do prazer ou os sobressaltos da mágoa. Tenho a impressão de estar contando a história de alguém agora estranho a mim mesmo e de quem só guardasse o eco de uma sombra longínqua. Quanto aos meus dias do Egito, aos anos da minha juventude, tudo que precedeu a manifestação do chamado já está no domínio do nada. Eu era então todo inteiro, unido, mas, a cada etapa do meu caminho para o poente, tenho a sensação de ter me desdobrado, de ter me desmembrado num eu luminoso, límpido, e depois num outro, desaparecido sem a esperança de ser recuperado pela memória. Tudo se passou como se nunca houvesse tido laços com minha gente, nunca tivesse me refugiado sob suas asas, nunca me inquietado quando meu pai demorava a voltar para casa, nunca tivesse me magoado com os silêncios da minha mãe, nunca me alegrado com a chegada das festas estando todos juntos. Era como se nenhum vínculo tivesse um dia existido, como se meu passado estivesse reduzido a pó. Ó sofrimento dos homens!

    Eu, o recolhedor da narrativa, ficava cada vez mais impaciente para ouvir a continuação da sua história, sobretudo desde que ele ascendera ao poder pelo acaso, e recebera aquele cetro sem tê-lo procurado nem se preparado, mas preferia não o interromper, não o atrapalhar. Além do mais, seu silêncio me dizia muitas vezes mais do que suas palavras. Quantas vezes pude observar em seu olhar coisas perceptíveis, porém impenetráveis, impossíveis de ser remetidas a uma origem ou a um significado. Depois, o que me comoveu e me incitou a aproximar-me dele foi aquela lágrima invisível suspensa na borda de suas pálpebras. Aquela lágrima que nunca se cristalizava nem estava a ponto de se formar. Ora parecia querer nascer, ora se afastava, e muitas vezes ficava tão transparente que acinzentava seus olhos. Contudo, ver o seu olhar, sentado diante do Oceano, agitou e entristeceu o meu coração.

    Estava afogado num crepúsculo, numa noite já próxima, perdido num desvario doloroso, numa tristeza presenciada por mim uma única vez à beira do balcão de pedra, que se tornara seu refúgio, seu asilo e parecia não querer nunca mais abandoná-lo. Passava agora mais tempo com o mar e menos tempo comigo, mas eu não me satisfazia apenas com registrar o que me contava.

Observava-o sem descanso, esforçando-me por sondar as profundezas de sua alma.

Quando aquela lágrima suspensa apareceu, apesar do sorriso eterno?

Não me respondeu. Seja como for, não consigo relembrar disso sem uma ponta de tristeza.

CONSOLIDAÇÃO DA AUTORIDADE

Ahmad Ibn-Abdallah contou-me:
Estava decidido a reforçar minha posição e a estender meu conhecimento. Eu próprio me surpreendi com minha atitude: comportava-me como se me tivessem preparado desde sempre para o exercício deste cargo. Resolvi, no íntimo, refrear os meus desejos, não por medo, mas simplesmente porque estava saciado. Todas as semanas, era-me oferecida uma virgem pura, geralmente a jovem mais bela de sua província, de sua cidade e de sua comunidade. Deflorei algumas, mas outras tiveram que esperar demoradamente, já não tocava em todas as mulheres capazes de despertar os meus desejos, sobretudo desde que soubera, para meu grande espanto, que as duas jovens criadas, as primeiras meninas que possuíra, eram agora consideradas favoritas de alta categoria. Afinal, tudo que emanava de mim continha o sopro sagrado. Eu, o vindo do levante, o Filho do Sol e o receptáculo de seus raios.

Assim, meus desejos se apaziguaram. Tudo que me apetecia estava a meu alcance, tudo que era fruto da minha imaginação tomava corpo, mas não vou me alongar a respeito disso. Precisava, antes de tudo, consolidar minha posição e tentar compreender até seus mínimos detalhes. Mostrei um ar imponente, não ao caminhar em passo lento e agir sem pressa — como achava o regente —, mas ao rememorar as coisas ouvidas nos anos da minha mocidade a respeito dos sultões e dos príncipes e me empenhar imitando suas maneiras. Por exemplo, aquele gesto de empunhar o dedo no ar quando ficava irritado ou falava com veemência. Usava-o tão frequentemente que passou a ser minha marca, o que me distinguia e o que todos conheciam, da mesma forma que o timbre da minha voz e meus traços. O mais surpreendente, porém, era me ver adquirir dia após dia o jeito do sultão, à medida que exercia o poder e aceitava a ideia de ser obedecido. Naturalmente, cometia algumas inabilidades ou mesmo deslizes, e não fosse a minha posição majestosa, espalhar-se-iam e eu não demoraria a ser chamado de deplorável soberano. Assim, usava às vezes palavras cuja inconveniência só percebia depois de tê-las proferido. Este é um exemplo do legado da formação original dominando os hábitos adquiridos posteriormente. Todavia, ninguém ousava chamar-me a atenção: todas as minhas frases eram escutadas, registradas, e o *Diwân* se colocava imediatamente a trabalhar. Muitas vezes, pronunciava frases sem propósito nenhum, insignificantes, sem subentendidos de qualquer tipo, e tinha eu a surpresa de vê-las estampadas em cartazes em todo lugar: "Reflexões do Nosso Senhor", "Palavras de Sua Senhoria", "Seleção de Seus ditos", "Assim falou o Filho do Sol", fórmulas sob as quais figuravam minhas sentenças e meus dizeres. Em vista disso, dediquei-me a pesar cada uma de minhas palavras. Exercitava-me a forjar frases para verificar logo em seguida a impressão que produziam nos pilares do país e nos agentes do regime. Ora lia no rosto deles o efeito esperado, ora não discernia o mínimo vestígio. É claro que me agradava vê-los extasiar-se, admirar-se, encher-se de medo ou de contentamento sempre que eu abria a boca — os meus ditos, tal como os meus feitos e gestos, já não deixavam ninguém indiferente —, mas fiquei durante certo tempo mergulhado numa grande confusão.

Devia criticar os meus pais, os meus amigos egípcios, os homens da caravana, a minha mulher, lá longe, no oásis, e todos aqueles que conhecera anteriormente por nunca terem dado atenção ao alcance dos meus dizeres, ao tesouro guardado nos meus pensamentos e nas minhas divagações?

Ou então devia rir-me dos habitantes do Território que eram agora o meu povo? Eu falava ao acaso, mas eles pegavam o que escapava dos meus lábios para transformar em pérolas e joias.

Não pude decidir. O certo é que muitas vezes me via caçoando deles e de mim mesmo, mas logo me apressava a nada deixar transparecer, pois minha verdadeira preocupação consistia em continuar a estabilizar a situação, dominar sozinho a situação, perturbado com a certeza de que este poderio vindo de repente iria desaparecer brutalmente. Outra coisa me intrigava: o que eu considerava como uma fonte de alegria para eles causava os piores aborrecimentos, e o que eu temia parecia-lhes familiar e tranquilizador.

Tomei medidas inteiramente novas, até então inusitadas no Território. Primeiramente, avisei poderosos e humildes de meu propósito de levar a minha rubrica ao conhecimento de todos. Pela aflição dos que me rodeavam, encabeçados pelo regente, compreendi que se tratava de uma iniciativa sem precedentes. Informei-os ainda de minha vontade de adotar um emblema, que seria gravado nas paredes dos meus palácios, das minhas residências, das minhas vestes e reproduzido em tudo que tinha ligação com minha pessoa ou com o reino. Ordenei que me trouxessem papel e pena. Aqui, utilizava-se papel fabricado a partir de folhas e cascas de palmeiras, penas de aves, e uma tinta extraída de um líquido expelido de pequenos e frágeis pardais, originários das regiões meridionais cujo nome não me ocorre agora.

Após várias tentativas de esboço, tive a ideia de desenhar um disco solar que emitia raios, cada um deles terminado por uma letra do meu verdadeiro nome, assim:

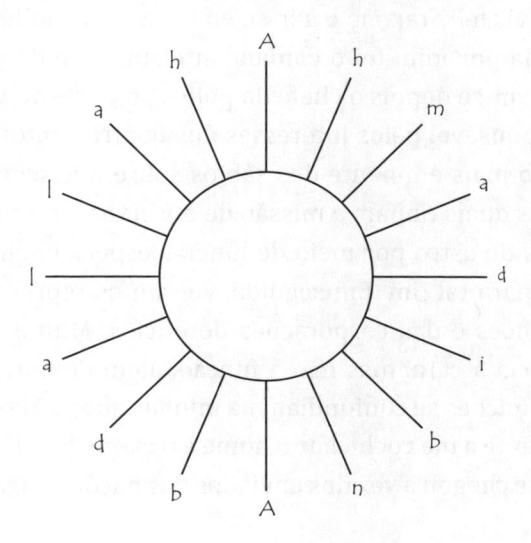

E eis a minha rubrica:

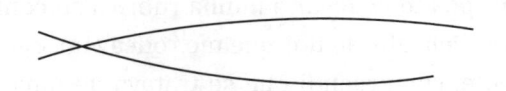

Simplesmente duas linhas entrecruzadas. Quando mostrei ao regente o resultado, demonstrou enorme contentamento. Inclinou-se para beijar a aba da minha túnica matinal. Isso significava que havia tocado nele um lugar sensível, não só nele mas em toda a população, que ficou convencida mais do que nunca da minha natureza solar, isso que minha rubrica e meu emblema comprovavam. O regente declarou que festividades seriam realizadas durante três dias para celebrar essa ocasião sem igual na história do Território.

As coisas começaram dentro do palácio, com o desfile dos representantes do Estado e dos altos dignitários. O primeiro a vir felicitar-me e a ir-se embora com a folha branca rubricada por mim foi o comandante supremo do exército. Sucederam-se depois o chefe da polícia; o chefe do *Diwân*; o alto responsável pelos interesses dos quatro cantos do Território; o mais eminente dos sábios sobre o nascer e o pôr do sol, os quais tinham a missão de observar o caminho e os aspectos do astro por meio de lunetas especialmente desenhadas para tal fim. Em seguida, vieram os representantes dos artífices e das corporações de ofícios. Muitos, eu lhes reconhecia a cara, mas não a função, além de outros cujos traços e feições se confundiam na minha cabeça. Mas lá estava o regente a me cochichar o nome e o cargo de cada um. Finalmente chegou a vez dos enviados das nações estrangeiras

— os "embaixadores", como são chamados no Egito. Entre eles estavam o embaixador do imperador da China, o do rei dos eslavos e ainda outros, vindos de países longínquos por vezes ignorados tanto no Oriente como no Ocidente.

Nada me foi mais assombroso do que ouvir de repente o chefe do cerimonial anunciar a entrada do embaixador do Senhor do Egito. Arrepiei-me por inteiro e tive que me proteger atrás do meu sorriso eterno para não ser traído pela emoção. Tinha uma presença majestosa, luzente, confiante. Inclinou-se sem exagero. Seu nome era desconhecido, nunca ouvira falar dele. Mas tratava-se de uma dessas pessoas de cujo cortejo eu não teria sequer ousado me aproximar na ocasião de sua passagem pelas ruas do Cairo. Mirava-o com atenção. Não queria que ele passasse com rapidez como todos os outros, e retive-o alguns instantes para me informar da situação no Egito. "Há três anos que corro o mundo na qualidade de embaixador itinerante", disse-me. "Quanto às nossas aves, estão em ótima saúde. Esperam com impaciência e aguardam..."

Não fiz nenhum comentário, nem acrescentei nenhuma palavra, mas prometi a mim mesmo pedir esclarecimento ao regente. Contentei-me por ora em recomendar ao regente que tratassem bem o enviado do Egito. Isso foi considerado como uma das raras vezes em que algo semelhante acontecera. Tudo indicava que o embaixador percebeu, pois, ao se retirar recuando, curvou-se tanto que foi tropeçando. Quanto a mim, ansiava por conversar mais detidamente com ele, sentir o ar da minha pátria! Se pudesse trazer-me um raio de luz!

Soube posteriormente que existiam entre os dois países laços antigos, dos quais um dos eixos centrais era o Amante das Aves, o tinnîsi. Descobri, aliás, uma quantidade de pormenores sobre esse assunto. Se achar necessário, revelarei mais adiante.

Ao tomar conhecimento de que toda a cidade festejava a publicação da minha rubrica e do meu emblema, quis desfilar a cavalo. O regente lançou-me um olhar reprovador, não acatei nenhuma observação. No próprio instante em que transpunha os muros do palácio, fui envolvido pela sombra das águias sagradas e de um bando de aves harmoniosas. Fiquei surpreendido com a multidão: seria mais numerosa do que no dia da minha primeira aparição pública? Não sei dizer, mas ia além do que poderia imaginar. Aqui e ali, levantavam bandeiras. Ao contrário da primeira vez, em que toda gente se mantinha imóvel, agora se atropelavam na tentativa de se aproximarem de mim. Esperavam-me soldados blindados de ferros e formados em duas alas sob a chefia de oficiais de alta estatura, todos eles originários de uma região montanhosa situada no sul do Território, de onde vinham os capitães do exército.

Limitei-me a passar o olhar, cuidando de me voltar ora à direita, ora à esquerda, e de agitar o braço meio estendido. O regente notou que se tratava de uma saudação diferente da anterior, e anunciou que seria promulgado um decreto proibindo fosse quem fosse de imitá-la. Acenei com a cabeça, abstendo-me de lhe confessar que, montado no meu cavalo, me recordara subitamente de um xeique abissínio que ensinava no Algabartî, patrono do pórtico dos etíopes em Alazhar, onde os estudantes eram distribuídos por pórticos em função do país de origem. O xeique era um homenzinho magro, que costumava saudar o círculo de seus estudantes agitando o braço da mesma maneira. Essa autoridade nas disciplinas da gramática, tão distante de mim agora — não sabia nem se ainda estava vivo —, não suspeitava que um gesto espontâneo, pertencente a ele e mais ninguém, reapareceria num outro tempo, num outro mundo. Com semelhante saudação, eu inflamaria multidões inteiras, tocaria corações e seria transformado em provérbios; poemas seriam compostos em sua descrição, e artistas competiriam entre si para o imortalizarem em mármore, pedra, cobre e ouro.

Quando cheguei à praça dos Sete Desertos, o coração da cidade, ponto de partida para as rotas que conduziam às diferentes províncias, vi diante de mim as legiões de soldados em traje de combate e armados. Atrás deles estavam os sábios versados no conhecimento do disco solar e do mundo das aves, personagens cuja posição era comparável a dos piedosos mestres, conhecedores do Islã, ou a dos padres coptas, e que Deus, Altíssimo, Generosíssimo, não permita! Pois Ele é o indulgente, o misericordioso!

Mal atingira o centro da praça, elevaram-se as águias sagradas no céu para irem pousar cada qual numa árvore à esquina das estradas. Todas aquelas pessoas se prosternaram então, de fronte contra a terra, e a cidade inteira pôs-se a vibrar devido a suas aclamações: "Longo reinado para nosso Senhor!", o que me atordoou.

Quanto mais ganhava em esplendor, mais sólida ficava em mim a ideia de que não era alheio ao que me sucedera. As coisas não podiam ser um simples fruto do acaso. De modo nenhum!

CONSOLIDAR A TRADIÇÃO E DIVERSIFICAR OS USOS

O regente deu-me o que parecia ser um conselho. Observou que as minhas saídas a cavalo e minhas aparições públicas estavam se tornando cada vez mais frequentes. Na opinião dele, bastava que me manifestasse em tempos espaçados, pois era preferível que as pessoas ouvissem falar de mim em lugar de me verem, que tentassem adivinhar minhas iniciativas futuras em lugar de me ouvirem anunciá-las, e que divulgassem minhas notícias, cada qual a desenhando ou repetindo, conforme sua imaginação ou seu desejo.

Interrompi-o levantando a mão e disse: "Se era esta a conduta dos meus antecessores, então serei um Chefe único, fora do comum. Tenho meus próprios métodos, se bem que estranhos ou inabituais. Considero-me responsável pelo destino da população desde o alvorecer até depois do pôr do sol."

E acrescentei pausadamente:

"Se uma senhora idosa desconhecida me fizer um pedido no meio da noite, será atendida por mim sem demora..."

Uma simples frase proferida ao acaso... Durante minha próxima saída, fiquei surpreendido por bandeirolas fixadas ao longo da rua, suspensas por entre os ramos das árvores, nas janelas dos edifícios, fixadas nas portas dos comércios e das estalagens, nas paredes dos enormes prédios equipados com instrumentos de observação do sol, seu curso e temperatura; ou ainda flâmulas presas nos pescoços dos meninos das escolas. Em seguida a população foi avisada da decisão de uma assembleia de letrados — todos eles, eminentes sábios entendidos em história, tradição, línguas dos homens e linguagem das aves — para organizar uma manifestação na capital a fim de estudar a dita frase. Foi-se ao ponto de convidar certo número de sábios dos países vizinhos, os quais, mediante um pagamento razoável, se isolariam para redigir uma epístola acerca dos sentidos aparentes e ocultos.

Algumas das minhas sentenças eram tema de exames para os estudantes, mas também de conversas com os requerentes de auxílio ou com aqueles que buscavam uma posição melhor, ou com as pessoas desejosas — raras, é verdade — de viajar fora do Território. Houve inclusive mulheres que tatuaram as minhas palavras no corpo! Isso me fez lembrar a história de um antigo sultão do Egito e de uma de suas favoritas. Ao ficar a sós com ela, teve a surpresa de descobrir em volta de seu sexo uns sinais misteriosos. E, ao lhe pedir que se explicasse, ela confessou ter recorrido aos serviços de um velho mágico, perito em talismãs e adivinhações pelos astros, a fim de que lhe escrevesse fórmulas suscetíveis de inspirar o amor e de aguçar o apetite dos sentidos.

Naturalmente, o sultão encheu-se de uma ira medonha. Como é que um homem pudera aproximar-se de tal local? Quando e como pudera traçar aquelas inscrições? Ordenou então que o velho mágico fosse banido para o deserto. Era um episódio famoso que andava na boca de toda gente no Egito. Eu, por mais que examinasse com cuidado o corpo das mulheres que conheci, nunca encontrei nada de parecido!

Senti-me encantado — não nego — quando vi constar no cabeçalho de todas as missivas, de todos os documentos relativos à condução dos negócios, fórmulas como: "Extraído das palavras do Observador muito clarividente" ou, ainda, "Extraído das máximas do Raio muito luminoso". Isso era seguido por dizeres atribuídos a mim, dos quais eu lembrava ter proferido alguns, mas, de outros, não me restava a mínima lembrança. O regente mostrou-me uma lista de trezentos e sessenta títulos: todos evocavam meus laços, minhas afinidades com o sol, meu conhecimento sobre o astro, minha aptidão em compreender suas diferentes manifestações, em particular seu périplo diário, conhecido durante o dia, desconhecido à noite. Essas designações não eram conhecidas pelo público. Figuravam na correspondência e nos documentos oficiais endereçados aos quatro cantos do Território, mas só os guardas nos postes de vigia tinham tempo de ler a lista inteira! Todo o Território era interligado por meios de comunicação ímpar, cujo objetivo era transmitir o que eu dizia e informar-me do que era dito no menor tempo possível. Além do sistema de espelhos, havia os pombos-correios. Torres eram erigidas a intervalos regulares. Assim, levando uma mensagem dobrada debaixo da asa ou no bico, cada pombo iria entregá-la a outro que aguardava num nicho de sua torre.

E existiam outras técnicas não menos surpreendentes. Aliás, graças a estradas abertas e pavimentadas, podia-se transpor as montanhas mais hostis, bem como os rios e os lagos. Eu tinha um modelo exato dessa rede em maquete, por meio da qual me era permanentemente possível, se quisesse, consultar as deslocações dos viajantes e assinalar a posição das caravanas durante seu deslocar. "São os nervos do Estado, os pilares do poder", disse o regente com um sorriso orgulhoso. "E para a guarda das fronteiras?", perguntei. "Um dispositivo sem falha, de uma tremenda eficácia!", respondeu ele. Fortes avançados e espelhos gigantescos permitem revelar a qualquer hora do dia ou da noite qualquer movimento na direção do Território. Isso, sem contar com as aves que rodopiam sem descanso, e acrescentou: "Não há nenhum tipo de ave que não tenha apego pelo Território e se revezam em visitá-lo, incluindo as espécies originárias das regiões onde a noite e o dia reinam alternadamente metade do ano."

O regente ainda disse que, em caso de perigo iminente, o país era protegido desde tempos antigos por todo tipo de talismãs, que exerciam seu efeito um por um. Assim, o primeiro ocultava todo o Território dos olhares dos homens e dos animais, o tempo necessário para os chefes do exército reunirem as tropas e organizarem-se de modo a surpreender o inimigo.

Eu queria ficar a par de todos os detalhes. Conquanto, dia após dia, ficava mais claro o tamanho do poder que eu tinha e que me permitia agir a meu bel-prazer, a desconfiança não me abandonava e eu continuava alheio a tudo que me rodeava, e embora já pudesse por o dedo ali e acolá, tendo influência nisso e naquilo, minha situação era singular, sem equivalente em nenhum outro governo ou administração dos quais eu tivesse lido ou ouvido falar.

Convidei os comandantes do exército para tomarem parte do almoço solar. Visitei seus quartéis, reuni-me com os donos do conhecimento e com os sábios, os síndicos das corporações, os chefes de tribos distantes. Abri as portas do palácio aos que nem sequer haviam imaginado alguma vez transpor as imediações dele para chegar ao pátio sagrado. Por isso, foi preciso autorizar o acesso a salas onde até então ninguém pusera o pé e acrescentar-lhes outras. Nos últimos tempos, eu multiplicava os aparecimentos e as idas às ruas da cidade e misturava-me com frequência com gente simples. Cheguei a conversar uma vez com os pedreiros e com as vendedoras de verduras. Escutei-os, falei-lhes, tocava-os em sinal de bênção. Restituía a paz entre o marido e a mulher, repreendia o filho rebelde, ensinava as crianças a respeitar os animais. Ainda, declarei a região do norte aberta aos gafanhotos verdes, e isso significava que, em caso de invasão, toda gente ficava proibida de revidar! Mas se surgissem os gafanhotos amarelos, sua eliminação imediata se fazia necessária! Proibi igualmente a caça às borboletas multicolores e mandei publicar um decreto que lhes dava um estatuto idêntico ao das aves, embora elas fossem de categoria inferior!

Fiscalizava eu próprio o peso das mercadorias, certificando-me da regularidade das balanças e dos tabuleiros, e não era raro verem-me apear para indagar a respeito dos forasteiros. Certa feita, cheguei a me aborrecer com os homens da minha escolta por terem proibido um pequeno vendedor de aproximar-se de mim. Aparecia sem aviso prévio, a qualquer hora do dia ou da noite. E cumpria diariamente as minhas duas saídas sagradas: uma para contemplar o nascer do sol e outra, o seu poente. Várias vezes fiquei de pé, imóvel, observando o disco solar mudar pouco a pouco do amarelo para o vermelho e afundar-se no horizonte, onde ele sumia, como é visto daqui! Quantas vezes revivi os poentes da minha infância e trouxe à minha memória este instante em que meu pai, que Deus o tenha, me levantou nos ombros e me mostrou o sol, dizendo que agora ele voltava para sua casa e ao mesmo tempo saía. Como é possível, perguntei-lhe. "Ele se levanta e deita sem parar, só aparece aqui, quando se apaga lá e vice-versa."

Deu-me então a impressão de que meu pai falava consigo mesmo em vez de se dirigir a um menininho. Mas suas palavras ficaram gravadas na minha alma, pensava nelas sem parar e, a cada vez, entendia um pouco mais. O mesmo acontecia com suas últimas palavras antes de nos separarmos, e outras coisas só aprendi após a partida do oásis ou a chegada ao Território, ou mesmo na imensidão do deserto.

Quer um exemplo?

Quando era rapazinho e via minha mãe sentada em seu longo silêncio, com a face apoiada na palma da mão, eu ia brincar ao seu redor tentando distraí-la, mas ela me repelia calma e gentilmente. Eu não compreendia. Só quando ela deixou este mundo e eu me distanciei da minha pátria e da minha mocidade é que vi o que me escapara: no dia em que, pela primeira vez, me encontrei sozinho diante do Oceano, o seu rosto de antes me apareceu lá do infinito e assim de súbito avaliei quão amarga, árdua e pesada era sua tristeza e que seu silêncio era apenas para me preservar de suas preocupações. Como é que eu nunca percebi? Como é que não compreendi nem tive consciência disso mais cedo? Por que motivo precisaria atravessar tantas afrontas, arriscar-me e alcançar o cabo da terra para finalmente o compreender? É possível que o chamado ressoe dentro de mim a todo o momento, ordenando-me que prossiga o caminho para o oeste, até onde o sol se põe. Não me restará então outra escolha senão obedecer e embrenhar-me sem resistência nas águas tumultuosas.

Consigo agora entender algumas alusões do xeique Alakbarî, quando me escutou atentamente na grande mesquita. Disse: "A existência humana tem forma circular, começa numa ponta e prossegue sua curva até o momento em que as coisas se aclaram, em que o fim e a origem se aproximam. O encontro ocorre no momento do poente."

No Território, eles têm este dito: "Quando a camela fica preparada e pronta, põe-se a caminho!" Pois é, quando começamos a perceber, a ter ciência do nosso passado, da nossa vida interior, bruscamente vamos embora, almejando regressar um dia, porém munidos da compreensão adquirida no tempo passado!

OLHAR FURTADO

Eu, quem colhe esta narrativa, digo que os habitantes da cidade já estavam acostumados a vê-lo à beira do Oceano. Na manhã orvalhada, ia até o Café dos Marinheiros, encostado à muralha. Logo que chegava, instalava-se num assento de palmas entrançadas e se entregava a contemplar o Oceano, o infinito azul das ondas. Nos dias em que se levantava uma neblina espessa das profundezas invisíveis, vigiava demoradamente o horizonte, de olhos franzidos, o ouvido surdo a todos os apelos, fechado em si mesmo. Sua presença agora era familiar aos empregados e aos fregueses do café, aos marinheiros de espíritos apreensivos desejosos de escaparem de seus problemas e do agito da cidade buscando o isolamento, ou de corações inquietos aguardando a viagem final em direção do supremo poente.

Um dos empregados do lugar contou-me que o aguardava sempre logo que o sol nascia. Toda gente via no seu aparecimento matinal e em seu sorriso eterno um feliz presságio, e alguns pescadores só saíam depois de se encontrarem com ele à guisa de proteção. Todas as manhãs, este empregado o acolhia na entrada com um figo recém-apanhado, corpo aveludado fofo descobrindo um coração vermelho constelado de pequenas sementes. Em seguida, trazia-lhe seu copo de chá, carregado de folhas de hortelã perfumadas. Era sua bebida predileta, costumava dizer, e pedia-a sempre onde quer que parasse.

Naturalmente, não lhes contou que no tempo em que reinava havia hortelã em tudo que de algum modo lhe tangia. Nenhum dos frequentadores fazia a menor ideia dos pensamentos que o assaltavam quando ali ficava, de cabeça baixa ou olhar perdido, entregue a longos períodos de silêncio obstinado. O importante é que se acostumara ao local. Ia lá com regularidade e conversava com os frequentadores mais conhecidos, a maioria fabricantes de redes e de artefatos de pesca, e homens do mar. Escutava-os longamente e também perguntava, mostrava curiosidade por tudo: a chegada das tempestades, suas horas e sinais. E as repentinas fúrias do Oceano? E aquele espesso nevoeiro emergindo das águas profundas? Até onde podiam atrever-se? De que ponto deviam voltar? E essa estátua, de mão erguida, que lançava o seguinte aviso: "Nenhum passo para além de mim"? Onde seria o último ponto em que se viam as aves do mar? Algum deles vira, por acaso, outrora ou recentemente, um bando ou até mesmo uma ave solitária surgindo no horizonte ocidental do Magnífico Oceano? Qual era o momento mais propício para embarcar? E para regressar ao porto? Sobre as águas, os desenhos das constelações eram diferentes do que na terra firme? E os peixes? Que nomes davam às diversas variedades? Quais eram os mais consumidos? É claro que não lhes fez todas essas perguntas de uma vez só; interrogava-os em tempos espaçados. Escutava-os, com o busto debruçado para diante, o sorriso bem visível.

Sempre ficava de frente para o Oceano cujas ondas se deixavam avistar através das frestas das paredes feitas de palmas entrelaçadas, tal como as cadeiras. Quando queria fazer uma sesta, deitava-se, de turbante descido sobre os olhos, no banco de pedra, coberto por um cobertor de lã de carneiro. Ao vê-lo, poder-se-ia pensar que dormia, mas, em realidade, nunca pegava no sono.

Certo dia, num momento de intimidade e de cumplicidade, Ahmad Ibn-Abdallah confiou-me que, no seu entender, a verdadeira porta de entrada da cidade era o Café dos Marinheiros: sem conhecê-lo, sem conviver com seus frequentadores, era impossível ter acesso à cidade e a seus caminhos invisíveis. Quantas horas lá passou! No entanto, nunca permanecia até o anoitecer. Vinha-se sempre embora a tempo de ir à grande mesquita ou dirigir-se diretamente à sacada defronte da água imensa. Postava-se junto à borda, com o olhar fixo no infinito. Agora toda gente o conhecia e já ninguém ousava aproximar-se do local onde se sentava. Se por acaso uma criança ou recém-chegado ali se instalava, convidavam-no a se afastar, pois aquele era o lugar do Estrangeiro. Daí, seus olhos seguiam ansiosos o desaparecer do sol. Nem sequer o sorriso, então sombrio, transbordando de tristeza, conseguia esconder o semblante transtornado.

Um costume antigo impõe que todos os habitantes, pequenos e grandes, saiam de suas casas na hora do poente e dirigiram-se para o muro oeste. Uns afluem na direção das muralhas, outros vão e vêm ao longo da estrada que se desdobra por sob os sustentáculos, recoberta pelas ondas ao longo do dia e da noite em que o Oceano tormentoso açoita a costa rochosa. Antigamente, alguns segundos antes do disco sangrento tocar as águas eternas, toda a gente parava de falar e um grande silêncio caía sobre a cidade. Até as aves pousavam e não se ouvia mais o rumorejo de asas.

Ainda há pouco tempo, os anciãos contavam sobre essa calma absoluta, mas as coisas hoje mudaram, o silêncio não era absoluto, apenas observado pelas pessoas postadas nas muralhas e pelos soldados de nosso Senhor, nas torres de guarda.

Ahmad Ibn-Abdallah — que Deus abrande seu caminho e lhe conceda o repouso de sua andança, caso esteja ainda vivo, ou em seu derradeiro lar, caso durma seu sono eterno; que Deus o perdoe e a nós também — contou-me ter evocado a imagem dessa cidade, obra do mestre arquiteto egípcio, filho do Amante das Aves e irmão do chefe da caravana. A acreditar nele, vira-a e passeara ali, enquanto aguardava o pôr do sol sentado no meio da multidão em frente ao Oceano. Em todo caso, foi o que me afirmou e fez-me ainda certas descrições. Abreviarei para retomar o fio de sua estranha história e deixarei o que sei a respeito de seu retiro no muro ocidental, da aparição dessa curiosa cidade e de suas digressões lá dentro para mais adiante, pois foram coisas anotadas por sua mão em folhas deixadas para mim.

INOVAÇÕES

Ahmad Ibn-Abdallah disse:
Em toda parte aonde fosse, meu olhar só encontrava bandeirolas nas quais se liam frases atribuídas a minha pessoa, ou cartazes que ostentavam meu retrato. Alguns eram pequenos e outros enormes, suspensos, que cobriam as fachadas de edifícios altos.

Ficava espantado: como tal ideia pudera ter escapado aos senhores das terras egípcias, sultões, emires, governadores de províncias? Bem, cedo ou tarde, o embaixador regressaria ao Cairo e não se esqueceria de contar-lhes lá tudo o que vira no Território: do calor do acolhimento e dos sentimentos ambíguos que tivera ao apertar minha mão. Pois é, mas o que se esperava? Trata-se da nostalgia que acomete seres do mesmo sangue e da mesma origem. Quis tanto conversar com ele a sós, mas não ousei devido à proibição colocada pelo cerimonial. Estando àquela altura dando meus primeiros passos, não quis correr o risco de ferir costumes estabelecidos. Quando, porém, algum tempo mais tarde, decidi pedir-lhe que jantasse à minha mesa, soube com espanto da boca do regente que ele já partira.

A cólera tomou conta de mim. Numa voz baixa, o regente alegou que a regra indicava que a permanência dos emissários estrangeiros não podia exceder vinte e um poentes e que todas as minhas ordens tinham sido respeitadas a risco: o enviado do Egito recebera todas as honrarias e todos os cuidados, além do provimento de generosos suplementos, para ele bem como para sua comitiva.

Com um gesto demonstrando minha irritação, mandei-o calar. Vendo-o guardar silêncio, tornei-me a pensar nesse emissário vindo do meu país. De algum modo representava minha pátria, sendo o enviado dela a mim, mas como se eu fosse ao mesmo tempo quem ouve e quem era ouvido. Pensei muito nisso. Quando indaguei quando seria a próxima visita dos embaixadores, respondeu o regente que, como o Território ficava muito afastado e como os caminhos que levavam a ele eram longos e de difícil acesso, sua visita era muito rara. Acrescentou que as relações do país com o resto do mundo eram boas e amigáveis: nada de guerra nem de incursões, exceto de vez em quando umas expedições contra quadrilheiros que surgiam do deserto, devastando tudo que encontravam a caminho. Além do mais, cabia às aves a ligação entre o Território e as outras partes do mundo.

Impaciente, reprimi minha ira. Devo assinalar aqui que a presença do regente começava a parecer-me insuportável, em particular a partir do momento em que, muito orgulhoso dos meus retratos, quis vê-los espalhados pelos lares, ou, melhor dizendo, em todos os ambientes, incluindo os aposentos. Na verdade, meu único objetivo consistia em figurar em todas as alcovas. Havia para isso uma estranha razão que não tenho vergonha de confessar agora, voltado a ser um homem comum, dissipado meu poder e terminado o tempo de meu governo.

Isso porque estimulava o desejo de saber o que se passava no interior das casas, quando cada um se encontrava sozinho consigo ou com os seus, e mais ainda de saber o que acontecia dentro das alcovas. Olhava frequentemente para as fachadas mudas e as janelas fechadas das casas, perguntando a mim mesmo o que elas encobriam. Estava convicto de que cada homem se veste com roupas invisíveis quando defronta o mundo exterior, os filhos, os amigos, todas as pessoas com quem se relaciona durante o dia, no trabalho, durante as orações e o deslocamento de um lugar para o outro. Quando então o homem é ele mesmo?

Essa questão me intrigava. Nos momentos de isolamento — pensei a princípio. No entanto, absorvido em seus pensamentos, o homem está presente apenas fisicamente. Nem a cópula ele a realiza sempre verdadeiramente, pois muitas vezes lida com o ato com espírito preocupado. Ainda, ocorre que muitas vezes ele pode possuir uma mulher tendo os desejos abrasados por uma outra distante. Já me aconteceu isso, antes de me sossegar, quando me lançava sofregamente sobre as jovens que me chegavam de todas as partes do Território: nada me excitava como a imagem daquela jovem terna prosternada diante de mim, aquela que, na companhia de outras sete mulheres, testemunhou minha aparição.

Cada homem e cada mulher é um ser singular, ímpar. Quanto mais mulheres conhecia, mais me convencia disso.

Singulares eram desde a entrega, passando pelo êxtase, superação do prazer até o desenlace da fruição. Cada uma tinha um modo só dela de se apaziguar desenhando o olhar satisfeito.

O que se passava nessas casas fundas? Conhecia, entre outros, um dignitário do palácio, responsável pelos pombos do correio, um cargo altíssimo, não menos importante que o do meu primeiro secretário, incumbido de provar as comidas e bebidas servidas a mim. Fiquei sabendo que, no fim de cada semana, ele ia para uma pequena casa fora da cidade, rodeada de um vasto jardim, abrigo de aves raras vindas das regiões frias. Ia lá sempre sozinho, fechava as janelas e se despia tolamente e assim ficava nu durante dois dias. Observava a si mesmo diante dos espelhos, fazendo gestos dos mais esquisitos.

Eu desejava poder agora agir da mesma maneira, de acordo com minha fantasia, mas permanecia convencido de que me espiavam, vigiando até os mais íntimos dos meus feitos e gestos. Como, por que meio? Nunca pude saber. Aliás, tentei em vão desvendar o mistério dos dispositivos secretos do palácio. O sistema de iluminação, por exemplo, que obedecia ao movimento das minhas pálpebras: abria-as e a luz difundia-se aos poucos até iluminar todo o compartimento; fechava-as e a escuridão voltava, principalmente quando dormia. Era fatigante ter de deixar os olhos abertos, sobretudo quando recebia em audiência visitantes ou delegações, ou sempre que examinava assuntos complicados.

Mal demonstrei meu desejo de ver meu retrato espalhado por todas as habitações, logo começou a proliferar nos mais diversos formatos. Houve mesmo quem os pendurasse nos quartos de dormir. Mandei chamar dois desses súditos especializados em cuidar dos raros elefantes do Sião. Depois de tê-los felicitado, ofereci a cada um deles uma capa de penas do rouxinol do Iraque, pássaro muito raro no Território. O que me seduzira nesses pássaros é a forma como se acasalam: cada qual, macho ou fêmea, levanta simultaneamente o voo e, num ápice, juntam-se o mais alto que podem. A cópula dura apenas um breve instante. De asas entrelaçadas, fundem-se um no outro. É ali, no alto, que sua geração se inicia. O que haverá de mais maravilhoso?

Pedira para assistir a esse espetáculo, mas o regente não pôde satisfazer minha vontade. Tratava-se de um momento demasiado imprevisível. E, depois, talvez ocorresse por cima de uma floresta, de um riacho, mas não por cima do palácio! Jamais uma única ave o sobrevoava ou o atravessava. Se porventura um bando, uma pomba bem-amada ou uma garça-real se aproximasse com a intenção de observar, ia pousar no jardim situado defronte à fachada, atraído por um talismã, segundo diziam.

Pois bem, após as honras concedidas a estes dois homens, a notícia se espalhou e as pessoas começaram a competir entre si para comprar um retrato meu. Penduravam-no em toda parte, em especial nas suas alcovas, de tal modo que eu figurava onde sempre desejara, conquanto sem olhos para ver, sem ouvidos para escutar; o que importava é que estava em toda parte. Houve mesmo um artífice da província do sul que gravou a minha imagem em pulseiras de ouro, cordões de prata, alfinetes de esmeralda, de rubis e de coral. Assim, eu rodeava o pescoço de todas as mulheres, posicionado na frente dos turbantes dos homens e contra seus corações.

Tudo isso me agradava muito.

Sentia-me bem com isso e considerei o ato um sinal de que lograra tornar-me próximo do meu povo e fazer-me ser amado... De todos os soberanos de quem pudera ler a vida ou conhecer a época, jamais alguém conseguira isso em tão pouco tempo.

Os artistas ficaram famosos. Consideravam minha vinda uma bênção, pois para eles foi uma mina de ouro.

O regente, contudo, parecia contrariado. Seu silêncio se prolongava e, quando se sentava ao meu lado, ficava cabisbaixo, olhando fixamente para os motivos dos tapetes de pluma de cisne alaranjado. Era óbvio que se operara nele uma mudança, desde o fim da quarentena, durante a qual só me encontrava com ele entre os homens do poder.

Para dizer a verdade, ele começava a me irritar com suas observações com relação a tudo. Embora tivesse cada vez mais começado a perceber o mundo a minha volta, não lhe mostrava o que se passava dentro de mim. Eu ainda precisava dele, tanto eram os enigmas que faltavam ser resolvidos, e esses símbolos, o estatuto das aves, os dias sagrados, a observação das estrelas e dos planetas, e essas criaturas meio humanas, meio aves e ainda esses moços que caminhavam rebolando. Todo dia eu agradecia a Deus por não ter praticado nem sofrido a sodomia. Reagi, portanto, com desconfiança ao ver aparecer tal gênero de rapazes. Não querendo, porém, baixar-me a pedir explicações a toda hora, adiei o assunto para quando fizesse outras perguntas. Resolvi assim não manifestar impaciência para com o regente. Contudo, sabia, sem sombra de dúvida, que nossa relação já não era o que fora. Da minha parte, eu atribuía a causa às diversas tarefas subsequentes à minha aparição pública. Ele ia insinuando e implicando. Todavia, não hesitara elevar o timbre da voz ao aconselhar-me, encarecidamente, a espaçar minhas aparições, visto que a tradição aconselhava que se ouvisse falar do Chefe, ao invés de vê-lo, e que se esforçasse para imaginá-lo, em lugar de encontrá-lo em pessoa.

Eu respondera então que agia sem cautela e o que parecia inabitual, quem sabe não escondia um propósito? Na verdade, eu não me limitava a repetir as saídas públicas e os contatos com a população, eu inaugurava um estilo novo.

O CAMAROTE DAS COBIÇAS

Assim, não satisfeito em me deslocar no âmbito da capital, decidi ir mais longe. Queria visitar as sete províncias e até mesmo os oásis distantes, regiões onde somente se aventuravam os destacamentos do exército ou os cobradores do *diwân* do imposto, pois a maioria das pessoas aqui nasce, cresce e morre sem nunca ter visto do país senão o lugar onde havia sido dada à luz.

Mandei publicar um decreto ordenando o envio de representantes de todos os cantos do Território. Assim, viriam para conhecer e assistir às festividades comemorativas da minha aparição. Durante sua estada na capital, seriam meus hóspedes. As comidas lhes chegariam das cozinhas do palácio e quando regressassem, cada qual receberia o suficiente para se manter durante a viagem.

Ao tomar essa decisão, não me passara pela cabeça as prendas que poderiam ser trazidas para mim na ocasião. Mas o que realmente me surpreendeu foi o ouro verde! Uma poltrona de esmeralda talhada num só bloco, que dez homens reunidos seriam incapazes de transportar; jaulas contendo animais que nem sequer ouvira falar: um lagarto com cabeça de homem, uma macaca musicista e muito mais; flores que só murchariam ao cabo de dez anos; uma tartaruga gigante capaz de suportar o peso de dez pessoas; estatuetas de metal negro do tamanho da palma da mão, mas tão pesadas que ninguém, nem mesmo os mais fortes, conseguiria erguê-las. Quanto às jovens virgens, eram um exemplo da beleza da humanidade.

Entre outras curiosidades, vi apresentarem-se diante de mim dois irmãos siameses, ligados pelo ombro, e cada um deles, ladeado por sua esposa, respondeu de bom grado a todas minhas perguntas. Houve ainda muitas outras atrações estranhas!

Pretendia efetuar uma mudança no local do festival: cada ano numa província diferente. Infelizmente, as coisas tomaram outro rumo... Não quero me antecipar, por ora vou ficar no relato das viagens que fiz pelo Território.

Ao descobrir no palácio toda espécie de animais raros, leões, panteras, ursos, girafas, gazelas, parara diante de sete elefantes vindos das Índias, o país dessa jovem que um dia você possuiu e sobre a qual me contou francamente, e, apesar do afastamento, estou certo de que sua recordação ainda o perturba!

Dera então ordem para que fossem adestrados e equipados. Reservaram-me o mais inteligente dos sete, uma fêmea, em breve conhecida pelo nome de "Elefante do Chefe". O animal foi especialmente aprontado como eu queria: no seu dorso estava instalado um compartimento quadrado, que podia ser aberto ou fechado à vontade, um tipo de liteira revestida de seda acolchoada de penas de estorninhos selvagens — passarinhos do tamanho de um dedo — e abrigada sob um guarda-sol leve que ondulava com a mais ligeira brisa e que, no entanto, resistia às mais violentas tempestades de areia.

Sob o compartimento e pendente sobre os flancos do animal fora colocada uma espessa coberta provida de oito grandes bolsos, guarnecidos de um enchimento redondo e ornado, em que se sentavam de pernas cruzadas os que tinham a honra de subir comigo: primeiro, naturalmente, o regente, depois o chefe do *Diwân* e por fim dois homens da minha guarda pessoal. Quanto aos outros quatro, ninguém imagina com que vontade eram cobiçados: a que intrigas, que manobras, eu via entregar-se um bando de subalternos, indignos, a meus olhos, de um tal privilégio! Era incrível o que vira, mas não entrarei nos detalhes para não causar tédio.

Logo de início, o regente dissera-me francamente: era uma prática inabitual!

Ao que eu respondera que todo meu reinado seria sem precedente.

O regente disse que era preferível utilizar um elefante para ele e para os dignitários, um outro para a guarda e um terceiro para montar sozinho. Não lhe dera ouvidos e me ocupara com outras coisas enquanto falava. Aparentemente, ele compreendera, pois se calara. É claro que não lhe dissera que assim poderia vê-los todos amontoados na capa do elefante, enquanto eu me sentaria por cima. Era uma escolha deliberada, que nada devia ao acaso.

Na verdade, meu querido irmão, Deus inspirava-me atos de que jamais me julgaria capaz. Muitas vezes, caindo em mim, duvidava de ser eu mesmo o articulador. Tudo se passava como se tivesse sido criado nos palácios, como se não tivesse aparecido lá, de súbito e por acidente.

Participar num dos oito bolsos — tão apertados que era preciso dobrar-se ao meio, a ponto de ficar com os membros dormentes — passara a ser considerado como meio de medir o grau de aproximação e da aceitação cedida por mim. Quando um desconhecido aparecia encolhido no seu bolso, cuidava para levantar a cabeça para que fosse visto pela gente, pois isso significava que sua estrela já nascera e não tardaria a brilhar. Outras vezes acontecia o contrário: avisado a respeito de alguém, eu o convidava primeiro para subir comigo numa ou duas aparições, depois desaparecia, para nunca mais ninguém falar dele. Insisti igualmente em acompanhar os banidos — iniciativa aplaudida pelo regente. Para isso há uma explicação: certo dia em que me informava das diferentes populações do Território, tivera a surpresa de descobrir a existência de comunidades relegadas aos limites do país por vários motivos, que variavam de crenças à grosseria do caráter e à rudeza dos costumes, comunidades proibidas de se aproximarem da capital, das grandes cidades e dos palácios.

Assim, no sul, encontrava-se instalado um grupo cuja organização fazia lembrar uma tribo. Todos os habitantes o conheciam, mas só por terem ouvido dizer, pois ele estava formalmente proibido de se acercar das fronteiras seguras. Essas pessoas não veneravam o disco solar, mas cultuavam seu calor e seus raios. Acreditavam no acidente, não na causa.

Lera sobre eles alguma coisa recolhida e conservada nos registros acessíveis unicamente a mim, o Chefe do Território. Coisa extraordinária, toda sua vida decorria debaixo da terra: as casas, os mercados, as estradas, tudo era subterrâneo. Recebiam a luz por meio de captadores que se inclinavam conforme o sol subia no céu. Cultivavam uma única planta, a hena, produzida a uma grande profundidade e considerada de primeira qualidade. Ali, as virgens não podiam passar sem terem os ombros tatuados com finas figuras geométricas, que eu observara demoradamente no corpo de algumas de minhas amantes. Aliás, tentara sem êxito desvelar o significado delas durante minha observação da nudez total do corpo feminino antes e depois de me saciar.

Todos seus assuntos eram resolvidos nas cidades vizinhas, por intermédio de um pequeno número de indivíduos autorizados a ter contato com eles. Em troca de sua colheita de hena e do direito de sua distribuição, davam-lhes farinha, azeite, carne, remédios...

Ainda mais curioso era o modo como eles "sepultavam" seus mortos, levando-os à superfície da terra e deixando assim cadáveres ao ar livre até se transformarem em pó.

Havia também esse outro povo, cuja maioria habitava os confins do norte; conhecidos pela ironia, caçoavam até de si mesmos. Até o Chefe era frequentemente alvo de alguns gracejos e frases sarcásticas, nem o próprio sol escapava ao seu humor. Quando perguntei ao regente pela primeira vez a respeito dos rumores que eles propalavam, lera no seu rosto sinais de pavor. Perante minha insistência, contudo, acabou por ceder. Fiquei assim sabendo tudo que diziam sobre mim e sobre os outros.

Avisei o regente: nenhuma região seria a partir de então deixada à margem nem sujeita a interdito. Nada mais favorecia a eclosão de distúrbios e de focos de revolução. Imagine um membro isolado do resto do corpo: morre, principalmente as extremidades! A segurança das fronteiras devia ser garantida e confiada aos mais fiéis elementos do exército, até mesmo nas partes mais recuadas do Território. E não me detive aqui, fui além.

Convidei para a capital os chefes dos banidos e as pessoas influentes, e foi assim que, pela primeira vez, viu-se chegar à capital os Rostos Finos, um povo de alta estatura, cabelos arrepiados, pele azul e olhos como que feitos de puro cristal. Quanto aos irônicos, espalharam-se nas ruas, mas não demoraram em deixar as zombarias, tomados pelo respeito.

As pessoas do sul, os habitantes subterrâneos, ficaram muito embaraçadas: não podiam se deslocar durante o dia. Por isso, tive que autorizar que alcançassem a cidade de noite. Foi assim que alguns renegados puderam experimentar o passeio nos flancos da Elefanta do Chefe. Um dos irônicos não acreditou, sentiu um susto e um pavor tão grandes que seu coração parou de bater.

Os que tinham licença para subir eram primeiramente mantidos a uma certa distância e aspergidos por meus servidores com os sete perfumes benfazejos. Depois, posicionava-se a escada do Chefe — toda de ouro puro —, que devagar eu escalava para vencer o dorso do animal e, então, metia-me no cubículo, não sem saudar a todos, voltando-me para a direita e para a esquerda, ao mesmo tempo que agitava a mão à maneira abissínia. Nesta altura, bípedes e quadrúpedes inclinavam-se e elevava-se nos ares um clamor: "Que seja eterno o resplendor do nosso Senhor..."

E as aves gorjeavam ao mesmo tempo, cada uma com o próprio tom. Só então era colocada a escada comum, de madeira do sândalo odorífero. O regente era o primeiro a escalá-la, vindo os outros em seguida. Todos conservavam a cabeça baixa. Quando tornava a descer, já com os oito bolsos desocupados, acontecia-me de chamar um dos convidados e olhar sua cara sorridente; outras vezes, concedia-lhe um breve olhar ou um prolongado aperto de mão. Seguidamente, ao que me contaram, alguns deles caminhavam cheios de presunção, demonstrando ares arrogantes até para os familiares.

Por quê?

Pela simples razão de o Chefe venerado, o augusto, ter trocado com eles algumas palavras ou por terem sido tratados por ele sem modos cerimoniosos. Logo os bochichos começavam: tais pessoas logo estariam ocupando altos cargos! A verdade é que ninguém podia ter certeza de nada.

É claro que os quatro felizardos que tinham a honra de montar o Elefante do Chefe eram cuidadosamente escolhidos de acordo com critérios que só eu conhecia, dos quais nem mesmo o próprio regente estava a par. Num outro animal seguiam diferentes convidados, notáveis, sábios... Além disso, reservavam-se dois elefantes às mulheres. Era frequente eu trazer das minhas viagens pelo Território algumas jovens oferecidas como prenda. Falando de jovens, nunca me esquecerei de uma menina de treze anos... Que maravilha! Apesar da fartura de mulheres que tivera na época, não posso pensar nela sem logo me percorrer um arrepio pelo corpo. Tinha os dentes afastados, os lábios carnudos. Logo que a avistei, ordenei que a fizessem subir ao camarote, ali a meu lado. Ao simples toque de sua pele, alastrou-se por mim um fogo ardente. Parecia muito admirada, surpresa. Ao despir-me da roupa íntima, vi escapar-se de sua boca entreaberta um fiozinho de saliva. Tratei rapidamente do nosso caso, e a todo momento que me lembrava de que fazia amor poucos palmos acima dos favoritos mais íntimos, rodeado de soldados e dos altos dignitários, minha excitação redobrava. Mas a pequena parecia diferente, singular. Com a passagem do tempo, acostumar-me-ia a suas reações. Assim, logo que começava a tocá-la, ela desfalecia, como que se perdesse o eixo, durante uns instantes, depois se inflamava com um ardor incessantemente renovado. Habituei-me tanto com ela que se tornou não a única, mas a preferida: nunca saía sem levá-la comigo. Íamos à caça ou então aos lagos de mercúrio onde nos deitávamos e espreguiçávamos sobre as almofadas flutuantes. Era evidente que meu apetite pelas jovens virgens atiçava a imaginação dos homens do *Diwân*, os quais divulgavam histórias sem fim sobre minhas proezas. Por exemplo, que seria capaz de possuir trinta, ou mesmo mais, numa só noite. Teria o poder de prolongar o ato sexual a ponto de muitas delas ficarem esgotadas, exceto esta pequena a quem nenhuma outra se comparava; tinha, de fato, a particularidade de reter meu corpo cativo em seu universo todo o tempo que ela desejasse. A não ser que saciado de tanto prazer e deleite eu a mandasse me largar.

  Essa moça pertencia a uma dessas comunidades relegadas para os confins, proibidas de se aproximarem das cidades populosas. De qualquer forma, não foi esse o único fruto das minhas incursões nessas regiões até então abandonadas e fonte de diversas conturbações. A calma voltou, as expedições punitivas tornaram-se raras. Ao tomar essa iniciativa de reatar os contatos, não demorei a perceber a aproximação dos meus adversários mais ferozes. Tinham a esperança de montar um dos elefantes por ocasião das minhas viagens. Mas a esperança maior consistia em tomar lugar no camarote da Elefanta do Chefe.

Contudo — descobri isso bem mais tarde —, alguns tremiam perante a simples ideia de serem convidados para os bolsos do animal. Dois desses, depois de haverem composto poemas em sinal de protesto, tinham fugido para as areias longínquas, inacessíveis até às aves de rapina. Ao ouvir tal notícia, não escondi minha irritação. Apressei-me em caçoar deles e de sua corja, e a exigir que fossem ao seu encalço, pois sabia que tudo que começa pequeno sempre aumenta.

Foi apenas um episódio tardio, que veio acrescentar-se a muitos outros motivos de contrariedade. Os dissabores começaram depois de percorridas todas as partes do Território.

Aumentara a frequência de minhas viagens até que me dei conta, repentinamente, de uma coisa de que nem sequer poderia suspeitar. Começava a minha transformação, exterior e interior.

DESCOBRIR O ENCOBERTO

Tudo começou no dia em que notei estranhas aparições numa de minhas amantes, uma jovem que eu apreciava pela sua voz especial, uma voz doce, aveludada, que não atravessava os ouvidos, mas afagava a curva dos braços e das pernas e percorria pelas costas até os recessos ocultos do desejo, uma voz mágica capaz de vencer o cansaço ou de abater todas as resistências. Escondida atrás de um tênue véu que a protegia dos meus olhares, eu a escutava, falava com ela demoradamente, até o momento em que, não aguentando mais, corria para rasgar o véu.

De repente, notei uma mudança no timbre da voz. Uma rouquidão, um farfalho anômalo. Não podia mais me aproximar dela sem lhe causar intensas dores. Certa manhã, logo após ter terminado de tomar a taça de sêmen de águia, a superintendente das mulheres solicitou uma audiência.

"A pequena iniciou sua conversão", disse-me ela.

"Que conversão?"

Respondeu-me que a moça era uma mera fêmea entre os meus súditos e, como tal, via-se submetida à mesma lei que toda gente. Ninguém lhe escapava.

Então, a coisa era mais terrível do que julgava. Com um gesto, mandei-a calar. Não suportava aquele tom de explicação, queria parecer informado de tudo, só perguntava ao regente, por isso o chamei a minha presença e lhe pedi esclarecimentos. Inclinou-se, beijando o chão entre os pés, sinal de que estava prestes a revelar-me um assunto da mais alta importância.

Disse que nada escondera de mim, que havia coisas que podia dizer verbalmente, mas outras, só por escrito, e que, segundo a tradição, ainda algumas tinham de ser descobertas pela vivência. Era o caso da metamorfose dos homens em mulheres e das mulheres em homens. Todos os habitantes estavam designados a mudar de sexo. Os que nasciam meninos transmudavam-se em meninas e vice-versa. Essa mudança podia ocorrer em qualquer idade, na infância ou na adolescência, mas nunca após os cinquenta anos. Qualquer pessoa que morresse antes de ter completado sua transformação era encarada como maldita, por não haver sido penetrada pelos raios do sol. A lei aplicava-se a todo aquele que residisse no Território. Só os estrangeiros de passagem desconheciam tal dádiva!

Dádiva!

Pois é! Era um privilégio exclusivo do Território.

Não escondi minha surpresa e, atordoado, apontei em sua direção o dedo interrogando. Sim, sim, ele mesmo mudou de sexo aos dezessete anos. Antes era uma linda moça, de uma feminilidade impecável. Nascera menina e o adivinho predissera que iria ter uma maturidade precoce. De fato, estava com quase oito anos quando começara a menstruar, o que fora considerado um fenômeno pouco comum. Todavia, só concebeu aos doze anos. Era mãe de três filhos — aqui, a filiação fundava-se efetivamente na ascendência materna. Após sua metamorfose, ainda tivera uma menina, cuja mãe fora outrora um dos fortões oficiais da guarda do palácio. Logo que o processo terminava, desapareciam todos os vestígios de rudeza masculina. Quanto mais o homem era anteriormente viril, mais sua feminilidade desabrochava e dominava.

Eu olhava-o sem dizer palavra, mudo de espanto. Eu jurava que ele ia para além do meu sorriso, lia os meus pensamentos. Sabia do meu medo, da minha ansiedade. Optei então por me esquivar mudando o rumo da conversa, perguntei-lhe:

— Como pode o Território ser considerado o destino e a guarda das aves, se as vestes, os tapetes, as tapeçarias, os tecidos, são fabricados a partir de penas e de delicadas peles de aves?

Beijou o chão três vezes antes de tomar a palavra, dizendo que queria elucidar as dúvidas, mas primeiro suplicou-me que não decepcionasse sua expectativa e aceitasse não tomar nenhuma atitude imponderada, ou uma reação inesperada como resultado de suas revelações.

Concordei com um aceno da cabeça.

Rogou-me que considerasse essa solicitação tão sagrada como a imposição dos antigos de se preservar as imagens e outras representações de aves.

Fiquei impassível, imóvel. Interpretando o meu silêncio

como um consentimento, inclinou-se em sinal de gratidão. Só então decidiu responder minha pergunta. Disse que jamais uma só ave fora morta no Território. Jamais alguém, fosse homem, criança ou mesmo um desequilibrado, atirara uma pedra contra um pardal ou um falcão. Não, nunca houve tal coisa nem haverá. Em todo lugar, eram colocados pratos nos quais as aves podiam comer, e antes de lançar os alicerces de uma casa, era imperativo respeitar os recantos onde acasalavam, chocavam ou simplesmente pousavam. Tanto na montanha como na planície, nos distantes oásis ou nos desertos, as pessoas cuidavam das aves como a si mesmas. Cada parte do Território era frequentada por espécies nativas ou adaptadas ao local. Quem resolvia cultivar um pedaço de terra para colher seus frutos tinha de fazer uma cerca de plantas ou de arbustos dos tipos prediletos das aves que se habituavam ao local.

Árvores frutíferas foram, há muito tempo, presenteadas pelo rei da China e plantadas na terra de uma das propriedades do Chefe. Algumas delas eram até então completamente desconhecidas, outras semelhantes, de onde brotavam frutos iguais aos daqui, mas de tamanhos diferentes. As aves nunca se aproximavam senão das espécies nativas do Território, embora idênticas às chegadas da China. Mas tratava-se de um capítulo interminável da história do país e das crenças arraigadas nos corações.

Afinal, de onde é que as pessoas do Território tiravam as penas e as peles delicadas?

Havia, nas províncias, setenta lugares, para onde todas as aves de todas as espécies se dirigiam quando sentiam chegar seu fim. Lá estacionavam para cumprir um tempo, que podia ser breve ou longo, antes de fecharem os olhos e suas asas pararem de bater. Só então os encarregados, obedecendo a uma técnica transmitida de geração a geração, removiam-lhes as penas e a pele, que eram seguidamente enviadas para as fábricas. Por isso mesmo que em toda parte sentiam-se os eflúvios das aves.

Em toda a terra habitada, só existia um lugar igual ou parecido com este onde duas espécies, a poupa e a garça-real, iam para morrer, abandonando para sempre o espaço habitado pelo povo aéreo.

Onde?

Em Tinnîs.

Dizendo isso, o regente inclinou a fronte, permaneceu assim cabisbaixo, sinal de que terminara. Todavia, eu não tinha a mínima vontade de mandá-lo embora. É claro que meu interesse não era tanto pelos cemitérios dos pássaros, mas pela história incrível da "conversão".

— Ainda há coisas não esclarecidas.

— Os conhecimentos são inumeráveis e cada um deles requer um momento particular. Assim, o que se sabe de manhã se difere totalmente do que se esclarece na metade do dia e do que se descobre perto do sol-posto.

Ansioso como estava para saber mais acerca do assunto que me abalara, não prestei muita atenção às suas palavras. No entanto, ao recordá-las mais tarde, desejei tê-lo feito e me arrependi. O desejo era por prolongar a conversa e me inteirar completamente, e o arrependimento foi por não tê-lo repreendido por ousar dirigir-se a mim de maneira a esconder a verdade em vez de a revelar.

Contentava-se em falar por enigmas, insinuando, nunca

detalhava nada do que eu desejava saber e me inteirar a respeito. Da minha parte, não manifestei impaciência ou pressa. Disfarcei minha curiosidade diante desse assunto estranho e, para demonstrar mais indiferença, ordenei que se retirasse.

Fiquei sozinho, como todas as vezes em que me achava de repente diante de um fenômeno obscuro no decurso de meu périplo. Refletia, na esperança de arrumar as ideias espalhadas. Como e por que lhe perguntei? Não vira os desenhos dos meus antecessores? Eram todos homens. Mas teriam nascido e continuado assim? Como teriam acabado? Sabendo que todos tinham aparecido do horizonte leste, teria acontecido a eles o que os habitantes do Território conheciam? Teriam sido afastados desde que apareceram os primeiros sinais da metamorfose? Mas, eu lembrava bem, o regente contara-me a história de uma mulher que, depois de ascender ao poder, fora acusada de traições. Alguns dias mais tarde, ele próprio me deu a resposta: sim, ela viera do levante. Tratava-se de uma vontade inelutável, mas ela cometera posteriormente o impensável, por isso, desde então, elevavam-se invocações e preces para que no futuro não aparecessem senão homens.

E se chegasse uma mulher?

"Só nos restaria obedecer", respondeu num tom neutro.

Avistei em seu olhar um brilho que me deixou incomodado. Sabia perfeitamente o que eu queria obter de sua parte, mas guardava silêncio. Se eu falasse abertamente, limitar-se-ia a algumas palavras evasivas, alusões, meras insinuações, nada mais. Odiei esse homem que escondia mais que esclarecia, quando tinha o dever de me informar, de me explicar se a lei também se aplicava a minha pessoa.

Essa preocupação envenenava minha vida, pois ignorava o que seria de mim. Iria também abandonar meu sexo? Não, era diferente, não podia partilhar a mesma sina do resto da população. Quem governava aquela gente, quem cuidava de suas vidas? O fato era que me separava deles um abismo, suas crenças ocultas continuavam inacessíveis a mim!

Não perdia uma chance de me olhar nos espelhos. Teria aparecido algum indício, algum sinal precursor? Passava a duvidar de todas as pessoas que se apresentavam diante de mim. Se era homem, via nele a antiga ou a futura mulher. Quanto ao meu desejo, dir-se-ia que enferrujara.

Nos tempos idos, um amigo contou-me a história de um rapaz conhecido seu que organizara uma festa noturna para a qual convidara três mulheres. Nessa noite, porém, ao ficar a sós com uma delas, descobriu, estupefato, que estava diante de uma criatura andrógina. Acometera-o então um medo obscuro a ponto de não suportar permanecer nem mais um instante na casa onde também se encontrava o hermafrodita.

No banho, certo dia em que aguardava os primeiros vapores de água de rosas, pus-me a examinar meu corpo. Estendi um braço, depois o outro, observando as axilas: o peito crescera, senti-o ao passar a mão. Assustado como nunca antes, meu coração batia feito tambor, ao perceber a finura da minha cintura e o arredondamento das nádegas. Notei, porém, que meu corpo estava ligeiramente arqueado.

Confuso, pensava obsessivamente na minha mulher e nos meus dias no oásis. Ah! Como queria voltar a Adhâra e beber de sua água fresca! Rememorava os mínimos detalhes, após passar horas sozinho no aposento dos sete espelhos ou no jardim persa, ou ainda antes de adormecer no quarto oriental, desenhado de tal forma que os raios do sol se infiltravam nele ao nascer do dia e deitavam nos mesmos pontos na hora do poente. Dormia pouco, habituei-me a me levantar cedo e sair para a varanda circular que dava para o jardim, sobre cujas árvores só pousavam rouxinóis e rolas. Acolhia o sol nascente no horizonte e ficava ali, imóvel, sem deixar minha posição antes de vê-lo subir ao céu. Julgando que me entregava então a um novo rito de adoração do disco luminoso, as pessoas começaram a imitar fielmente essa prática e acredito que continuou depois de mim. Pensavam que eu venerava o sol! Na verdade, o que fazia era deixar meu olhar errar, tentando reencontrar o que se perdera de mim mesmo, varrido pelo tempo. À medida que prosseguia minhas peregrinações, meu exílio se reforçava, e na impossibilidade de voltar aos lugares da minha juventude, vasculhar o passado tornou-se meu hábito. Toda vez que a aflição ou o desassossego me invadiam, procurava asilo na memória, trazendo até mim momentos longínquos. A saudade dos meus dias no Egito, do meu pai que nos deixou prematuramente, tudo isso me esgotava. Só em sua companhia conhecera os caminhos da cidade e apenas a seu lado atravessara as ruas do Cairo. Tinha amigos por toda parte, onde quer que fosse deparava com um deles. Aqui, um alfaiate, ali um barbeiro que também aplicava ventosas, um açougueiro, um perito no enlaçamento das borlas que rematam as cortinas de seda, um recebedor dos correios, diversos conhecidos, desde o centro até os arrabaldes da cidade e até mesmo nos cemitérios. Ainda me lembro: acompanhava-o num terraço que antecedia um cemitério rodeado de altos muros, e ainda hoje o perfume de suas árvores continua fresco na minha memória.

Só me sentia seguro ao lado dele. Meus passos eram a sombra e o eco de seu caminhar e nada me agradava tanto como andarmos os dois juntos. Sempre que meu horizonte se obscurecia e a angústia me sufocava, tornava a pensar nos dias antigos e serenava, desabafando minha mágoa para a memória. Na imagem de meu pai buscava conforto e paciência diante dos infortúnios, mas era como se me refugiasse à beira do nada. Era assim ao longo de todo meu périplo — aliás, conservei esse hábito apesar do acúmulo da idade, das provações e dos infortúnios.

Quando de repente a nostalgia me torturava, eu fechava os olhos, nenhum dos meus servidores ousava então se aproximar. Logo acrescentaram mais um adjetivo à lista dos títulos: "O Contemplativo", visto que caminhava, empurrado, obrigado, em direção ao poente. Sentia frequentemente saudades de antigamente. Olhava para o sol nascente relembrando-me dos ensinamentos astrológicos do velho hadramawti, no início do meu exílio e no princípio do meu deslocamento. Meditei muito sobre o espaço e o tempo.

Não há como rememorar uma época sem associá-la a um lugar, e do mesmo modo não há um lugar relembrado sem ligação com instantes sempre presentes. Era um assunto sobre o qual refleti demoradamente e se o abrevio agora é devido ao receio de me desviar de meu propósito.

Em virtude de meu viajar forçado, e cuja continuidade era esperada no momento em que o chamado se manifestasse, quando teria que seguir numa direção só, voltava a ver na imaginação tudo aquilo que deixara. Olhava o nascer do sol e tentava calcular o tempo, sem nunca chegar a um tempo preciso, pela posição estranha do Território, seu afastamento tão insólito e ainda os curiosos desenhos das constelações! Nunca vira tantas estrelas, nem dispostas daquela maneira. Era apenas impossível enxergar as constelações familiares. Ligava-me em particular a uma estrela, desconhecida para mim, segundo me parecia. Surgia nas vizinhanças do meridiano e permanecia visível até um pouco antes da alvorada, bem baixa no céu. Tentei em vão relembrar de todas as indicações do hadramawti, mas não consegui determiná-las.

Eu sei que o sol ergue-se sobre o Cairo e sobre o Egito todo, antes de raiar aqui. Quanto mais adiante me aventuro, ao encontro do oeste, mais tarde ele aparece. E só Deus sabe o limite que nos é dado atingir se embarcarmos no Magnífico Oceano.

Aqui, consigo estabelecer a diferença. O sol, na minha terra natal, nasce duas horas mais cedo no verão e três no inverno. Ainda é noite aqui quando rompe lá a aurora, e quando aqui o dia começa a esvair, já anoiteceu lá. Dois instantes nunca se unem, e isso é tão verdade como a distância separa dois pontos no espaço e como o tempo se dispersa no espaço; não há um instante único que abrangeria todo o mundo sensível. O que acontece aqui não pode acontecer simultaneamente lá. A semelhança está excluída, a diferença é evidente. Mas a certeza é inalcançável para mim: noite após noite, meus recursos esgotam-se e minhas forças abandonam-me lentamente.

AS INDICAÇÕES MAIS CLARAS

Jamâl Ibn-Abdallah, o escriba do país do poente, que anotou a narrativa de Ahmad Ibn-Abdallah, acrescentou:

Vendo-o tão cansado, tão exausto, receei por ele, principalmente quando se refugiou num silêncio contumaz, de maxilas cerradas, como que bloqueadas para sempre, atitude que não vira nele desde a chegada. Passava agora longas horas sem pronunciar uma palavra, o olhar perdido na direção do invisível.

Falava-lhe de mim, desde sempre preso à cidade:

Nunca me afastei de seus muros mais do que duas horas de caminhada a cavalo. Mas explorei todos os seus aspectos, ocultos e visíveis. Aos olhos do Sultão, sou uma autoridade e uma referência sobre a história da cidade, de forma tal que se cair uma pedra de uma construção e se quiserem saber por quem inicialmente foi colocada, eu era capaz de lhes dizer, e

se houver uma confusão sobre quem nasceu e quem morreu, quem ficou e quem partiu, estou em condições de esclarecê-la.

Não conheço apenas suas casas, os habitantes e seus parentes, mas também os túmulos e os mortos sepultos já não têm segredos para mim. Aliás, compus uma obra única do gênero intitulada *As mais claras indicações para os locais de visitações*. Posso citar de memória, por ordem de entrada, os defuntos que repousam em tal ou tal sepultura, bem como os filhos que eles deixaram atrás de si. Vivo onde nasci. No dizer dos homens iguais a você que experimentaram a mudança e as viagens, só se vê de fato um lugar após dele se afastar.

Como então ver as minúcias dum lugar sem deixá-lo? Sabe-se que observar longamente uma coisa não significa de modo algum apreendê-la. Mas, com a passagem dos anos, movendo-se, tomando recuo, acaba-se por consegui-lo. No meu caso, fui percebendo a diferença a cada etapa de minha vida. Explico-me:

Saiba, ó meu amigo — a quem parece-me conhecido desde muito tempo e não somente há pouco, quando se estabeleceu o laço entre nós —, desde a infância e a adolescência que o interesse pelas coisas obscuras não me larga. Assim, ainda muito novinho, perguntava a mim mesmo: em que direção se fora embora o ontem? Para onde partira o antes? Bem, supondo que nos encaminhamos para um determinado ponto no espaço, alcançaremos instantes já no tempo?

Meu amigo, você me diz que o sol nasce no seu país antes de aparecer em nossas terras. Se nos fosse dado, a você,

a mim, a qualquer pessoa, ver até o infinito, daqui, nesta hora matinal, já poderíamos avistar os muezins chamando à oração do meio-dia do alto dos minaretes do Cairo.
 Isso não significaria ser possível ver um instante vindouro?
 Imagine o contrário. Se, neste preciso momento, dos telhados de Alazhar, virasse o olhar para as nossas regiões, viria o nosso horizonte à espera do sol.
 Isso não significaria ser possível ver o passado? Não significaria a possibilidade de ver o que era antes do antes ou depois do depois, se nos afastarmos para um ponto extremo no espaço, lá para além do Magnífico Oceano, ou até para esta estrela suspensa no céu? Vejo-o olhando para mim admirado. Sei que teve essas mesmas elucubrações e não me pergunte como sei, eu também não lhe pedirei uma resposta, mas o convido a tentar a experiência. Quem sabe não conseguiremos ambos satisfazer nossa curiosidade, ó você, filho do longínquo do Oriente, que se encontra agora no Ocidente extremo, para além do que não há limite, a não ser o onde o sol se põe. Oxalá atinja seu propósito.
 Digo-lhe, meu nobre irmão, que essas questões me preocupam desde a infância, mas apenas com mais de vinte anos comecei a tomar plenamente consciência do passado. Na infância e na adolescência, só aflorava um presente sem ligação consciente com as horas fugidas ou as horas por vir, salvo algumas raras circunstâncias, mas com o passar dos anos os mistérios do universo humano vão se esclarecendo aos poucos. Cada um penetra até certo grau, com poucas diferenças. Depois vem um tempo em que a maior parte de

sua história está atrás de si, e o que resta por vir é menor, aí o homem se volta para seu passado, vasculha-o e lamenta ocasiões perdidas. Mas chegará um dia em que o arrependimento será inútil! Às vezes, meu irmão, eu me espantava e troçava de mim mesmo, especialmente quando me sentia consumido pela saudade de um ser desaparecido ou de um hábito, sem contudo compreender o valor que este continha. Como se eu não tivesse vivido uma única infância, mas várias e a cada etapa descobria novas facetas. E quando a juventude foi chegando ao ocaso da minha vida, ainda surgiram coisas novas. Moro na casa em que nasci, mas continuaria sendo a mesma casa de então?

Eu lhe pergunto, o que acha?

Ele disse que nunca criara raízes em lugar nenhum e quando tinha a impressão de se adaptar ao lugar, o chamado se manifestava. Era assim que abandonava o que se tornara familiar ou estava prestes a sê-lo. Por isso, nada podia dizer do vínculo que unia um indivíduo a sua casa, ou a sua pátria.

"Não, creio que não seja a mesma casa", prossegui pausadamente, apontando com o indicador. O pátio, quando criança, eu o via tão vasto. Lembro-me de que o atravessava antes de ficar imobilizado por causa deste mal implacável. Pois bem! Parece-me que encolheu. O quarto onde nasci não desperta em mim qualquer ressonância. Entro lá com frequência, mas não me lembro disso, e se me passar pela cabeça, tenho a sensação de que não me diz respeito, que estou lendo a história de outra pessoa. Com a perda de entes queridos, com os esquecimentos e hábitos antigos, as paredes e as portas mudaram, todavia nenhuma foi derrubada nem arrancada. Alguns cômodos parecem hoje mais afastados, outros mais próximos, sem terem sofrido uma única transformação. Algo de imperceptível que não posso exprimir por palavras disse-me que um lugar se mexe em sua imobilidade, mesmo que nunca saiamos dele. Por mais que se viva nele, ele nos abandona e nós aos poucos o abandonamos também. As ruas, as esquinas, as praças, as entradas das casas, aos olhos do estrangeiro como você, nada as distingue, já comigo não sucede o mesmo. Poderia discorrer horas sobre este tema, a ponto de me tornar maçador, mas estou divagando, quando afinal anseio por ouvir a continuação de sua aventura. Gostaria, no entanto, de lhe confiar uma coisa estranha. Chego a perguntar a mim mesmo se alguma vez fiquei a sós com uma jovem indiana e se me deitei com ela no jardim do palácio. Vou pedir para que me levem até o local, na esperança de respirar algum vislumbre da minha amada. Quantas vezes evoquei sua imagem! Mil e uma vezes a possuí em pensamento! Tudo que desejei dela e das suas semelhantes, eu o imaginei e o vivi. O contato real teria de fato acontecido?

Por Deus, generoso irmão, após tê-lo escutado e ter compreendido algumas coisas até então insolúveis, a dúvida agora renasce dentro de mim. Rolei-me realmente na grama com aquela moça a ponto de o cheiro dela confundir-se com o da terra, o do orvalho...

Vá, meu irmão, fale, conte-me, estou totalmente disposto a recolher sua narrativa do que aconteceu a você no país cujos homens se transformam em mulheres e as mulheres em homens.

ABRASAMENTO DO DESEJO

Ahmad Ibn-Abdallah me contou:
Atormentado agora pela ideia de mudar de sexo, comecei a reconsiderar minha situação, já que minhas interrogações mudas tinham permanecido sem respostas. O velho regente nada dissera que pudesse satisfazer minha curiosidade ou dissipar minha inquietude.

Meu desgosto redobrou depois de saber que sete dos mais altos dignitários — designadamente o mestre de cerimônias da Sala das Gaivotas, reservada à recepção dos embaixadores e dos emissários das Aves — tinham nascido fêmeas. Um se transformara aos dez anos, mas a maior parte havia esperado até a idade de vinte e quatro anos e gerado então dois filhos. Um bom número das mulheres do palácio tinha pertencido inicialmente ao sexo masculino; das restantes, umas estavam durante o processo e as outras ainda aguardavam.

A tal propósito, lembro-me em especial de um episódio

cáustico. Certo dia, interroguei esse mestre de cerimônias, uma das raras pessoas autorizadas a se sentar na minha presença, a respeito da fruição sexual masculina e feminina. Segundo me afirmou, enquanto mulher seu prazer era mais intenso, mais voluptuoso, sobretudo em caso de acordo perfeito. Ao tornar-se homem, soubera tirar proveito da experiência de sua primeira vida. Por sorte, a passagem fora rápida. Havia quem ficasse dois ou três anos entre os dois sexos, nem macho nem fêmea, um estado dos mais penosos, embora alguns médicos se dedicassem à procura de drogas para atenuar o processo. A princípio não quisera saber acerca de algumas das minhas amantes que me tinham revelado práticas desconhecidas por outras. Estupefato, acabei, no entanto, por descobrir que tais criaturas eram originalmente rapazes que haviam se metamorfoseado numa idade precoce.

Receava ver aparecer sintomas ignorados por mim, aventurar-me no desconhecido, privado das minhas referências familiares. Nos primeiros tempos, os meus desejos arrefeceram, inclusive pelas jovens virgens, consideradas raras aqui, pois os habitantes não proibiam seus filhos e filhas de terem relações antes do casamento: desde a puberdade, um adolescente podia dormir com uma mocinha sob o olhar dos pais e dos amigos. As tribos e as populações de todo o Território aplicavam esforços sem nome para tentar proteger a virtude das donzelas, oferecendo o maior número possível delas para o Senhor Chefe, detentor do poder supremo, Filho do Sol!

Logo que desflorada, a menina era autorizada a regressar a sua região de origem, contanto que eu não exigisse sua permanência. Ao voltar, levava na testa um círculo de cor de açafrão, uma marca de sua nova categoria, adquirida graças à sublime união. Só podia ser desposada pelo jovem de sua escolha. Algumas faziam voto de castidade para se consagrarem inteiramente à observação do sol, passando todos os dias à espera do nascer e do pôr do astro. As pessoas vinham implorar-lhes a bênção divina: traziam-lhes doentes de muito longe a fim de que elas lhes tocassem ou falassem ao ouvido, pela simples razão de eu ter me unido a elas, ainda que uma vez só!

Passei mais de um mês, segundo os meus próprios cálculos, sem me aproximar de nenhuma, não sei se foi por medo ou repugnância. Se sentimos impulso pelo outro sexo, é pelo simples intento de nos completarmos. Mas como seria isso possível, quando se acaba por duvidar se todas as mulheres não serão antigos ou futuros homens? Receei que se tratasse de sintomas. Todavia, essa situação não durou, pelo contrário, converteu-se. Como?

Sem motivo aparente, num dia em que estava a cavalo, a caminho de uma das minhas abençoadas digressões, recordei-me daquela pequena colocada no meio das sete mulheres, quando da minha aparição. Havia muito tempo que não pensava nela e na sua silhueta flexionada. Nunca me perguntara se era uma adolescente em vias de entrar na ordem masculina ou se já a deixara. Não. Aquele corpo em prosternação, pleno, repleto de promessas, convidativo, só podia pertencer a uma eterna fêmea.

De repente, senti um desejo incontrolável, a tal ponto que fui obrigado a retificar a minha posição na sela. Tive uma ereção. Prometi então a mim mesmo recuperar o tempo perdido. Mas o que acabou acontecendo superou todas as minhas expectativas. Fui surpreendido de súbito por pendões desfraldados, pela música ressoando e por bandos de aves acima da minha cabeça rodopiando. Lá estava o regente segurando as rédeas de seu cavalo, seguido pelos capitães do exército, pelas altas personalidades e pelos sábios.

O que houve?

Vieram todos apresentar-me infinitas e eternas felicitações em honra da minha ereção!

Senti nascer em mim um espanto que o meu sorriso encobriu aos olhares. Como ficaram sabendo? Disporiam de meios para conhecer o que se passava no meu íntimo? Ou ter-me-iam visto colocar a mão entre as coxas no momento em que me ajeitara na sela?

O regente declarou que todos se regozijavam com esse repentino vigor, esse ardor recobrado.

Mirei-o demoradamente, de novo invadido por esta espécie de apreensão e mal-estar. Ele não me informava de seus métodos, de seus pequenos segredos.

A sequência dos acontecimentos afastou-o de meus pensamentos, pois a notícia não tardara em se propagar nos quatro cantos do país. No dia seguinte, ao nascer do sol — a hora mais solene, aqui —, foi instaurada uma festa. No espírito das tradições no Território, devia celebrar o exato momento em que se iniciara minha ereção!

Não sei se tal costume se perpetuou após minha partida ou se o abandonaram desde então. Quem sabe agora não se trate de uma festa de origem obscura, como muitas daquelas das quais participara sem lhes conhecer o verdadeiro significado? Quantas vezes assistira a espetáculos tão estranhos, que só a muito custo segurava meu riso! Voltemos ao que importa.

Após esses longos dias de calma, os meus apetites redobraram. Posso dizer que tive um bom número de mulheres. Acumulei tantas imagens, posições, reações que precisaria longos anos para rememorar todas e gozá-las em pensamento. Mergulhava no seu universo, arrebatado por um desejo que inflamou de repente e pelo medo de me transformar, de abandonar um papel durante tanto tempo perfeitamente assumido e de enfrentar um destino desconhecido no corpo de uma fêmea. Por outro lado, estava mais do que nunca ávido de consolidar a minha posição de saber tudo, até os mínimos detalhes. Havia já um tempo que todos os olhos voltavam-se para mim; cada palavra minha era interpretada, comentada, colocada em linguagem simples para as crianças; cada uma das minhas frases, propositada ou lançada ao acaso, era admitida sem reserva e tida como definitiva. Eu observava atentamente que a população corria para mim, todas as minhas ordens e os meus decretos eram respeitados, ofereciam-me generosamente moças intactas na esperança de ganhar um agrado, fosse moral ou material. Uma palavra minha tinha o poder de mudar um destino ou de pôr fim a uma situação. Um dia em que estava extremamente abalado com a história da metamorfose, um homem veio me procurar. Virei a minha cara e fiz por inadvertência certo gesto com a mão. Regressou a casa sem dizer palavra, triste, ficou lá fechado para somente sair carregado, a caminho de sua última morada. Esse incidente incitou-me a prudência. Cuidava agora de apontar com medida e de acenar com ponderação. Não gostava de ver sua gente desaparecer assim, sem motivo aparente. Ao mesmo tempo, na minha cabeça, estava persuadido a ser cada vez mais poderoso. Decidira com toda firmeza tornar-me a única autoridade, o único juiz preparado para saber o que o horizonte leste e o horizonte oeste ocultavam. Caber-me-ia o conhecimento do infinito, seria a fonte e o fim de todas as verdades. Ter uma posição próxima de mim significava a tranquilidade de espírito, e a ascensão dependia de minha satisfação. A minha ira e a minha consideração eram a medida de tudo. Assim, quando ficava sozinho, admirava minha própria capacidade de emitir opiniões, perante as quais inclinavam-se os sábios mais veneráveis, e de tomar deliberações complicadas sobre assuntos que nunca imaginara examinar um dia.

Chegara então o momento de revelar os meus intentos secretos sobre uma matéria que me incomodava já fazia algum tempo. Em suma, decidira me livrar de quem escondia de mim mais do que revelava.

Sim, o regente.

PRECAUÇÃO DETERMINADA

Pus-me a observá-lo atentamente. Agora, seus olhares evitavam-me. Falava pouco, exprimia-se com lentidão e parecia sempre perdido nos pensamentos. Isso aumentou minha repulsa e aversão por ele. Decidi usar a artimanha, atento às suas mínimas reações. Apesar da minha posição ter se fortalecido, nunca me esqueci de minha condição de estrangeiro. Havia um abismo que me separava dele, embora fosse considerado o Filho do Sol, enviado com a missão de administrar suas vidas. Nunca me aproximei tanto de alguém a ponto de nele confiar e, quando muito, eu intervinha para resolver uma questão de primeira importância. Não pendia para nenhum lado e, embora soubesse de minha posição efêmera, não interrompi a solidificação do meu poderio, como se fosse ficar para sempre. Após intermináveis peregrinações, consolava-me a ideia de me estabelecer e de me ver livre do chamado. Desde o instante em que recebera ordem para deixar meu Egito, conheci o exílio que me mortificou.

É verdade que minha estada no Território prolongava-se, mas por quanto tempo ainda?

Não esperei mais e comecei, sem perda de tempo, a me interessar pelas drogas e suas combinações. Descobri a botica do palácio e o que continha de unguentos, pastas, colírios, pílulas, supositórios e... venenos.

Informei-me junto ao boticário das diferentes variedades disponíveis, de seus benefícios e malefícios. Fiquei sabendo que, embora essas substâncias entrassem na composição de remédios, elas eram também usadas para eliminar estrangeiros vindos com a intenção de prejudicar ou subjugar o Território.

Vi um frasco que continha uma poção de cor púrpura: uma ínfima quantidade misturada à comida agia ao cabo de seis meses. Vi também uma gelatina rósea, da cor da palma da mão, que se aplicava à vagina. Esse veneno não fazia mal algum à mulher, mas espalhava-se no corpo do parceiro, que começava logo a desmanchar-se: via-se pouco a pouco o cabelo cair, a pele decompor-se; impotente, assistia a seu próprio fim. E ainda uma pasta destinada a impregnar o papel que, em contato com os dedos, infiltrava pelos poros da pele.

Pedi-lhe um frasco que continha um líquido apto de tingir a água das cores de arco-íris; uma essência de hortelã, de que bastava uma única gota para perfumar uma sala imensa; um afrodisíaco que, bebido diluído — uma gota num copo d'água —, despertava na mulher desejos tais que ela se punha a arranhar e miar como uma gata, comportamento que eu já vira antes; e dois frasquinhos com venenos: um fulminante, o outro lento, sem antídoto.

Está claro que só estes frasquinhos me interessavam. O resto tinha a função de disfarçar meus intentos. Uma noite, convoquei os responsáveis dos correios para consultá-los sobre melhorias nos pombais e acerca das possibilidades de acelerar a velocidade de transmissão das mensagens até os confins do Território, de modo a superar as outras nações neste quesito. Afinal, os correios eram os nervos do Estado, um dos pilares do poder. Mostrei um empenho muito especial no assunto. Quando se retiraram, o regente se aproximou de mim. Demonstrei minha vontade de tomar a refeição do desjejum no dia seguinte, em sua companhia, na varanda cor de turquesa que dava para o jardim dos pavões prateados.

Assentiu, com uma pontinha de resignação no olhar. Como me relembrei disso bem mais tarde! Isso ocorre com muitas coisas que só conseguimos enxergar após um recuo ou que ficam totalmente claras após seu desaparecimento para sempre.

Não preguei o olho durante a noite, imaginando os momentos que iriam se seguir: o instante em que teria de anunciar a morte do regente; a simulação de uma tristeza exagerada pelo passamento do meu instrutor e iniciador; minhas ordens para a preparação do funeral solene que o conduziria ao cemitério sagrado; e o registro de sua vida e suas frases memoráveis.

Não sei em que momento exatamente comecei a dormitar, sem conseguir, no entanto, me livrar das investidas da insônia. Uma vez, no oásis, ouvira um homem, que não lembro mais quem era, contar que, quando o sono não vinha, acariciava a mulher e fazia amor com ela, e então esgotado adormecia consolado. Eu, porém, nessa noite, não manifestei nenhum desejo; no fundo, estava satisfeito por estar sozinho, deitado num leito de mercúrio, naquela alcova de paredes revestidas de fina seda, alumiada por uma luz suave. Submetido ao movimento das minhas pálpebras. Abria-as, o aposento se clareava todo. Fechava-as, na escuridão se mergulhava.

Depois de ter escolhido pessoalmente os itens da refeição, passeei vagarosamente os olhos pelo jardim, observando os pavões de espécie rara, desconhecida no resto da Terra habitada. Ordenei a permanência dos guardas, rompendo com meu hábito, pois gostava de ficar sozinho. Não tinham acrescentado "O Contemplativo" à minha lista de atributos?

Tirei o frasquinho do meu cinto de cetim, verti apenas uma gota na taça de cerâmica translúcida cheia de leite coalhado e voltei a meter rapidamente o frasquinho no esconderijo. Usei colheres de madeira por cuidado. Terminada a operação, afastei-me um pouco, contente. Um dia ouvira alguém dizer: "Prefiro cozinhar com as próprias mãos." Tratava-se, no entanto, de algo em nada relacionado à arte culinária.

Assinei dois despachos, um mandando preparar a Elefanta do Chefe para uma caçada no dia seguinte, o outro para iniciar os preparativos do jantar semanal na sala oval; seriam convidados dirigentes de negócios e pilares do regime.

Verifiquei o arranjo dos pratos, assegurei-me da presença do pote de mel branco, especialidade das montanhas, e aguardei a hora da chegada do regente. Olhei para a taça que continha a gota mortal.

Com certeza, não virá!, pensei.

Com calma, comecei a comer. Depois de dar ordem de levantar a mesa, pus-me de pé e fiquei uns momentos de braços cruzados, antes de pedir que me aprontassem para a tarde o banho musical, uma bacia talhada numa rocha de um verde-escuro onde me estendia inteiramente nu: logo melros dourados emitiam um suave assobio, que aflorava os poros da pele, penetrando-os devagar até os abrir completamente. A bacia então se enchia de uma deliciosa espuma de sabão que exalava uma mescla de aromas.

No dia seguinte de manhã, quis saber notícias do regente. Escutei a resposta do juiz-mor, atento à mínima mudança no tom da sua voz. Queria mandar procurá-lo em todo lugar.

Ele desaparecera de vez, o juiz-mor informou.

Morto?

Vendo o juiz-mor emudecido, cabisbaixo, mandei-o embora. Fiquei sozinho mais uma vez. Curioso! Ninguém parecia surpreendido com a ausência do regente, como se fosse esperada. Parecia ter se apagado qualquer rastro dele: os pilares do meu conselho não pronunciavam seu nome, ninguém fazia alusão a ele, seu lugar permanecia vazio.

Minha reação foi esquisita. Nos últimos tempos, ele me irritava, por isso decidira por convidá-lo para a tal refeição, imaginara sua morte, tomara todos os arranjos necessários com o intuito de lhe prestar as últimas homenagens, até mesmo pensara nas palavras que diria, no semblante consternado e pesaroso que teria de demonstrar... e, apesar de tudo isso, um vazio se abriu dentro de mim, uma grande falta, eu senti. Explicava para mim coisas que desconhecia, revelava vários enigmas. Sem seus ensinamentos, ajuda e conselhos durante a quarentena de reclusão, não teria sido eu capaz de começar e prosseguir.

Em momento algum me esquecera de que era um estrangeiro entre eles e que estava condenado a viajar sem descanso. Não me deixei iludir quanto à estabilidade da minha posição. Nas horas mais serenas e pensativas, continuava consciente da precariedade de minha situação, de que este universo que me rodeava certamente não duraria. Encontrava-me, sem dúvida, em contínua transformação, sujeito a mudanças e renovações incessantes. Fosse como fosse, minhas incansáveis andanças haviam me conduzido ao Território e elas me expulsariam de lá num dado momento. Como? Não sei.

Que falta ele me faz!

Eu cumpria vários rituais sem conhecer seus significados nem intentos, mas ele me guiava. Dizia-me "faça isso ou aquilo", e eu seguia suas instruções sem pedir explicações. Era possível mandar chamá-lo a qualquer hora, de dia ou de noite, e, em caso de emergência, era o único autorizado a transpor a porta da minha alcova. Com que zelo tomava conta de mim! Não parava de satisfazer meus desejos em matéria de comida, de bebida ou de conforto e chegava a saciar meus caprichos no tocante às mulheres, proporcionando-me ora moças magras de menos de vinte anos, ora criaturas de silhuetas delicadas, ou, pelo contrário, de ancas bem formadas e seios fartos. Uma vez, me vira olhar para uma jovem de dentes afastados, esposa de um capitão-mor do exército; no dia seguinte, arranjara-me uma igual: quando sorria, aparecia-lhe uma fenda bem nítida entre os incisivos. Ele espalhara espiões em toda parte, no intuito de buscar para mim as que satisfaziam meus caprichos.

Sua ausência me penalizou, embora tivesse buscado me livrar dele com minhas próprias mãos. Fui me conformando, repetindo a mim mesmo que de tanto interferir nas minhas coisas acabou por passar dos limites, além de suas observações que me irritavam. Sim, precisava eliminá-lo! Ele mantinha influência em todas as engrenagens do poder, como poderia eu tolerar a presença de um conselheiro ou sócio de meu lado?

Mas será que me livrara realmente dele?

Não, desapareceu mesmo a tempo. Sabia que eu tramava contra ele. Como não pensara nisso, não foi ele que adivinhara minha ereção e celebrara o acontecimento? Então, sua fuga não era tranquilizadora. Ele estava em algum lugar, perto ou longe. Conhecia minhas intenções mais secretas, como fazia isso? Até hoje não sei.

Pensei inicialmente em ordenar que o procurassem em todo lugar, mas desisti, preferindo dar a impressão de compreender o motivo de seu afastamento. Decidi conduzir eu mesmo os negócios públicos. Afinal, até então, as minhas iniciativas haviam sido coroadas de êxito. Não chegara a perguntar a mim mesmo, num momento de serenidade, de onde extraía tantos recursos? Tudo se passava como se tivesse inventado a arte de governar. Já não precisava me esforçar para representar: tornara-me realmente uma outra pessoa. O passo lento ao caminhar, minhas respostas, meus gestos e acenos de cabeça, minhas ordens, tudo isso era agora espontâneo. Pusera em prática medidas sem precedente, introduzira usos totalmente inéditos, como o de sair de rosto coberto, ou então por detrás de uma máscara de ave, até então visível uma única vez no ano. Multiplicara minhas caçadas, escolhendo eu próprio a quem abençoaria com minha companhia. E como me divertia ao ver as pessoas competindo, movidas pelo desejo de subirem para um dos quatro bolsos sob meu camarote. Às vezes, contemplava aqueles que esperavam muito aparecer diante de mim e me informava cuidadosamente sobre como viviam e o que faziam os intrigantes que me acompanhavam em uma só e única ocasião.

Convidei os banidos para a mesa da sala oval e até aceitei receber em audiência os adeptos de uma seita herética, que sustentava a existência de duas alvoradas, a primeira falsa e a outra verdadeira. Ouvi-os atentamente e os tranquilizei sobre sua sorte. O líder deles escutou-me com uma expressão de surpresa incrédula. Mais tarde, soube que sua vinda ao palácio provocara grande confusão na seita, a qual rachou em três tendências: alguns abençoaram esta diligência; outros, ao contrário, chamaram-na de criminosa; houve ainda quem não se dignou a fazer nenhum comentário, pelo menos declaradamente!

Aumentei a fiscalização. Em todo edifício novo a ser lançado, eu participava colocando a primeira pedra e nele dava uma volta quando da inauguração; visitava a menor das fábricas, parando em frente dos produtos que me eram apresentados, formulando observações de ordem geral que eram registradas e aplicadas sem demora, a despeito de sua banalidade. Gostei disso ao mesmo tempo que o achei ridículo, mas não deixava transparecer. Verificava tudo, olhava tudo, fingia compreender tudo.

Adotaram ainda um novo uso: a gravação do meu nome em tábuas de mármore com o mês e o ano da minha visita, e com a cor do meu manto. Não sei se elas foram conservadas ou se as destruíram após minha partida, conforme sua crença na inutilidade da história.

Se o regente estivesse presente, não teria apreciado essa iniciativa. Eu o desafiava mesmo na sua ausência. Ousava inovações que, sem dúvida, o teriam irritado ou aborrecido. Às vezes, eu procurava imaginar a opinião que ele poderia enunciar em determinada situação ou perante tal decisão, o que ele talvez me fizesse empreender. Todavia, nada é mais estranho do que o episódio ligado a uma proposta que tive. Os detalhes são cativantes.

Fiquei espantado ao descobrir que efetivamente o Território não entrara em guerra desde épocas remotas. E, no entanto, possuía um exército treinado, composto metade por cavaleiros e metade por infantes, que desfilavam durante as solenidades e festividades. De vez em quando partiam em formações grandiosas para missões obscuras, ignoradas por toda gente. Eu próprio tentei saber, mas, apesar da minha força, de meu poder absoluto, não obtive êxito.

A meu ver, era necessário mobilizar o exército e criar, segundo meus próprios termos, a noção de "perigo iminente". Na origem dessa ideia estava uma conversa ouvida em outros tempos no bazar de Khân Alkhalîli. Um homem contava a um mercador de tapetes, um persa, a história de uma jovem sua parente, que desde o dia em que recebera uma aflitiva notícia perdera a razão, rindo e chorando sem cessar. Pois bem! Bastava, a quem estivesse ao seu lado, esbofeteá--la com força para que pusesse fim àquilo e caísse em si. Assentindo com um aceno de cabeça, o persa opinou que, orientados para uma fonte de perigo repentino, todos os sentidos ficam aguçados e em alerta.

Era necessário, então, que rondasse um perigo, ainda que se tivesse de forjá-lo caso não surgisse realmente. Quem sabe não daria cabo daquela moleza manifesta desse povo? A tal ponto que os homens se transformassem em mulheres e as mulheres em homens!

Assim, mensageiros saíram pelas ruas de todas as cidades e as aves foram despachadas para as partes mais recuadas do país, levando uma mensagem minha anunciando a aproximação do inimigo, ávido de se apossar das riquezas do Território. Declarei a necessidade de que todos estivessem prontos para rechaçar. Eu aumentava a frequência das aparições na praça principal e minhas subidas à torre redonda, evocava a multidão, alertando-a, avisando-a do perigo, ao mesmo tempo que formulava ameaças e intimidações para com os pretensos invasores, sem cessar de agitar meu célebre indicador, que se tornara uma marca. No dia seguinte, passagens dos meus discursos eram repetidas aos alunos das escolas. Os pais colocavam os filhos em sobreaviso contra o perigo que o Chefe Supremo percebera e vira. Em seguida, as tropas eram reunidas e desfilavam sob os bandos de aves de rapina, antes de se dirigirem para as distantes fronteiras com a finalidade de estabelecer a posição de defesa. Não consegui não pensar no povo do oásis, nos postos de guarda, no permanente alerta, nos turnos de vigiar o acampamento, que, com a passagem do tempo, acabara por fazer parte integrante de suas vidas cotidianas. Ah, se ao menos soubesse o que acontecera com aquela gente!

Mas esse é um assunto que talvez me desvie do meu propósito.

Quero contar como as coisas se deram. Um dia — não sei agora quando foi exatamente, aliás, nunca fui capaz de me lembrar dos nomes dos dias e das semanas usados por eles, tão estranhos que eram —, avisado da vinda do responsável pelas informações, incumbido da vigilância da totalidade do Território, saí para o vestíbulo contíguo à alcova. Só um acontecimento de enorme gravidade poderia levá-lo a solicitar uma audiência em semelhante hora.

Ao vê-lo no meio da sala, de cabeça decaída sobre o peito, tive logo a certeza de que acontecera algo inabitual. Mas como a ponderação já era uma das minhas características, não perguntei; com um gesto, limitei-me a convidá-lo a sentar-se. Olhei para ele calmo e confiante e lhe disse que mandasse chamar, no oeste do país, o mestre da interpretação dos sonhos. Após um momento de silêncio, contei-lhe que tivera um sonho que me intrigava: estava num lugar fechado, na companhia de três indivíduos, cujas feições eram exatamente iguais às minhas. O primeiro estava de pé, o segundo, sentado e o terceiro dormindo. Ao ouvir essas palavras, o homem levantou e beijou o chão entre meus pés, garantindo-me que o homem viria a minha presença logo que chegasse. Era só o tempo do caminho... em breve estaria aqui.

Então, calou-se, aguardando autorização para me transmitir suas informações. É claro que eu começara a falar sobre o sonho para não parecer impaciente em saber a razão de sua vinda.

Fiz o sinal.

Disse que as notícias, há dois dias, não paravam de chegar das cidades fronteiriças. Havia homens que pretendiam causar danos. Um exército imenso... aproximava-se... Fixara suas barracas nas cercanias de algumas nascentes sagradas. À noite, viam-se as suas fogueiras de muito longe, iluminando quase todo o deserto.

— De que direções, exatamente?
— Do sul e do norte.
— Houve algum precedente?
— Não, nunca, desde que você, Filho do Sol, apareceu para nós.
— Referia-me aos tempos antigos, muito antes de mim.

Calou-se. Parecia óbvio que, se houvera um precedente, ele não sabia onde nem quando. Eu lhe disse então que a situação exigia mobilização geral. Que hasteassem o estandarte branco estampado com um gavião vermelho de asas abertas. Dito isto, levantei, anunciando-lhe minha intenção de me dirigir à população no dia seguinte de manhã.

Mandei que se retirasse e convoquei os sete pilares do conselho. O lugar do regente continuava vazio. Não sabia se estava perante uma ameaça real ou se era um simples efeito da minha política de "perigo iminente". Mas, das vezes anteriores, era eu quem lançara os alertas, mas agora? Eu não tinha certeza de nada. No entanto, soubera disfarçar e forjar um discurso, segundo o qual era tudo verdadeiro. Sobretudo desde o momento em que todos se prosternaram diante de mim num só ímpeto, imbuía-me da secreta convicção de não ter atravessado todas as provações senão para viver o instante. Assinei os decretos que seriam encaminhados pelos pombos-correios, impondo a cada tribo o encargo de armar cem dos seus homens mais vigorosos, ainda não metamorfoseados, para engrossarem as fileiras do exército. Decretei igualmente a cobrança de um imposto: tudo indicava que era uma medida sem exemplo, a julgar pelo assombro com que foi acolhida.

Subi a torre, na cabeça o turbante amarelo bordado de raios de ouro, reservado às grandes ocasiões ou às horas graves. Abarrotada de gente, não se podia enxergar o chão, e, enquanto subia os degraus, voltei a pensar na adolescente que se apresentara diante de mim na manhã de minha aparição. A sua silhueta flexionada de modo sublime, as suas formas harmoniosas... Estaria no meio do povo? Ver-me-ia nesse momento?

Preparava-me para pronunciar uma fala inabitual. A multidão se mostrava tão numerosa como nunca, sinal que toda gente tomara consciência do perigo. Eu apelaria ao combate pela defesa da pátria do sol, Território das Aves, proferiria ameaças aos inimigos em marcha para o habitat do povo aéreo. Bandos inteiros iriam incendiar as suas tendas.

Suas tendas?

Neste preciso instante, o acampamento ressurgiu ante os meus olhos... aquelas correntezas de tendas, os exercícios, os apelos cotidianos.

Teriam chegado? Que rota haviam seguido? Quanto tempo ficariam acantonados nas fronteiras? Que intenções almejavam? Teria que viajar para estudar a situação de perto.

Ainda me lembrava das cores das bandeiras, do rufar dos tambores, dos gritos das sentinelas, que se perdiam na noite...

Dispunha-me a subir os sete degraus que conduziam à varanda circular, a que ninguém além de mim tinha acesso. Então, enquanto cintilava o rubi vermelho policiando a frente de meu turbante cujo brilho era visível à distância de um dia de caminhada, e por isso chamado de "O brilho do Fogo", então, entre o terceiro e o quarto degraus, exatamente...

Exatamente... senti abater-se sobre mim um peso que, de repente, extinguiu minha serenidade e ceifou toda minha altivez. Não esperava de modo nenhum, não estava preparado para encará-lo. Nada, nem um decreto, nem uma mobilização, nem soldados armados dos pés à cabeça, nem uma ave de espécie rara nem qualquer réptil, nenhuma criatura podia vir em meu socorro ou afastá-lo de mim.

Ouvi novamente essa voz que me chegava de todos os lados, irrompendo de uma parte obscura de mim mesmo, à qual sempre me mostrava incapaz para repelir ou despistar.

— Parta!

Quando meu passo vacilou, ela se acercou ainda mais, elevando-se de todas as partes, mais determinada, mais opressiva...

— Parta agora para o lugar onde o sol se põe...

A PASSAGEM DA CARAVANA

Reproduzo aqui um fragmento do que Ahmad Ibn-Abdallah traçara com suas próprias mãos:

... Deixei de passar o maior tempo no Café dos Marinheiros, aumentando minhas andadas pelas ruas da cidade. A cada pôr do sol completo, aflorava em mim o sentimento de captar seu mundo invisível e misterioso. Vi o arrastar das horas sobre esta cidade e notei que a paisagem vista de manhã já não mais parece a mesma à tardinha; até a passagem de uma nuvem basta para mudar tudo. Os edifícios, os caminhos, as trilhas, as fontes, as árvores, as aves, as esquinas de ruas, o beira-mar, as ondas do Oceano, apresentam um aspecto mutável com a variação da luz... *Pela manhã de luz plena! Pela noite quando serena!*
Tranquilizei-me na capital do país do poente, a Ancoragem do Navegante — como a chamam os marinheiros que aguardam a calmaria do mar, ansiosos por partir a fim de

ganhar a subsistência —, mas não era uma tranquilidade da estabilidade. Sim... o Café me ofereceu um refúgio e conheci aqui a acolhida de um asilo, a hospitalidade dos habitantes, a solicitude do homem encarregado de cuidar de mim, sua paciência ao escutar-me, sua discrição quando de repente mergulho no silêncio ou me perco nos meus pensamentos. E depois senti vontade de perambular por esses caminhos feitos da desconfiança, envoltos pela sombra de longos séculos de vigia, pois, tão inteiramente mobilizada, a cidade, vista do exterior, parece pronta para revidar, quando nas suas vielas e pequenas praças a percebemos emparedada, como que em alerta. É o posto avançado nos confins do oeste, a fortaleza da expectativa. E apesar de o perigo ter desaparecido há muito tempo, há uma certeza de que pode ressurgir a qualquer momento. As casas, assim, são próximas umas das outras, as fachadas se avizinham, as ruas e ruelas se emaranham e à beira do Oceano levanta-se a muralha, afastando do infinito as janelas e as frentes das casas. Após tantos anos de vida errante, convenci-me de que as construções e os caminhos não são só o que aparentam, mas também o que escondem das épocas passadas, sepultas para sempre, depositárias de todas as coisas. Assim, o Cairo não é apenas a cidade que se mostra aos olhos de um visitante de passagem ou de um habitante distraído; é também o receptáculo das cenas e das peripécias de sua história. E muitas vezes, para a pessoa, os lugares se revelam somente a distância. Vendo-os então com recuo, admira-se de aí descobrir coisas antes vistas como triviais, mas que na realidade não o são. De tanto me pertencer àqueles lugares, guardei-os dentro de mim e os levei para todos os cantos. Muitas vezes, sentado no Café ou no balcão defronte ao Oceano, rememorei meus dias no Egito, no oásis, no Território das Aves. Pergunto-me: essas horas em que trago o passado de novo à memória e convoco a imagem daqueles lugares, a que devo ligá-las? Pertenceriam ao lugar onde me encontro fisicamente ou a esse outro que revejo na memória e no íntimo?

Com que perseverança meditei este tema! Só que nunca cheguei a uma resposta segura e foi isso uma das coisas mais penosas ao longo do meu périplo. Nunca me fixei nem me estabeleci em lugar algum, mesmo onde permaneci por muito tempo.

Digo que nunca senti a capital do país do poente como sendo o fim das minhas peregrinações. Nunca pensei receber aí a ordem para voltar ou para parar, é necessário que continue minha viagem do ponto onde o sol se afoga, tendo como meu único viático uma vigilância ininterrupta na expectativa do instante em que o chamado se manifestará. Quando todos os olhos se fecham, e quando todos adormecem, eu nunca durmo, nunca me entrego ao sono.

Há, no entanto, uma ideia que me persegue, advertindo-me: este país é o último local da Terra habitada. Qual será então meu próximo destino?

Como poderia saber? Estou sempre no aguardo de uma ordem ou explicação. Estou condenado a seguir o sol, avançar ainda e sempre até onde ele desaparece. É por isso que tenho perfeita consciência de me achar apenas de passagem neste país, mais cedo ou mais tarde, irei embora.

Não, não é o lugar onde me estabelecerei!

Então, onde?

Suponhamos que me rebele e parta em direção à ponte do Khalîj, atravessada há anos e anos, numa certa manhã, ao caminhar para o lugar onde paravam as caravanas... Quando chegaria se saísse agora daqui? Quem encontraria durante o trajeto? Que surpresas me aguardariam? Seria suficiente o que me restou de tempo?

Tenho consciência de que o homem que partiu naquela manhã longínqua dissipou-se lentamente, até se transformar num outro, mais rico e mais pleno, mas também desprovido de uma parte do antigo. Sou agora diferente e estou longe, muito longe de Ahmad Ibn-Abdallah do Cairo. Simultaneamente ligado a ele e separado dele, aspirando a uma quietude jamais conhecida, nem sequer no tempo do meu esplendor e do meu poder!

Nunca imaginei reencontrar nos confins da Terra habitada alguns daqueles com quem convivera nos primórdios de meu périplo. Estava então no Café dos Marinheiros, entregue ao silêncio e de costas para a cidade, tentando nela adivinhar o movimento sem vê-lo. Todos os clientes se mantinham mudos, de olhar fito no Oceano. Através dos orifícios das paredes de palmas entrançadas, vimo-lo fechado, escuro. Sobre as águas, formavam-se nuvens espessas que se elevavam no céu, como presságios de chuvas torrenciais. No Território das Aves, os habitantes da província do norte olhavam para as nuvens portadoras de relâmpagos e aguardavam, pois, se os relâmpagos seguissem por setenta vezes, deviam esperar a queda iminente da chuva.

Assim, de vez em quando, como se uma ordem misteriosa fosse dada de repente, toda a gente cessa de falar e crava o olhar no Oceano. Ouvi dizer, aliás, que de tanto frequentar o Café ou permanecer no balcão, a pessoa enlouquece. Alguns haviam sido levados para o asilo dos tolos, como são chamados aqui, ou dos insanos, como são chamados no Oriente. São amarrados como prisioneiros, acorrentados às paredes e recebem chicotadas se começarem a gritar.

Foi ali, no café, que ouvi anunciarem a chegada da caravana vinda do Oriente. Acontecimento raro! Todavia, viajantes afluem de todo lugar, uns se estabelecem na cidade, outros prosseguem seu caminho para o sul ou para o norte. Quanto aos navegadores aventurosos que embarcam em demanda do oeste, correm a seu respeito lendas e histórias. Esses são desconhecidos, ignora-se tudo acerca deles, nenhum deles voltou para contar o que viu ou encontrou!

Movido por um impulso inexplicável, corri para a região do mercado. Logo que avistei os camelos ajoelhados, agachados sob seus fardos, tive a sensação de que nada mudara, nada se alterara, como se a distância que me separava daquele momento não tivesse existido. Aproximei-me, dei uma volta, olhei nos rostos. Reconhecia alguns, vestígios de feições gastas. Outros rostos já não estavam ali, seus donos tinham desaparecido definitivamente. Quando perguntei pelo hadramawti, de todos eles o companheiro mais próximo de mim, só o quarto homem foi capaz de me informar.

O hadramawti morrera havia muito tempo. Fora enterrado no caminho, num lugar desconhecido, junto a uma velha aldeia turcomana desabitada. Apagara-se nas mais dignas circunstâncias, no preciso momento em que, depois de definir a orientação para Meca, ajoelhava para rezar, a meio dia de marcha do túmulo de um ilustre xeique, venerado e seguido por muitos adeptos, morto durante o combate contra os tártaros — posicionado à cabeça de uma tropa, cantava e dançava rodopiando, segundo conta a tradição —, autor de um livro lido pelo povo em voz alta e intitulado *Sopros da beleza divina*.[13]

Escutei a notícia com ar ausente. Estava estupefato, embora esperasse por esta notícia há muito tempo. Chegara a dizer para mim mesmo que fatalmente devia ter morrido. Mesmo assim, chorei de emoção, após ter julgado não ter mais lágrimas. Na verdade, não sei se o chorava ou lamentava a minha sorte. Uma tristeza estranha, até então sufocada, como nunca conhecera ao longo do meu périplo, invadiu-me por todos os lados, a ponto de adiar um pouco minha ida até o chefe da caravana. Encontrei-o tal como o imaginara, mas de seu rosto de antigamente só sobravam poucos vestígios.

Parecia ter adivinhado minha mágoa, sim, ele, o velho viajante que já vira e ouvira tanta coisa. Todavia, não disse palavra, não me fez nenhuma pergunta e eu nada disse. Falamos... Ah, como gostaria de descrever nossa conversa ao meu amigo ou de registrar eu mesmo por escrito, mas estou tão agitado, tão pesaroso que não me sinto capaz de fazê-lo. Em seguida, acompanhei-o à beira do Oceano. Foi embora quando o sol começava a se preparar para partir. Eu voltei a me instalar no meu lugar no balcão, de olhos pregados no sol.

Vi o sol de fato ou refleti nele o que pensava?

Eu mudara, mas o disco permanecia imutável. É ele que se vai ou você que o leva? Quem transporta o outro? Naquele dia, fiquei longos momentos com olhar fixo, ouvindo, à escuta... Pouco faltou...

---

13. Obra de Najm Addîn Ahmad Ibn-Umar Kubrà.

TROCA DE POSIÇÕES

Jamâl Ibn-Abdallah, o escriba do país do poente, diz:

Terminado o relato desse episódio, não me ocorreu, curiosamente, perguntar-lhe como deixara o Território, se respondera imediatamente ao chamado ou se conseguira contornar a situação enquanto organizava seus assuntos. Veio-me na cabeça uma daquelas historinhas que o povo da capital entremeia nas suas conversas: um lobo se casou com uma camela; a quem ia felicitá-lo, ele dizia: "Felicitem-me no dia em que ela se ajoelhar."

Adiei contar-lhe a história, respeitando como de hábito seu repentino silêncio. Via-o ali, de lábios cerrados, olhos fitos num ponto indeciso, lá no fundo de si mesmo, creio eu, e não na direção do seu olhar.

Quando ele ficava assim, as pupilas imóveis e vidradas, o rosto sem expressão, entretinha-me fazendo rabiscos e formas numa folha branca, ou tateando a metade morta do meu corpo.

Após sua partida súbita, tivera alguma notícia daquele povo? Tentei saber discretamente, mas em vão, não disse palavra. Receava que ele encerrasse o relato sem elucidar tal obscuridade. O que direi ao sultão se decidir me perguntar? Por outro lado, ele não era mais um segredo para mim, se ele não queria revelar, não adiantava insistir, ele não diria nunca.

Nosso Amo e Senhor perguntou-me um dia se eu conhecia alguma personagem falecida repentinamente na altura em que pregava do alto do púlpito da mesquita.

Respondera ter lido na *Enciclopédia dos homens letrados*, do Yaqût, que Abu-Alfaraj Alisfahâni, o autor do *Livro das canções*, dissera numa das suas sessões: "A morte ceifa em todas as circunstâncias, ensinaram-me os meus mestres. Contudo, nunca ouvi falar de quem tivesse a vida arrancada quando no alto do púlpito."

Ao ouvir tais palavras, um xeique andaluzino, discípulo de Alisfahâni, chamado Abu-Zakariya Yahyà Ibn--Malik Ibn-Â'id, muito respeitado por Abu-Alfaraj, que o considerava uma autoridade, teria então afirmado ter visto na mesquita de uma aldeia de seu país o orador subir a escada do púlpito e tombar, fulminado, ainda antes de atingir o último degrau. Depois de descerem o corpo, um dos fiéis o substituiu, discursou e orientou a oração da sexta-feira.

Quanto a mim, a primeira vez em que me deparei com a morte foi nos tempos da infância, quando corria de alguns meninos, antes de ser acometido por este estranho mal; ouvira um grito da casa vizinha, fiquei paralisado pelo terror.

Entristecido, meu pai murmurava: "Escapou-se o mistério divino do xeique Hassan Ibn-Ali Alfazzâni." Não entendia o que isso significava. Antes dos trinta anos, não passava pela minha cabeça a ideia da partida para a eternidade, e quando ouvia falar da morte, tinha a certeza de que ela podia atingir toda gente, exceto eu. No entanto, conhecia a angústia de perder. Esperava ansioso a volta do meu pai do trabalho no *diwân* do Sultão. Chegava ele mais ou menos regularmente na mesma hora na entrada da ruela, mas, se por acaso se atrasava, eu saía de casa para olhar. Um medo inexplicável me fazia tremer o coração. E se ele não aparecesse? Se eu não o visse chegar? Se eu não respirasse mais o cheiro de suas roupas, sobretudo da túnica de lã? Abalava-me a ideia de ver chegar o final do dia antes de ele voltar. Mas nunca pensara na ideia de que ele pudesse desaparecer para sempre. Foi na escola alcorânica que conheci órfãos pela primeira vez na vida: um sem pai e o outro sem mãe. Apiedei-me deles, era gentil e sempre tolerante com eles. Mesmo assim, não poderia imaginar-me por um só instante em seu lugar. Pouco antes do poente, o meu pai levava-me para as muralhas que davam para o Magnífico Oceano. No momento do sumiço diário do sol, me aproximava até me colar nele e, como se me compreendesse, meu pai apertava-me contra seu peito. Nossos olhares então se fixavam num ponto preciso onde o sol desaparecia, situado exatamente no local oposto àquele onde nasce no horizonte — fato do qual tomei conhecimento muito tempo depois —, de tal modo que uma linha absolutamente reta ligava esses dois pontos através do céu.

Recordo-me de que, ainda rapazinho, tinha um medo obscuro: e se o sol nunca mais voltasse, cedendo lugar às trevas eternas, assombradas pelos djins e pelas almas penadas? Na realidade, os defuntos, os espíritos arrebatados pelo senhor da morte não aparecem vagando na noite, mas nos sonhos de seus entes queridos.

Ao ouvir redobrar os gritos, subi o terraço de casa. Já a luz começava a baixar. Vi sair o corpo, inteiramente coberto por um lençol; mesmo assim pude reconhecer a comprida silhueta magra. Encontrara-o tão frequentemente, o velho Alfazzâni, cinco vezes ao dia, nas horas de oração, arrastando-se apoiado no bastão a caminho da grande mesquita, desde que deixara definitivamente seu trabalho no mercado dos livreiros. Era considerado no país um dos mais hábeis e famosos copistas do nobre Livro; dominava com perfeição a antiga caligrafia andaluz, tão difícil de decifrar pelas pessoas do Oriente. Está conservado no palácio um exemplar traçado por sua própria mão, guardado de reserva por ordem de Nosso Senhor, a fim de que, após sua morte, leitores recitem versículos noite e dia junto da sepultura. Pude consultar este exemplar do Alcorão e ler algumas passagens: a cada palavra honrada, parecia-me ver as letras deslizarem e tomarem forma pela sua mão.

Depois de fechado o caixão de madeira, interroguei a mim mesmo: "Mas como respira?"

"Deixou alguma vontade expressa?", alguém perguntou.

"Não, mas costumava rezar na grande mesquita", respondeu seu filho primogênito, tão magro quanto o pai, carrancudo.

Deste acontecimento, permanece gravada em mim a lembrança de um cheiro estranho, escapado de dentro de mim, que veio perturbar minhas narinas no exato momento em que olhei para o caixão retangular, um cheiro insólito como nunca mais respirei outro desde então; mas que sinto toda vez que penso ou ouço falar na morte.

Sempre olhei a morte como algo que pertencia aos outros, no entanto, com minhas frequentes idas aos arrabaldes da cidade para observar o sol indo, e observar, grau por grau, a vinda da noite, tomei aos poucos consciência da existência de um ciclo, e quando meu pai morreu, no momento em que rezava prosternado na direção da Meca, fui atingido em cheio. A morte então se aproximou e ficou mais evidente e comecei assim a esperá-la e finalmente entendi por que motivo toda gente daqui se encaminhava para a beira do Magnífico Oceano e mantinha os olhos pregados no poente.

Ao pé da muralha, há uma extensão arenosa seguida por uma barreira de rochedos escarpados e de grutas esculpidas, e contra suas paredes rebentam as ondas vindas do desconhecido, impedindo os barcos de lançarem âncora. Assim se explica a fundação da cidade neste espaço, tendo o porto situado fora e longe dela, nos subúrbios, na direção do norte e que pode ser visto do Café dos Marinheiros. A cidade blindou-se de algum modo por detrás da ondulação, dos recifes e das muralhas, menos para tentar proteger-se desesperadamente dos perigos que ameaçam surgir do desconhecido, do lugar onde o sol se extingue. A julgar pelo meu conhecimento do passado, nenhuma muralha pôde alguma vez parar o assalto do inimigo sem piedade, mas a intenção era protelar o prazo de alimentar a esperança.

É na região arenosa, mesmo antes dos rochedos, que estão enterrados nossos mortos. Estranho local para um cemitério. Ahmad Ibn-Abdallah, o egípcio — que Deus lhe conceda perdão —, ficou pasmado. Fez-me todo tipo de pergunta e foi visitar o local. Espantou-se mais ainda quando lhe revelei esta coisa sabida apenas pelos habitantes versados na história da cidade, fim da Terra habitada e começo do desconhecido: segundo uma velha crença, unir-se às águas do Magnífico Oceano constitui garantia de fertilidade. Nos dias de maré cheia, quando, revoltas pelos ventos do nordeste, as ondas engrossam até se quebrarem contra os rochedos, as mulheres estéreis se abeiram do Oceano, já sem as calçolas, arregaçam os vestidos até o alto das coxas e entregam-se aos salpicos numa posição que todos conhecem. Mal sentem os borrifos iniciais de água salgada, devem entregar-se a todos os requebros e movimentos sedutores com seus maridos. Algumas não hesitam em exagerar! Depois de completamente molhadas e penetradas pelas gotinhas, não demora, com permissão do Altíssimo, que concebam uma criança — uma prática observada desde tempos antigos e, segundo se diz, de eficácia comprovada!

Tanto acerca desta crença como do costume de enterrar os mortos no litoral, Ahmad Ibn-Abdallah demonstrou uma curiosidade exagerada. Queria saber tudo, incluindo os mínimos detalhes, chegando ao ponto de me perguntar que hora era a mais adequada para que essas mulheres se entregassem ao Oceano.

Desejoso de me aproximar dele, nunca deixei de responder as coisas que sabia, sem rodeios. Em nenhum momento deixei transparecer admiração, nem alegria, nem tristeza, nem dúvida com relação às suas palavras, atendo-me à missão de registrar a narrativa. Mesmo quando entre nós se estabeleceu uma espécie de intimidade, mantive sempre certa reserva, escondi a inclinação que sentia por ele e a ansiedade que despertava em mim, não por aquilo que me ditava, mas por causa da sua instabilidade de humor. Ora jorrava de seu silêncio uma vitalidade transbordante, ora eu distinguia na sua voz um desapego total, como se um outro ser, sem qualquer laço com ele, tomasse seu lugar.

Seu sorriso eterno, único vestígio do tempo do seu esplendor e da sua força, deixava-o um pouco longe de mim. Contudo, conhecia-o agora razoavelmente bem para saber se ele sorria para valer. Até então, ninguém o conseguira, foi pelo menos o que me disse.

Nessa manhã, parecia radiante. Contou-me que se vira em sonhos a andar pelas ruas antigas do Cairo; refugiara-se num Café onde costumava ir e saboreara um chá de hortelã das montanhas.

Tão poderoso era seu sentimento de haver atingido o último limite da Terra habitada, que se voltava incessantemente para o passado, acrescentou. Trazia dentro dele, como um patrimônio, detalhes nítidos ou reflexos

imprecisos, coisas provavelmente sem interesse para os outros, sem valor. Quantas vezes sentira o coração espedaçar-se ao relembrar horas perdidas sem volta!
— Por que sorri? — perguntou-me então.
Debruçando-me em sua direção, respondi:
— Quando fala, penso ouvir a mim mesmo.
Espantou-se e disse:
— Mas você nunca deixou seu país. Por que teria saudades?
— Porque ninguém resgata os dias passados.
E apontando para o solo, para os muros, acrescentei:
— Como apreender este lugar na sua totalidade? O que tive dele acabou-se, e o que vejo nele é algo diferente.
Seu olhar perdeu-se por instantes no vazio. E, pela primeira vez, instei-o a falar:
— Não vai me contar a história dos Homens dos Bastões?

OS BASTÕES

Ahmad Ibn-Abdallah retomou então a narrativa:

Vira cinquenta e três vezes o pôr do sol. Ainda hoje treme de noite ao lembrar-se dos ruídos estranhos ouvidos ao longo dos dias no deserto, alguns vindo de fontes reais, facilmente identificados, outros modelados pelo vazio, pelos turbilhões de areia, pelos ventos contrários.

Como única bagagem, levava seu alforje, algumas roupas, a caneca dotada do poder de matar a fome e combater a fadiga, e esses famosos livros... O hadramawti, o rastreador, o regente, cada um contribuíra com sua parte.

Não se prolongaria descrevendo seu sofrimento na passagem de um extremo a outro. Da distinção de príncipe e do esplendor do poder para a severidade da privação, a aridez das areias e a solidão surda, depois de ter estado rodeado de uma fartura de convivas e de cortesões ávidos de receber sua aceitação. Durante toda a noite, seguia o rastro do poente guiando-se pela posição das estrelas até o surgimento dos primeiros raios; abrandava então a marcha, volvendo o olhar para o disco que nascia no horizonte.

Após tantas horas passadas no balcão com vista para o Oceano, podia afirmar com certeza: nada de comum entre o sol ao nascer do dia e o sol ao seu ocaso. O sol não apresenta o mesmo aspecto ao despontar a leste ou extinguir-se a oeste, como se sua viagem não afetasse apenas uma parte de nós, mas também uma parte de sua própria essência.

Se não fosse o chamado, teria partido para leste, para o nascedouro, mas estava condenado a obedecer: o chamado sacudia-o, assaltava-o, sitiava-o todo, sem lhe deixar a mínima abertura. E obedecer era ficar sozinho uma vez mais, sem outra referência a não ser essa longínqua etapa transposta ao sair do Cairo. Quantas provações iria padecer! Mas não queria se prolongar.

Ao quadragésimo quinto dia, exatamente, antes do sol-posto, na hora em que o disco solar estava prestes a tocar os limites do horizonte, imobilizou-se, de olhos arregalados:

O que era aquilo?

Deitou-se sobre a areia e, imitando o hadramawti, colou seu ouvido ao chão. Assim, os sons distinguiam mais nitidamente, ensinara-lhe o velho viajante havia tanto tempo...

Não, não havia nenhuma dúvida.

Ruídos de passos, lentos e rápidos, rufar de tambores, toques de címbalos, vozes fundidas parecidas com as de cerimônias de *dhikr* que ele escutava nas ruelas da bem guardada cidade, o Cairo, no tempo em que ainda vivia amparado. À entrada do beco onde passara dias felizes, antes de ir embora obrigado, ficava o mausoléu de Sîdi Marzûq Alhamdi. Quantas vezes parara na janela que dava para o santuário revestido de um pano grosso de cor verde! Na adolescência, ao voltar de suas andanças solitárias, já depois de anoitecer, via desconhecidos pararem humildemente diante do túmulo do santo homem, suplicando-lhe, implorando-lhe, pedindo bênção divina, de palmas viradas para o céu à luz vacilante das fracas chamas de velas ali colocadas por pessoas desconhecidas. Terminada a celebração do natalício do imã Hussain, começava a festa de Sîdi Marzûq. As ruas fervilhavam de gente. Peregrinos vindos dos confins do país acampavam na cidade, deitando-se sobre esteiras e tapetes, e passando noites inteiras a repetir o nome de Deus.

Foi isso que ele deixara há longo tempo.

Então disse-me Ahmad Ibn-Abdallah:

"Tente imaginar-me no meio daquele mundo desolado, quando ouvi de súbito os *dhikr* ou o que pareciam ser de longe..."

Libertou-se de toda prevenção, avançou, determinado, já sem temer o que aguardava: afinal, o que poderia ainda espantá-lo? Avistou vastas tendas, agrupadas ou esparsas, todas abertas de lado, e uma mistura confusa de colchões, de apetrechos de cozinha, de recipientes vazios, de rodas de madeira e de anzóis.

No deserto?

Sim, ele vira tudo isso.

E depois, homens e mulheres: alguns conversavam, outros se abraçavam, todos sentados próximos e com o olhar virado para o infinito. Bebês engatinhando; meninas de sete ou oito anos dançando em rodas de três ou quatro; um rapaz agachado de quatro no chão, enquanto outros se apressavam em saltar sobre ele; uma jovem tentando em vão encher de ar um odre de couro; um homem, sozinho, à escuta, com a mão em concha atrás da orelha, e, no entanto, ninguém lhe dirigia a palavra; um outro, com um grande turbante na cabeça, de ar ameaçador, brandindo ao encontro do céu um bastão com a extremidade superior em forma de meio-círculo; um grupo de sete ou oito homens, sentados lado a lado, fixando o olhar num indivíduo, este apoiado num bastão de aspecto idêntico ao outro, com o rosto percorrido por uma torrente de emoções, mas obstinadamente mudo.

Sobre a areia havia grandes travessas de cobre, espalhadas, cheias de arroz, carneiro assado na brasa, aves de diferentes tamanhos, cozidos, grelhados, tostados, queijos redondos ou retangulares, garrafas de argila. Vinho? Sim, tinto e branco!

Alguns comiam, devorando pedaços de carne ou moldando bolinhos de arroz escorrendo manteiga. Um deles, apoiado num bastão — todos, embora perfeitamente fortes e ágeis, ou empunhavam ou conservavam um ao seu alcance, ou ainda se amparavam nos tais bastões de madeira —, mergulhava a mão num cesto de palmas entrançadas repleto de ervas frescas, que ia engolindo sem mesmo mastigar, sem parar.

Havia um homem e uma mulher enlaçados, ele levantava sua saia, o que é isso! À vista de todos e sem ninguém prestar atenção? Pior ainda: um moço olhava-os, inclinava e batia no ombro do homem em sinal de aprovação e de contentamento.

Sob uma tenda, mais ou menos no centro, via-se instalado um grupo de sete músicos, seis deles com idades desde rapazinho até jovem adulto. No meio havia um velho vestido com uma túnica branca e na cabeça um barrete vermelho; de pálpebras eternamente fechadas — se não fosse por isso, dir-se-ia que era o regente, mesma presença, mesmo porte, sem tirar nem pôr —, passeava um arco sobre um instrumento de quatro ou talvez cinco cordas apoiado no joelho. Os outros tangiam alaúde, tamborim, cítara, alaúde de cano longo, flauta e clarinete de cano duplo. As mãos mexiam, tocavam ligeiramente ou com força os instrumentos e, no entanto, sem produzir nenhum único som. Treinariam apenas? Mas então de onde vinha a música que se ouvia ao longe?

Aqui e ali, fogueiras e grelhados. Sentiu fome, não comia nenhum alimento quente desde que saíra forçado e coagido do Território, após o tempo em que se deliciara com a carne de pavão cozido no vapor, línguas de peixe, olhos de antílope fritos no óleo de hortelã.

Faminto!

Ninguém olhou em sua direção, nem um só homem o deteve, nem um só garoto o interpelou, estavam todos distraídos, o aparecimento dele não despertou a mínima reação: era como se estivesse estado desde sempre entre eles. Avançou, comeu e bebeu, antes de se deitar languidamente, recuperando o alento pouco a pouco, entre a sonolência e o despertar, acercando-se de vez em quando, na esperança de receber alguma notícia das estrelas errantes!

Perdera a desconfiança, já não ficava olhando para os lados com cuidado, atormentado pelo medo do desconhecido. O sentimento de estar exilado, embora ainda agudo, já não lhe pesava tanto. "Que mais pode acontecer?", repetia agora para si mesmo, ao contrário da expectativa que o acompanhara ao longo de cada etapa transposta, a cada distância atravessada ou a cada lugar insólito, estranho, alcançado.

Ao nascer do sol, todos se encaminharam para ele. Só então a música ressoou em seus ouvidos, melodia e ritmo rápido que subiam em volutas. Toda a gente se abraçou. Um homem o beijou, e uma moça deu-lhe um aperto de mão. A súbita visão da jovem o fez de alguma maneira pressentir que estava no limiar da aventura. Esperava-o algo de novo.

"Alegre-se, pois quem sabe amanhã o sol nascerá!"

Ahmad Ibn-Abdallah diz que a voz dela tinha a doçura da açucena, pequena como ela. Suas palavras, as primeiras que foram dirigidas a ele desde sua chegada, encerravam uma alusão às crenças desse povo que, gradualmente, iria descobrir.

Durante todo o tempo em que escutara a história dessa pequena indiana, voltara a passar diante de seus olhos a imagem dessa adolescente, mas ele não quis confessar com receio de estragar tudo. Sua recordação estava enraizada no mais fundo de seu ser. Uma criatura a que nenhuma outra se igualava; sabe Deus que ele conhecera muitas na época do seu poderio e, no entanto, não pudera compará-la a nenhuma, provavelmente convencido da singularidade de qualquer aparição feminina no mundo existente.

Apesar da fadiga, apesar da moleza por ter caminhado tanto, inflamou-se. Sua feminilidade transbordante, embora fugidia, sua silhueta graciosa, seu rosto de criança, seus pequenos meneios de cabeça, seu jeito de menino, parecia condensar a humanidade, com suas partes masculinas e femininas, um gênero que tinha seu próprio encanto.

Olhou em volta, avançou para ela, pronto de desejo, mas a viu esticando a mão, retendo-o:

"Não, ainda não chegou a hora."

Aceitar a recusa era difícil depois do tempo em que seus súditos apressavam-se para lhe oferecer as filhas, na esperança de conseguirem a bênção divina. Não sabendo a reação que poderia provocar, não ousou insistir. De novo despertou nele a consciência de ser estrangeiro. Este sentimento que ressurgia de repente, tinha-o no oásis, no Território e durante a travessia do deserto seguindo a trilha do sol. Era sempre surpreendido pelo desconhecido. Era melhor dormir sem demora...

Intrigado, seguia com o olhar o movimento daquelas pessoas: de onde vinham? Aonde iam? A comida, os utensílios, onde os tinham arranjado? Quando abriu os olhos na primeira manhã aqui, teve a impressão de ouvir a cantiga do silêncio solene que ecoava na sua alcova, tão ampla quanto uma praça no meio duma cidade. Deixou-se levar pela delicadeza graciosa, mas logo foi saindo do entorpecimento, perguntando a si quanto tempo havia dormido.

Não sabia. Aqui o sono apoderava-se dele de repente, talvez por causa da fadiga acumulada e do peso da comida após dias de privação. Todos faziam roda em torno dos músicos. Da jovem emanava um perfume leve que reconheceu imediatamente: desde o Território das Aves, trazia dentro de si os traços de toda espécie de fragrâncias, chinesas, negras ou eslavas. Havia as usadas no rosto, que eram diferentes das que se passavam na curva dos braços, nas mãos, nas pernas, nas virilhas. Para o cabelo existia uma infinidade de loções e de bálsamos. O barbeiro era um dos seus mais próximos e favoritos, afinal não lhe entregava a face e o pescoço?

No entanto, tudo isto pertencia já a outra pessoa, e também o oásis, e sua mulher lá longe, e seu filho que ele não conhecia. No Território, quantos filhos deixara? Como estariam sendo tratados agora após sua partida? Mas teria mesmo vivido aqueles dias? Ele duvidava das próprias recordações. Todavia, um simples lampejo e logo irrompiam momentos, pensados como mortos, despertando a nostalgia de uma luz ou de algum recanto que não lembrava exatamente onde ficava. Bastava um perfume fugaz para ressuscitar nele toda uma época. Bastava um mero sinal para reanimar dentro dele um fogo que ele julgava extinto.

Era tudo tão estranho que nem sequer se sentia tentado a compreender. Seu desejo de possuir aquela menina era tanto mais violento quanto o que se passava ao seu redor lhe era totalmente insólito. Foi graças à dança que se viu introduzido entre essa gente.

Ao ouvir elevar-se uma doce melodia vinda de nenhum lugar, notou que lhe subiam à memória fragmentos de imagens soterradas sob anos e anos: a alvorada no Cairo, o nascer do sol sobre as areias e o seu misterioso desaparecimento ao entardecer, os ruídos noturnos no deserto, os súbitos devaneios dele mesmo.

As melodias sucederam-se, cada vez mais rápidas, transportando-o entre o passado, o presente e um futuro ainda ignorado. O chefe do grupo, munido de um pequeno tambor, com seu instrumento de cordas pousado ao lado, contemplava fixamente um ponto no solo. Os outros seis seguiam os movimentos sacudidos da sua cabeça. No final de cada trecho, percutindo o tambor com a ponta dos dedos, dava o sinal para mudar a orientação. Todos se voltavam então na direção de um novo ponto cardeal e inclinavam-se. Nesse preciso momento, as vozes elevavam-se num acordo magistral. Logo que se calavam, a música recomeçava.

Ao som das primeiras notas dançantes, ele se levantou e se pôs a ondular da direita para a esquerda e da esquerda para a direita, apontando um dedo para um instante passado, outro para um instante por vir, antes de desdobrar os braços como asas e de voltejar sobre si mesmo, primeiro sobre duas pernas, depois sobre uma só, cada vez mais depressa, até já não poder discernir o seu corpo nem ninguém a sua volta, e continuou assim, sem parar, como que em busca do que não entendia.

Ao abrandar seu frenesi, foi surpreendido pela aproximação de dois homens, um de uns cinquenta anos, o outro mais velho, acompanhados de uma mulher envelhecida que o mirava de olhos esbugalhados, tentando imitar os seus movimentos.

"Onde aprendeu esta dança?", perguntou-lhe um dos dois homens.

A pergunta foi a porta de entrada para conhecê-los. Apresentou-se indicando de onde era, mas não disse para onde ia, afirmando apenas que errava pelas estradas e caminhos. Inquiriram então sobre as cidades que encontrara no seu itinerário. Sim, exatamente, as cidades: vira nelas sinais prenunciadores do Dia do Juízo Final?

Ele também quis saber quem era aquele povo e aos poucos começou a entender onde fora parar.

Era a terra dos Homens dos Bastões ou, como eram chamados: Os Bastões.

Ahmad Ibn-Abdallah — que Deus lhe conceda o alívio na eternidade, como o aliviou durante sua vida neste mundo

— continuou dizendo que aquela gente habitava um vasto território formado de muitas cidades, províncias e bazares, atravessado por rotas, caravaneiros indo ao oeste, até o Oceano, e ao sul, até os territórios dos Negros.

Um dia, porém, vindo do Oriente — de onde, precisamente, ninguém o saberia dizer —, chegou um viajante todo vestido de branco, que andava apoiado num bastão, embora parecesse sadio. Dissera que vivia retirado nas montanhas havia mais de cem anos, conforme as contas dos homens, quando viu em sonho um xeique ilustre lhe dizer: "Você dorme enquanto a hora se aproxima?" "Que hora?", perguntou-lhe tremendo. "O Dia do Juízo, a Hora é iminente", respondeu o xeique, ordenando-o que partisse logo a fim de prevenir os homens de que deviam se aproveitar dos prazeres mundanos!

Levantara-se apavorado, persuadido de que se dera uma tremenda mudança, porém não conseguia definir-lhe a natureza. Abandonou imediatamente sua vida de eremita e deixou o retiro para vir estabelecer-se neste território. Alertava as pessoas dizendo: "Já não resta muito tempo, todas as coisas terrestres estão a caminho da destruição. Divirtam-se o mais que puderem, incomensurável é a misericórdia de Deus!"

Esse discurso seduziu muita gente. No início, as pessoas começaram a atravessar as ruas alertando para a proximidade do fim do mundo. Houve muita gente que foi procurar refúgio nos templos, orando incansavelmente e implorando a toda voz o perdão. Alguns preferiram fugir, julgando encontrar a salvação no nomadismo: uns partiram sozinhos, abandonando mulheres e filhos, outros levaram a família consigo.

Os adeptos aos bastões sustentavam que o tempo urgia, que uma vida não bastava para esgotar os prazeres deste mundo, que o que se conhecia era preferível ao que se desconhecia, e que não se podia perder nem mais um minuto, e por isso trocaram as cidades pelo deserto longínquo e cada um começou a agir conforme bem quisesse, fazendo o contrário de todos os costumes até então observados: não construíam casas, instalavam-se sob simples tendas de pano com o mínimo necessário; doaram todos os seus bens à comunidade e deram rédeas aos seus instintos. Foram a ponto de exigir a destruição da alma imaterial a todos os que desejavam juntar-se a eles. Assim, eram obrigados a comer a carne dos mortos — por que não, sendo estes vítimas de Deus, argumentavam —, a vir acompanhado pela família, e a ver mulher, filha ou filho possuídos por um desconhecido. Se conseguisse assistir ao espetáculo indiferente, era aplaudido por toda gente e recebia autorização para entrar no jogo. Pararam de chamar uns aos outros pelos nomes e apelidos. Se um filho chamava a mãe, esta já nem sequer prestava atenção. Se uma ideia louca passava pela cabeça de alguém, era posta em prática sem pestanejar e sem que ninguém censurasse o ato ou detivesse quem o cometia. "O hoje pertence a nós, mas o amanhã ninguém sabe o que reserva", diziam alguns.

    Quem podia garantir a volta do sol poente agora que tinham surgido os sinais? Que toda gente gaste o que possui e faça tudo que lhe agradar, ninguém precisa aparentar o que não é.

    Ahmad Ibn-Abdallah disse que ouviu dizeres por lá que convinha não repetir, e presenciou coisas cujo significado lhe escapou. Durante sua curta estada, viu todo gênero de curiosidades: por exemplo, homens usando vestidos femininos coloridos que andavam balançando, saracoteando as ancas e estalando os dedos como dançarinas; outros se exibiam todos nus. Corria a história de um oficial famoso por sua rigidez, rudeza e crueldade para com os fracos, os órfãos e os necessitados. Seu simples aparecimento enchia de calafrios a multidão nos bazares. Eis que um belo dia, no pátio da esquadra, despojou-se de seu belo uniforme com galões dourados e o queimou. Depois se despiu de todo o resto, conservando apenas um bastão de madeira de acácia. Não mais entrava na casa pela porta, passou a escalar as paredes e a trepar às varandas. Em breve o surpreenderam atacando mulheres para lhes arrancar as joias, e barrando o caminho das pessoas que voltavam para casa; escondia-se nos cantos e irrompia agarrando seu bastão logo que avistava as crianças. Apavorados, os garotos fugiam. Por fim, tomou o rumo do deserto.

Um herborista, que comerciava ervas medicinais, provocara a repulsa geral ao dar de repente aos doentes o oposto do que os médicos receitavam, deixando os infelizes definharem.

E aquele homem que, colocando-se no lugar de um burro, amarrou-se a uma carroça e desatou a correr pelos mercados relinchando e berrando.

Muitos desertaram das suas lojas. De que servia vender e comprar, de que servia dar-se ao trabalho de ir buscar ou mandar trazer produtos raros? Toda gente já não pensava senão em comer e beber. Contava-se que no início da algazarra morrera repentinamente um jovem rico. Como não era casado e não tinha filhos, foi seu parente mais próximo, que vivia na miséria, que herdou sua fortuna. Apesar deste inesperado proveito, andava preocupado e triste. "Como posso gastar esta fortuna?" Não parava de se interrogar até o dia em que, reunindo os amigos, lhes disse:

— Em que atividade ou negócio poderei usar este dinheiro de forma que não me renda nada?

— Dê-o como esmola aos pobres — sugeriu um dos presentes.

— Uma boa ação será retribuída duplicando-se, tenho receio que minha generosidade seja recompensada e acabe com o capital redobrado.

— Compre camelos e os faça transportar a areia dos desertos do oeste ao leste — disse um outro.

— Mas imagine que ao revirar a areia se descubra um tesouro que acabaria ficando comigo por direito!

— Então, compre todas as agulhas que encontrar e mande fundi-las em dois lingotes, os quais não valerão mais de dois *dirhams* — propôs um terceiro.

— Até dois *dirhams* poderão frutificar!

— Compre então o vidro do mundo inteiro e se entretenha quebrando-o! — aconselhou um quarto.

— Tem razão! — exclamou ele, entusiasmado.

Alugou caravanas e mandava-as buscar em todas as cidades, próximas e distantes, até o último objeto de vidro, do mais barato ao mais caro. Em seguida, juntava-os todos a esmo fora dos limites da cidade e assistia à sua destruição, para só sair dali depois de terminado o trabalho dos homens que recrutara.

Ahmad Ibn-Abdallah disse que, se tivesse de contar todos os pormenores, não teria tempo suficiente!

Quantas mulheres, ainda ontem virtuosas e veladas, começaram a surgir nas ruas, de rosto descoberto, indo algumas a ponto de passearem nuas, como tinham vindo ao mundo! Houve mesmo um homem que decidiu casar--se com uma palmeira, apaixonara-se por ela, ia vê-la, abraçava-a, cobria-a de beijos. Espalhou aos quatro ventos que a desposara em núpcias legítimas. Dizia que a palmeira falava com ele e confiava-lhe seus segredos. O povo comentava que era normal, já que o Dia do Juízo se aproximava. O grande juiz pôs-se a andar de quatro; sempre que encontrava cães vadios, ladrava-lhes, mordia-os e arranhava-os. Assustados, os bichos fugiam. Não havia mais regra nem medida. Se um deles, o mais considerável, o mais importante que fosse, aparecesse de bastão em punho, isso era como um anúncio de que dele se poderia esperar qualquer tipo de comportamento.

Refletindo na sua situação, Ahmad Ibn-Abdallah disse que temera por sua vida. Permanecer ali muito ajuizadamente era uma atitude provocatória. Por isso resolvera fazer coisas que jamais se atrevia no oásis, nem sequer no tempo de seu reinado quando mandava na vida de seus súditos. Sentira-se vigiado, e nem um só instante o abandonara a certeza de que era espiado por olhos invisíveis nos seus momentos mais íntimos.

Despindo as roupas, começou por sua vez a andar nu entre eles, levando apenas a sacola na mão direita, decidido a morrer sem ela se alguém tentasse roubá-la. Cobria-se apenas quando sentia o frio do deserto. No dia em que percebeu que caminhava gingando as ancas, voltou a se apavorar. E se estivesse se metamorfoseando, em consequência de sua estada no Território da Aves, como governante e administrador? Acaso sabia que comidas, perfumes e remédios lhe tinham dado exatamente? Escaparia à lei a que todos lá eram submetidos, pelo simples fato de que se afastara obrigado?

Durante todo o tempo que andou nu, ninguém o lançou um olhar reprovador, nem um menino, nem um homem o maltratou; as mulheres até se mostravam satisfeitas. Uma delas colocou-se na sua frente e o examinou minuciosamente, antes de irromper no riso e de seguir seu caminho. À noite, iam até ele, mas ele nunca sabia com quem dormia, com quem exatamente consumia o ato, entretanto nunca deixara de procurar por aquela garota encontrada logo à chegada, fungava o ar na esperança de atinar com seu leve perfume de açucena, mas em vão. Estranhamente, em cada local apresentara-se uma bela jovem a quem se apegara, mas ela sumia sempre. Nunca esquecera a jovem do Território das Aves. Sua silhueta inclinada permanecia definitivamente gravada nele. Ainda hoje o desejo despertava nele sempre que se recordava dela.

Contou que acabara por se habituar a ver toda aquela gente gritar de repente ou pôr-se a dançar, aos gritos de um e ao silêncio do outro, às cambalhotas de um velho, ao olhar insistente de um belo rapaz. Mas essa amostra deixava-o pouco à vontade, receando talvez por si mesmo. Ao seu redor tudo o incitava à prudência. Por lhe terem unicamente dirigido a palavra, eles consideravam-no agora um deles, a tal ponto que um venerável ancião viera lhe oferecer um bastão. Se alguém ali o abordava, era forçosamente no intuito de se juntar, e esta ideia nunca lhe saía da cabeça. Não esperou que o chamado se manifestasse no horizonte da sua existência, e pela primeira vez desde o início das peregrinações para o oeste, abandonou de livre e espontânea vontade um lugar onde residira, embora ciente da aridez do deserto e da solidão do vazio. Deste lugar, a última imagem que viu foi a de um homem, com um cinto de couro apertando a barriga, que brandia sua espada de madeira num gesto ameaçador para algo ou alguém invisível.

Virando as costas para o levante, afastou-se dali, impelido por uma razão obscura, na inquieta expectativa não sabia bem de quê.

FOLHAS TRAÇADAS PELA MÃO DE
AHMAD IBN-ABDALLAH

Assim, encaminhei-me obediente, atendendo ao chamado, para o poente, seguindo a trilha do sol. Mas, quem de nós dois conduz o outro? Não sei.

Às vezes, algo de dentro de mim me agita: por que não renunciar, por que não me rebelar e voltar atrás, seguindo o rastro do meu passado? Algo me impede, não sei ao certo o quê, vindo do mais íntimo de mim e do temor do chamado.

Agora, informo-me das rotas frequentadas e das cidades habitadas no trajeto do Oriente. Todavia, meu instinto avisa-me: "Ao atravessar a solidão dos desertos, as areias áridas, desoladas, enfrentou o que não fazia ideia. O que o espera no mundo habitado? E de quanto tempo precisaria para alcançar sua meta?"

Entreguei-me ao ardor das minhas saudades dos dias antigos, sempre reavivadas por pequenas coisas, insignificantes aos olhos dos outros, mas essenciais para mim: o sopro acariciador de uma brisa amena, as sombras que se alongam no meio da tarde, um chamado à oração lançado do alto de um minarete longínquo. Amei desde a infância as luzes suaves, e em particular esse intervalo entre o dia e a noite cairotas, a aproximação do crepúsculo, o reflexo da chama de uma vela deposta no côncavo de um nicho sobre azulejos reluzentes de chuva, ou de uma pálida claridade sobre um tecido verde recobrindo o sepulcro de um desconhecido santo. Toda vez que evoco essa recordação, sinto o coração desfalecer. Ele respira, tenho a certeza, o lençol infla e esvazia-se sob o efeito do um sopro misterioso e uma respiração confusa. Estou a ponto de desmanchar! Não me acho no Oriente nem no Ocidente. Lembro-me de uma fita amarela na qual havia uns dizeres escritos em letras grandes, que não parecem ter sido copiados, mas revelam uma preocupação de abranger o sentido do versículo:

Dize: "Não vos peço prêmio algum por isso, senão afeição para com os familiares."[14]

Tão grande era minha amargura e tão viva minha nostalgia que comecei a notar e descobrir no meu passado pormenores até então mal entrevistos e que as coisas que eu tinha arraigado nele começavam a voar em estilhaços.

Nunca pensei que desapareceriam um dia, mas, por mais que eu aguce o olhar, não as vejo. Quando muito, retornam-me de tempos em tempos desbotados fragmentos, como que pertencentes a outro. Quando no início tomei consciência disso, quase rompia em choro. Ao me ver, quem me conhecia ou apenas cruzava comigo pela primeira vez pensava

---
14. Alcorão, 42:23.

tratar-se de quem sofria a dor da perda de um ente querido. De tanto viajar, algo se ressecara dentro de mim. Acabei aceitando sofrimentos outrora intoleráveis, e não mais recuava com medo dos acasos inesperados.

Por isso, não me surpreendi quando me deparei com a caravana no bairro do mercado, à beira do Oceano, último ponto do mundo conhecido. Dir-se-ia que já esperava. Ao receber a notícia da morte do hadramawti, meu coração escorregou, mas logo afastei a ideia do meu pensamento, ainda que mais tarde, ao recordar o caso, tenha ficado cheio de tristeza.

Teria o coração endurecido de tanto viajar? Por que me esqueço de coisas que supus perdurarem para sempre? Haverá alguma ligação com a aproximação do poente?

No entanto, senti muito pesar pelo desaparecimento da ilha de Tinnîs, coberta pelas ondas logo após a morte do último balsameiro. A árvore assim deixara a superfície da terra e, desde então, as aves que para lá se dirigiam vindas de todos os lados tinham sumido.

Senti mágoa por não ter passado nem uma única vez por Tinnîs, nunca vira nem verei esta ilha, não só porque já não existe, mas porque se situava ao leste enquanto eu me encaminhava ainda e sempre para o poente.

De vez em quando, fraquejo.

Ai! Se ao menos estivesse próximo de Alazhar, iria todos os dias visitar o mausoléu do nosso Amo e Senhor, o Hussain, leria os versículos gravados nas paredes, nos tecidos, nas lâmpadas, respiraria o misterioso perfume que exala do lugar. Se pudesse andar agora entre o Portão do Futûh e a Praça da Rumaylah! Ai, se no meio do dia, minha mulher oasiana aguardasse meu regresso numa casa aconchegante em companhia do filho cujo rosto nunca vi!

Se o instante presente se materializasse diante de mim em toda parte por onde fiquei! Mas eu peço o impossível! Mesmo se eu tivesse o próprio Alburâq, a égua alada do profeta, o simples fato de me deslocar de cá para lá anularia a instantaneidade... Estou condenado ao nada. Quando eu chegar a meu destino, começará minha viagem, meu verdadeiro ser.

Por que tive que perder tanto?

Não poderia ter atendido ao chamado na minha terra?

Meu amigo, esse mesmo que anota as minhas palavras, parece compreender o que pretendo dizer. Minha experiência, ele próprio viveu-a sem se mexer; julguei ler algo parecido no rosto dos homens no Café dos Marinheiros, que esperam o Magnífico Oceano acalmar-se.

— Não está farto de viajar? — perguntou-me o meu amigo.

— Sim! — respondi.

Espantado, perguntou:

— Para que continuar então, já que chegou aqui?

— Para que finalmente meu coração possa se apaziguar.

AS SOMBRAS

Seu passo era mais curto, porém mais rápido. Os dias se sucediam, as noites findavam para começarem de novo. Quantos ocasos passaram por ele? Quanto tempo permanecera ali? Não saberia precisar. Duvidava agora de suas próprias recordações.

Foi isso que Ahmad Ibn-Abdallah repetira na nossa última sessão. Disse que muitos anos haviam se passado sobre ele! Pareciam-lhe a esta altura um sonho de cujos detalhes tinha às vezes dificuldade de lembrar. Parar todos os dias onde a terra acaba e onde começa o mar, ver o sol extinguir-se, aclarou certas coisas dentro dele que até então julgara obscuras. Ia agora seguindo para o oeste sem ser impelido pelo chamado, ignorando aonde o conduziriam as próximas etapas. Deixara para trás mais do que imaginara um dia, mas já não esperava reviver épocas semelhantes às que atravessara no passado.

Após quarenta dias de marcha solitária no deserto,

separado dos homens, invadiu-o um mau pressentimento. Aos poucos apareciam palmeiras, estranhas variedades de cactos, as areias amarelas tornavam-se vermelhas. Teve certeza de que estava prestes a alcançar uma fronteira. Essa evidência ainda se tornou maior quando viu aves de rapina girando no céu.

Esperariam o instante propício para atacá-lo? Estaria próximo seu fim? Sabia que aquelas aves eram capazes de avistar uma fila de formigas, lá de longe, dos altos cimos. Esperavam, sem dúvida, que enfraquecesse e desabasse para logo o despedaçarem. Os habitantes do oásis acreditavam que essas aves faziam seus ninhos nos espaços celestes, pondo seus ovos e se multiplicando no éter. O hadramawti falara de suas pousadas situadas no cume das montanhas. Dali, espiavam as caravanas na esperança de recolherem alguns restos deixados para trás, como as hienas seguindo suas presas. Usando de artimanha, essas cercavam a vítima, primeiro pela direita, depois pela esquerda, até sentirem-na tomada pela vertigem, quase atordoada, e então começavam a lamber-lhe sob o alto das patas, em volta do traseiro, e em seguida desmantelavam-lhe os tendões antes de cravarem lentamente as presas na sua carne.

Quantas vezes no deserto relembrara o hadramawti, seu olhar afiado feito uma lâmina, abanando com autoridade o indicador e advertindo-o do risco de ceder ao cansaço, de se entregar após passar o grau extremo da fadiga, de perder a esperança totalmente! Renunciar, parar, abandonar-se ao prazer de se oferecer ao silêncio eterno são as tentações que acometem frequentemente o viajante solitário ou o caminhante perdido no deserto. Todavia, quanto mais vontade tiver o indivíduo de continuar a viver, mais ele deliberadamente se moverá ao encontro do inimigo. Isso é evidente! Nunca se esquecera de tais palavras.

Quantas vezes o assaltara a vontade de parar, de ficar ali aonde chegara! Quase a ponto do abandono, lembrava-se então do velho magro que dera mais uma volta ao mundo habitado, e, num sobressalto, sacudia-se, deixava o lugar onde quer fosse.

Ao declinar o dia, alcançou um planalto margeado de veredas arenosas que conduziam a uma cidade. Avistou-a no fundo do vale, contornou-a com o olhar, todos os telhados das casas eram verdes, bem visíveis de onde estava. As paredes, de brancura gritante. Aprofundando mais a observação, distinguiu os pátios, as entradas das casas, os becos apertados e as ruas largas. No meio elevava-se uma espécie de minarete, uma alta torre circundada por três balcões.

Teve a sensação de aspirar o ar pela primeira vez: doce, delicado, o mar só podia estar próximo, sim, o azul das ondas está próximo! Respirou fundo, dividido entre a nostalgia e a expectativa de chegar!

Ignorava o que ia encontrar nesta cidade, mas, para dizer a verdade, não se importava muito. Em vez de precipitar o momento vindouro, aprendera a postergá-lo. Assim, quando se encontrava a sós com uma linda mulher desejada durante muito tempo, não se apressava a desnudá-la, retardava o momento da descoberta: a espera proporciona prazer!

Bebeu da caneca três goles, juntou as forças e desceu vagarosamente até a cidade. A tarde parecia calma, promissora. No oásis, a hora amarela arrastava-se e, de súbito, vinha o crepúsculo, o sol apagava inesperadamente. No Território das Aves não se passava o mesmo, a meia-luz prolongava-se até à noitinha. Muito contemplara este fenômeno da sua varanda circular, onde gostava de meditar.

Vira isso realmente?

Que pessoa lhe teria sucedido?

Depois dele, quem chegara?

O regente reapareceria no meio dos incumbidos de recepcionar o recém-chegado?

Quem era o recém-chegado? Que aspecto tinha?

E ele próprio, como apareceria nos quadros do grande vestíbulo?

As perguntas encadeavam-se sem tréguas. Por ora, no entanto, o importante era o que o aguardava atrás daqueles muros. Até então, não se deparara com nenhum homem, nenhum animal, nenhuma ave. Primeiro de tudo, encontrar uma porta, uma abertura na muralha. Afinal, para cada coisa existe uma abertura e uma entrada!

Ahmad Ibn-Abdallah disse ter notado sintomas de que ainda nunca ouvira falar. Perdera a noção do tempo. Sua memória esvaía e a vista se anuviava: já não conseguia reconstituir a imagem intacta de seres noutro tempo amados, conhecidos, recordados ou com os quais convivera em determinada época.

Ao instante do poente, apareceu-lhe a oasiana. Estava ali, diante dele, tal como ele a deixara, em seu auge. Caminhava em sua direção, mas de olhar voltado para o outro lado, como se não sentisse sua presença. Só alguns passos os separavam. Ele avançava, mas sem resultado, a mesma distância permanecia invariável entre os dois. Desistiu, limitando a olhar em silêncio, convencido de que algo se opunha à passagem de sua voz e de sua imagem, um não via o outro nem o ouvia.

Passava sucessivamente por momentos de tristeza e de enlevamento... Um enlevamento intenso, comparável ao êxtase do amor, mas sem contato, tal qual o gozo solitário: unia-se ao nada, enquanto os sentidos ardiam.

Viu aquela adolescente de silhueta esguia e delicada, prosternada a seus pés. Apesar de seu poder, não conseguira tê-la. Ainda que mantida na zona do desejo, continuava a inflamar sua imaginação.

Seguiu com o olhar a moça da Terra dos Bastões. Ondulava, mostrando as saliências e os recôncavos de seu corpo. Como podia não ter o pulso acelerado?

Depois reapareceu uma mocinha avistada pela abertura de uma porta, certo dia em que passava por uma cidade da montanha. "Por Deus, que beleza!", exclamara então para si mesmo. Não tardou a vê-la desvanecer-se. Não disfarçou sua pena.

As feições confundiam-se, misturavam-se, deformavam-se, perdiam sua singularidade.

Certa vez, nos tempos em que era poderoso, recebera como prenda a filha do chefe de uma tribo dos confins do Território. A menina lhe pareceu tão magra, tão apática, extremamente tímida, que ele ficara três dias sem mandar chamá-la para jantar com ele e distrair-se em sua companhia. Por isso mesmo o regente tivera que avisar amavelmente: desprezar a jovem contrariava os costumes e as formalidades do palácio. A tribo dela estava toda desgostada. Os homens ainda aguardavam o momento de ver o lenço branco manchado de sangue. Se os fizesse esperar mais, nenhum se atreveria, a partir de então, a erguer os olhos para alguém. Corria-se assim o risco de revolta e de distúrbios! Quando finalmente se dignara a olhar para ela, percebeu o esforço que havia sido aplicado para prepará-la. Ela baixara os olhos e ele a fitara sem dizer nada. De repente, puxou-a em sua direção, ficou surpreendida, mas nem sequer resistiu.

É claro que quanto mais se gosta de uma pessoa, mais atenção se tem para com ela. Como, até então, nada sentia por ela, não lhe prestara ainda atenção. No entanto, um gesto minúsculo arrancara-o de sua indiferença, o que bastara para lhe incutir ardor: ela mordia o lábio inferior. E logo que ele ouviu a sua voz viscosa, inflamou-se:

"Tome-me com doçura."

Uma voz que nunca ouvira igual. Acostumou-se a ouvi--la. Não conseguia possuí-la sem escutar esta moça acariciar seu ouvido com sua voz, chamando-o, fazendo-se infiltrar por seus poros, para seu sangue. Ela reclinava a cabeça para trás: quando as suas pálpebras fechavam, dava-lhe a essência de hortelã, e logo que ela abria os olhos, uniam-se.

Nesta criatura de aparência pacata, havia um poço de nafta ardente. Nunca vira algo igual. Convocava sua imagem sempre, retirando um novo prazer da recordação das horas, já esvaídas, que passavam juntos.

Viu-a ali. O olhar dele apoderara-se da sua imagem. Certificou-se de que ela olhava para ele, mas seu rosto permanecera inerte.

E aquele velho amigo, esquecera-o faz tempo! Eram inseparáveis. Quantas vezes tinham jurado nunca se apartarem! E depois o tempo passara... cada um foi para um lado.

Durante anos, esquecera os seus traços, que agora ressuscitavam diante dos seus olhos. Ainda estaria vivo ou partira para a eternidade?

E esse venerável xeique calado, que aparecia na curva do caminho, vindo das ruelas do interior da cidade, com sua barba branca e seu belo cafetã. Dava as aulas da tarde no pátio de Alazhar e orientava a oração do pôr do sol, de costas para o povo. Ninguém o conhecia nem sabia o seu nome. Haviam-no alcunhado "O Interiorano", por causa do local de onde vinha.

E o barbeiro, obcecado por limpeza, sempre resmungando e desconfiando de tudo ao seu redor. Vivia tirando o pó de tudo. Toda vez que o via parado na soleira de sua loja, apressava o passo.

E aquele vendedor de queijo, de enormes olhos. Quando tirava o turbante, deixava aparecer uma cabeleira abundante, arrumada, corrente e macia.

Desfilavam rostos já sem nomes, lugares atravessados um dia, árvores antigas, palmeiras, pratos saboreados no passado, sofás onde se sentara, como outras tantas imagens que afluíam ao encontro dele, mantidas no entanto a distância atrás de um véu tão transparente que não podia ser visto nem atravessado. Para seu maior espanto, descobria agora coisas que lhe haviam escapado anteriormente, e outras que julgava invulneráveis tinham se apagado da sua lembrança.

Espantou-se, contudo, pois na expectativa acabara por medir o tempo de outra forma. Era como se o sol seguisse de ora em diante uma trajetória mais rápida, ou como se as horas se fundissem umas nas outras. "Decorreu porventura um período em que eu não era nada?" Não parava de repetir.

Ahmad Ibn-Abdallah disse que num dado instante, incapaz de precisar, sentiu a porta se abrir para logo escancarar-se completamente.

Passou...

Teve imediatamente a sensação de ser envolvido dos pés à cabeça por uma espécie de véu. Cobriu-lhe sua existência material. Vira muito tipos de nevoeiro durante suas peregrinações, desde o leve, até o espesso como leite coalhado. Desta vez, era completamente diferente: parecia fluir sem parar. Era também singular e incomparável àquela bruma vinda do Oceano: surgindo das profundezas, aproximava-se em gigantescas ondas revoltas, para se estender a todas as coisas como a Magnífica Notícia.[15]

No oásis, os habitantes temiam o aparecimento do nevoeiro. Certa manhã, parecia vir das entranhas da terra. A mulher dele ficou transtornada, dizia que era mau presságio. Olhou-a sem compreender, admirado de vê-la distante, encolhida, aflita por nebulosos pressentimentos.

Conhecera tantas crenças dessa gente!

Não podiam ver uma palmeira fêmea sem lhe dirigirem uma saudação calorosa, nem transpor uma ponte ou galgar buraco no solo sem antes pedirem licença a sua metade oculta subterrânea. Segundo eles, todas as realidades aparentes tinham efetivamente uma face oculta.

Quando começavam a comer, sussurravam palavras misteriosas, quando terminavam a refeição giravam três vezes em torno de si. Sempre que alguém mudava de uma

---

15. Alusão ao Juízo Final e à Ressurreição islâmica, como mencionadas no 78º capítulo do Alcorão.

casa para outra, recitava na soleira uma expressão que significava que a primeira casa saudava a segunda.

Cuidavam para que ninguém jogasse um caroço de tâmara no chão. Todos, grandes ou pequenos, deviam depositar os caroços numa jarra de forma particular que levavam debaixo do braço. Deus! Quantas crenças! Mas onde desapareceu tudo isso?

Enquanto imerso neste nevoeiro estranho, detalhes nítidos e precisos lhe vinham à memória. Nevoeiro denso que não deixava ver o dedo mesmo se o colocasse bem diante dos olhos, nem sequer aquele cantinho do nariz no qual costumava se fixar quando olhava para baixo na tentativa de captar seus próprios traços.

Não levou muito mais tempo para perceber que chegara ao ponto de poder caminhar sem nada ver. Tudo o que observara do alto do planalto — as casas, as ruelas, as telhas verdes — adquirira uma existência de outra ordem uma vez passada a porta, ou pode-se dizer uma não existência: não só as coisas, mas os homens, e não só os homens, mas todos os seres vivos. O mundo sensível, no seu todo, deixou de existir.

Exatamente como no intervalo entre a vigília e o sono.

Ou então, como nos sonhos, quando nos vemos a voar nos ares ou a andar debaixo de água. Era exatamente esse o estado no qual se encontrava. Não se lembrava de quando começara a sentir esses sintomas, se no oásis ou no Território das Aves. Uma coisa era certa: nunca o notara no seu tempo no Cairo, nem durante a viagem com a caravana. Não tinha forças para combater esse sofrimento abominável que vinha surpreendê-lo onde menos esperava.

Acordava bruscamente do sono para se achar não acordado!

Tinha uma consciência aguda do que se passava ao redor, mas era incapaz de mexer os membros. Quando muito podia emitir um som nasal um pouco audível. Como assustara sua mulher nos primeiros tempos! Ela abanava-o devagarzinho sem saber o que dizer, que palavra pronunciar. Então!

Agora se lembrava: essas perturbações haviam começado no oásis. Ela fora consultar o rastreador. Aconselhara-a não tratá-lo bruscamente, não o assustar e chegar a ele com ternura. De qualquer modo, ela não podia com os demônios que entravam em luta com o marido no intuito de arrancá-lo do mundo dos humanos!

Iria compreender mais tarde que a consciência que pensara ter do mundo circundante não passava de uma ilusão. Ainda ontem, quase se acabou, de tanto lutar. A cada crise, ouvia os passos da oasiana e, quando se aproximava, seu combate com o desconhecido serenava, sua resistência diminuía, no aguardo de seu apelo e de seu toque acariciante, que viria desatar-lhe as amarrações terrestres, mas sua voz não lhe chegava e sua presença mantinha-se longínqua.

O que se passava?

Num impulso de lucidez, percebia subitamente: ela estava muito distante dele. Deixara-a forçado e agora ele estava num lugar extremamente diferente. E em breve retomava a amargosa luta ou esta vinha de novo provocá-lo.

Eu, Jamâl Ibn-Abdallah, neste momento, aproximei-me dele, com o coração inundado de compaixão. Parecia

tão cansado, tão esgotado! Como se toda a fadiga da viagem se abatesse sobre ele de uma só vez! Estou certo de que pretendia confiar-me algo que eu lera muitas vezes em seu olhar, no canto de seus lábios, mas por fim desistia. Quando vi que seu silêncio se prolongava e sua respiração começava a ficar ofegante, propus-lhe que fôssemos juntos à beira do Oceano. Contudo, recusou com um gesto de mão, iria sem mais delongas revelar-me a continuação de sua história, pois sentia a aproximação do poente.

Contou que a sensação experimentada durante o sono, embora passageira, não deixava de pesar sobre ele como uma sombra. O rastreador avisara-o: se a opressão se tornasse demasiado forte, corria o risco de morrer. Mas ali, passada a porta, essa sensação já não o abandonava. Flutuava num vazio sem limites: sob ele, nem a mais ínfima parcela de terra, nem um tronco de árvore no qual pudesse apoiar-se. Já não sentia os membros. Sabia da existência das pernas, dos braços, do busto, mas já não os via. Todo seu corpo se reduzia agora a uma simples ideia aportada dentro dele. O mesmo acontecia com seus movimentos. Se a noção de "andar" lhe vinha à cabeça, tinha a impressão de avançar, enquanto as suas visões se desvaneciam ao ritmo do seu presumido andar.

Como o Oceano imenso. Sem começo nem fim. Impossível precisar um ponto de partida ou outro de chegada. O poente nele é um sinal, e o azul das ondas é inconcebível. No Oceano estão as vibrações da vida e a palpitação da morte. Nenhum ser humano pode resistir a seus ataques furiosos.

Sons!

Murmúrio de água... Talvez corresse do alto de uma colina ou por um tubo, para verter numa bacia de mármore ou talvez num ribeirinho forrado de pedrinhas.
Vozes misturadas... Algumas lhe chegavam claras:
(Quem era ele?
De onde vinha?
Aonde ia?)
Pareciam perguntar.
Parecia um interrogatório. E ele, com a consciência flutuante, respondia a cada uma das perguntas sem saber de onde partiam essas vozes, sem ter certeza de nada. Tentava chamar os parentes para não se sentir só, em vão, não via passar senão sombras fugidias. De sua mãe vinham-lhe nada mais que ecos, sussurros que logo se dissipavam. Do pai, só restava um expressão que denunciava uma aflição obscura e a lembrança de seu modo de andar.

No dado momento, teve a certeza de já não estar mais sozinho. Achava-se em contato com um outro ser, uma presença feminina. Sentiu uma espécie de deleite, um prazer novo, até então desconhecido, vívido, mas como que revisitado pela nostalgia, aliado a odores remanescentes de madeira de sândalo, ao perfume duma cabeleira caída em cascata sobre um comprido pescoço, a exalações dos cantos delicados do corpo ardente. Cada uma tinha uma fragrância singular, até mesmo as criadas pela imaginação!

Descobria aos poucos a cidade invisível. Já estava próximo de discernir certos pontos de referência. Parecia que fora encarregado de um função, ou uma atividade comercial para se manter ou se ocupar. Talvez preenchesse uma espécie de recibo para entregar em seguida a todo tipo de gente, cujos traços permaneciam indefinidos e que logo se afastavam. Sim, teve certeza de que era o dono de um comércio qualquer, sentava-se na esquina do mercado das especiarias e perfumes, em sua loja haviam objetos que não conseguia determinar; eram feitos de couro?

Julgara sentir o cheiro de couro curtido, mas começou a duvidar. Não, não era um armazém de couro, mas uma pequena loja... perfumes... prateleiras de madeira antiga, de bordas incrustadas, cobriam as paredes. Pequenos frascos, alguns coloridos, minúsculos, jasmim, flor de romãzeira, papoula, violeta, narciso, madeira de aloés, cascas de essências vindas de todo o mundo, âmbar-gris. Fixava os olhos numa redoma de vidro, que continha o que parecia ser um crocodilo minúsculo e sem vida, prisioneiro de um líquido espesso.

Passou pela cabeça dele uma frase que ouvira não sabia onde nem dita por quem: o mercador de perfumes nunca perde, pois mesmo se seu comércio periclitar, sempre terá o prazer de ter respirado seus aromas.

Via-se agora na cabeça de uma caravana de camelos. Passava por uma estreita picada ao longo de uma velha muralha de tijolos secos, por sobre a qual pendiam ramos de palmeiras. Como a palmeira lhe era cara! Caminhava num passo vivo em direção a uma curva ainda não vista. De onde viera? Aonde ia?

Não sabia.

Não, ele estava convencido: era dono de um lindo café, pequeno, frequentado por pessoas silenciosas. Colocara-se à entrada, um lugar elevado de onde podia observar o resto. Bancos compridos, mesinhas redondas, cadeiras de palmas entrançadas...

Onde se situava o café?

Era impossível dizê-lo. Não sabia sequer a identidade do ser feminino que ficou a seu lado. Como se encontrou com ela e como se uniram? Era incapaz de descrever as deflagrações de prazer que bruscamente o sacudiam no instante em que os seus mundos se fundiam um no outro.

Em certos momentos, tinha certeza: era tudo pura rememoração. Até mesmo seu próprio futuro não ia além da sombra de um objeto existente em algum lugar. Todo seu passado permanecia ao seu alcance, porém não como o conhecia; resolvia-se em ecos efêmeros, nuvens fugidias, gotinhas espirrando, com a duração apenas do tempo duma onda recobrir outra.

Tudo se tornara imaterial e fluido. A cidade desenhava-se e dissipava-se segundo a vontade dele. Todos os caminhos partiam dele e conduziam a ele, e também as horas idas e as horas vindas. Exatamente como o Oceano. Quanto mais fixava e estendia o olhar, mais era possível ter acesso a todas as visões desejadas.

Tudo que ele aspirara ver, vira-o, mas não o alcançara. Viu o imponente palácio que dava para a rua principal do Cairo, todos os minaretes e todas as entradas noutro tempo transpostas ou vistas de passagem, longamente contempladas ou apenas relanceadas.

Estudantes, mercadores, xeiques, soldados, bizantinos, eslavos, negros, curdos, caucasianos, armênios, usbeques, turcomanos e embaixadores vindos de Índia e da China, pastores, camponeses, pescadores, médicos, barbeiros aplicadores de ventosas, engessadores, encadernadores, sábios versados no conhecimento das chuvas, dos relâmpagos, das aves, dos horizontes, dos rochedos... Todas essas pessoas com quem cruzara um dia no passado tinham-se-lhe revelado *ao crepúsculo, na noite e no que ela envolve...*[16]

E armazéns, praças, desertos, cidades, amizades, inimizades, combates, fortalezas, abrigos de combatentes sempre alertas, tudo que ele se esforçara tanto para alcançar.

Eis uma árvore milenar que entortara com o decorrer do tempo, deixando descobertas suas raízes lançadas nas profundezas da terra. Secou e escureceu, mas mantinha-se não obstante ligada à terra por um filamento tão fino como um cabelo e que dava origem a folhas e ramos novos. Uma visão insólita, que viera muitas vezes assediá-lo apesar das muitas estranhezas pelas quais passara sua vida!

Mas, o que havia aqui de surpreendente?

Se até o Magnífico Oceano procede de uma única gota de água, qual o motivo de espanto?

A voz de meu amigo Ahmad Ibn-Abdallah tornou-se singularmente calma, e não sei ao certo como qualificá-la. Impregnada de quietude, de doçura, de serenidade, diria eu. A voz das últimas etapas, dos desfechos, quando os impulsos se abrandam, quando o olhar alcança finalmente o que procurou à exaustão, quando tudo o que parecia distante se mostra de repente tão próximo...

Ela ainda ignorava como voltara à sua posição no exterior da cidade, satisfeito, extasiado.

Ouvira o chamado ressoar dentro de si?

---

16. Fragmento do 17º versículo do 84º capítulo do Alcorão.

Acaso chegara-lhe de longe?
Ordenara-lhe que prosseguisse sua viagem a caminho do poente?
Ia agora para lá sem ser impelido.
Acrescentou — que Deus lhe conceda perdão:
"Só me consumiu a nostalgia do passado perdido sem volta."

SENHOR, AJUDA-ME

Jamâl Ibn-Abdallah, o escriba do país do poente, disse:

Não me surpreendi; no entanto, um abismo abriu--se em mim. Estarei sempre destinado a despedir e a receber, a ver passar os outros e a ficar-me à espera? A começar por meus sobrinhos: em que terra acabou ficando o primogênito depois de realizar a peregrinação a Meca, já há vinte e três anos? Ou então, em que lugar se finou?

Meu coração se abala pelo mais novo, que partiu há tanto tempo num dia de outono. O inverno passou por mim sete vezes sem ter me chegado dele a mínima notícia. Ahmad Ibn-Abdallah tem a minha idade e a minha estatura e no seu olhar perdido no nada reconheci as minhas divagações. Vejo nele o filho que não tive. Todas as suas palavras repousaram em mim, a ponto de sentir sua nostalgia, sua saudade, sua tristeza ao lembrar-se do desaparecimento da flor do último balsameiro e do afundamento de Tinnîs, e seu desgosto vendo-se impedido de transpor os lugares familiares.

Não parecera duvidar um só instante da veracidade da história da minha pequena indiana. Compreendia, tenho certeza. Contudo, não dissera palavra. A falar a verdade, perco-me um pouco, já não consigo distinguir o que me aconteceu realmente do que imaginei. Os dois planos confundem-se. Ó Senhor, ajuda-me!

Retardo o momento de apresentar o registro ao sultão. Essas folhas só pertencem a mim: não as ditou a mim um estrangeiro vindo do Oriente, que contou às pessoas daqui coisas capazes de intrigar até os olhos mais gastos. E se o conteúdo destas folhas me diz respeito, não é apenas por lhes ter traçado as letras, mas porque, durante os dias que nos reuniram, fiz muito mais do que escutar.

Não consegui saber tudo sobre ele. Não me informou, por exemplo, sobre os livros que trazia no alforje. Esse ponto permanecerá um enigma, entre tantos que eu gostaria de ter esclarecido. Todavia, aprendi muito. Queria guardar só para mim essas palavras que ele me confiou: revelá-las será desvelar meu próprio segredo. O xeique Alakbari também não pareceu surpreendido, como se adivinhasse ou soubesse de tudo. Nunca vira seu rosto daquele jeito antes.

Depois de convencido do desaparecimento de Ahmad Ibn-Abdallah, pedi que me conduzissem ao balcão defronte à água imensa. Levaram-me, eu, o paralítico, até as muralhas. E aqui passeei meu olhar pelo horizonte do Magnífico Oceano: de que abismos nascem essas ondas? E o nosso sol, para que lugar segue? Nunca alguém voltou de lá. Os copistas incluíram a viagem dos sete jovens temerários no número das narrativas extraordinárias, mas os habitantes da cidade ainda aguardam seu regresso. Teria meu amigo se juntado a eles?

É este meu horizonte resplandecente. Horas a fio, ele deixava os olhos pregados nesses pontos inconcebíveis. Tenho quase certeza: de algum lugar, de um ponto mal discernível, ele me vê. Quem me dera ter podido eu avistá-lo. Estou certo de sua perfeita consciência. O lugar onde desaparece o sol está dentro de mim, diante de mim, atrás de mim, acima e abaixo de mim: alcancei-o sem nunca haver saído do lugar; ele se aproximou dele no termo de longas peregrinações.

O poderoso movimento do Oceano decorre unicamente da minha respiração. Suas ondas correm para virem morrer nas orlas do meu ser. Ele podia ter atendido ao chamado ficando lá longe, no Cairo; simplesmente partiu. Na verdade, a viagem está nele, a viagem está em mim.

O sol nada mais é que um sinal. Sua viagem infinita é condicionada. O nascer e o pôr do sol estão na verdade dentro dele e dentro de mim. Cada um prossegue sua senda em direção a um termo fixado. Cada um se rende ao chamado implacável, cada um alcança enfim um balcão igual a este, visível ou invisível: a paz invade então a alma, o espírito extravia-se interminavelmente, os olhares transbordam de amor e de compaixão.

Sua viagem foi também a minha. Seus caminhos foram também meus caminhos. Veio ao mundo no preciso instante em que eu nascia, foi desmamado do leito materno, começou a gatinhar no chão, progrediu no mesmo tempo que eu. Quando o chamado se manifestou, obedecemos, os dois: eu, o viajante imóvel; ele, o viajante errante. Por isso seu desaparecimento é meu desaparecimento.

É com seus olhos que obedeço, que observo.

O sol aproxima-se vagarosamente da água imensa até sumir completamente. Prendendo meu olhar no amarelo suspenso acima do azul das ondas, oferendas do astro ao Universo, adquiro uma certeza definitiva: ele viu o que eu vejo agora. A revelação do lugar se dá em mim e nele. É nosso poente que foge e nosso desconhecido que se revela.

Onde fica então nossa firme enseada?

Gamal Ghitany, 1990-1991

ESTE LIVRO FOI COMPOSTO EM CAMBRIA 10.7 POR
15 E IMPRESSO SOBRE PAPEL OFF-SET 75 g/m² NAS
OFICINAS DA ASSAHI GRÁFICA, EM SÃO BERNARDO DO
CAMPO - SP, EM ABRIL DE 2013